Blut-Druck

Hans Dölzer

Blut-Druck

Der zweite Fall für Jonas Jordan

Die Jojo-Reihe:

1. Fall: Kurbelwellen weinen nicht

Erschienen im RhinoVerlag:

2. Fall: Blut-Druck
3. Fall: Hessentag

Impressum

Am Hang 27, 98693 Ilmenau
Tel.: 03677/46628-0, Fax: 03677/46628-80
www.RhinoVerlag.de | www.blutrot.info

Titelbild: Joe deSousa
Lektorat: Lekto.Rat, Katja Völkel, M. A., Dresden
Layout, Satz: Verlag ***grünes herz***®, Sibylle Senftleben
Schrift: Linux Libertine O
Titelgestaltung: Verlag ***grünes herz***®, Sibylle Senftleben
Druck: Alliance Print, Sofia

1. Auflage 2019
ISBN: 978-3-95560-505-6

Du bist so weit gefahrn und kommst
irgendwo an,
wo der Kopf noch will und das Herz
nicht mehr kann.
Bernie Conrads

Die Personen

Jonas Jordan	Motorradjournalist. Legt Wert auf gepflegte Küche, aber nicht auf Kopfschmerzen.
Irene Falter	Kriminalhauptkommissarin. Wird hin und wieder zu einem fränkischen Zitronenfalter.
Markus Dirkes	Motorradfahrer und IT-Spezialist. Hat etwas gegen Christiaan Barnard.
Günter Ronellenfitsch	Kriminaloberkommissar. Mag keine Drogenfahnder.
Hansjörg Brauko	LKA-Ermittler. Hat eine Vorliebe für seltsame Mode.
Maximilian von Sicken	Student. Trägt die Nase ziemlich hoch.
Steffen Wienhausen	Student. Studiert lieber Sprachen als Technik.
Heinz Bauhs, Lore Hoffmann, Egon Picard und Walter Kuppert	Hobbydrucker. Sind ziemlich alte Jünger der Schwarzen Kunst.
Arno Leibrand	Chemiker. Weiß nicht, was Halon anrichtet.
Lene Laubach	Kriminalhauptkommissarin. Wird von einer Tochter alleinerzogen.
Claudia Dunkmann	Vulkanologin. Hat trotz Lavendel noch keinen Tinnitus.
Ingo Gayher	Stellvertretender Leiter des ZaZ. Hat einst Theologie studiert.
Udo Varp, Christian Trast, Svenja Weber und Ralf Milten	Polizisten. Müssen auch am Sonntag zu einer Besprechung zusammenkommen.
Cheryl McClone	Konsulatsangestellte. Hat Nasen- und Brust-OPs hinter sich.
Rübe und Jule	Obdachloser und Nachtschwester. Verbindet ein Geheimnis.
Karin Schneider	PTA. Befindet sich noch in der Ausbildung.
Theodor von Sicken	CCD-Präsident. Möchte eine Entwicklung nicht weiterverfolgen.
Robert Feilhauer	Vorführtechniker, Kommt nicht dazu, sich zu entschuldigen.
Mathias Cordes	Pressereferent. Besitzt ein Gespür für Körpersprache.
Hartfried Suhlmayrli	Direktor. Trägt seine Anzüge immer zwei Nummern zu groß.
Uwe Schnöks	Gelegenheitsarbeiter. Muss eine dumme Idee heftig bereuen.

Eins

Robert Feilhauer musste sich nicht beeilen. Wenn die Leitzentrale Punkt neun Uhr den Haupteingang öffnete, dauerte es mindestens eine Viertelstunde, bis die ersten Besucher auf Ebene B erschienen. Es sei denn, eine Schulklasse wurde gleich von ihrem Lehrer hochgeschickt mit dem Auftrag, sich gezielt die historische Druckabteilung anzusehen. Aber das war derzeit nicht zu erwarten. Sowohl in Baden-Württemberg als auch in den angrenzenden Ländern Hessen und Rheinland-Pfalz herrschten Osterferien, und da hatten Schüler anderes im Sinn, als Museen zu stürmen.

Als Vorführtechniker konnte er damit in Ruhe seine Ausstellungseinheit vorbereiten, Druckfarbe vorrichten, die Linotype anheizen, Blankopapier für die Bostontiegel bereitlegen sowie Sitz und Sauberkeit der Druckformen kontrollieren. Er prüfte den Vorrat an Schilfrohr, mit dem sich die Besucher wie die Mönche im Mittelalter an einem Stehpult im Schönschreiben versuchen konnten. Robert Feilhauer staunte immer wieder, wie viele Menschen von dem Pult angezogen wurden, fast stärker als von den Maschinen. War es die beinahe meditative Ruhe, die zum Schreiben nötig war? Oder der Blick vom Pult durch die große Glasfront zum Luisenpark hinüber? Erstaunlich auch, dass sich noch nie jemand mit dem scharfen Messer verletzt hatte, das zum Schnitzen der Schreibfedern bereitlag.

Die Uhr im Mannheimer TECHNOSEUM, von den Mitarbeitern immer noch als LTA (Landesmuseum für Technik und Arbeit) abgekürzt, zeigte fünfunddreißig Minuten vor zehn an diesem Mittwochmorgen im April, als die ersten Besucher durch den langen Gang auf die Druckabteilung zuschlenderten. Ein älteres Ehepaar hatte ihre knapp zehnjährige Enkelin offenbar in den Ferien zu Besuch und mussten ihr etwas bieten, wollten sie sich nicht durch ein quengelndes Kind die Osterzeit verderben lassen. Für den Holiday Park in Haßloch war es noch zu kalt, und der Nieselregen verbat einen Ausflug in den Heidelberger Zoo. So musste das Museum aushelfen.

Damit er nicht gegen Lärm anschreien musste, schaltete Robert Feilhauer das große Wasserrad aus, das ein Stockwerk tiefer die historische Weberei antrieb. Sowie er Opa, Oma und Enkelin in die Bedienung der Hand- und Trettiegel eingewiesen hatte und sie sich eigenhändig Grußkarten mit dem Logo des Museums drucken konnten, standen wie aus dem Nichts ein Dutzend weiterer Besucher in der Abteilung. Der Vorführtechniker kannte das Phänomen, dass sich Menschen immer zu Gruppen von ihresgleichen hingezogen fühlten. Das war im Museum nicht anders als beim Schlussverkauf, auf dem Jahrmarkt und in Möbelhäusern.

Sobald sich alle mit selbstgedruckten Postkarten versorgt hatten, in einer Menge, die das nächste Jahrhundert an Glückwunschbegehren ausfüllen würde, und sobald die Erwachsenen mit Druckfarbe vollgeschmiert waren – im Gegensatz zu den Kindern, die besser aufpassten –, wollten sie weitere Maschinen laufen sehen. Routiniert führte Robert Feilhauer die Besuchergruppe zu der historischen Rollenrotations-Druckmaschine, 1922 hergestellt von Koenig & Bauer. Stockwerkhoch und unverkleidet beherrschte sie die gesamte Abteilung. Und wenn sie auch als Veteranin ihrer Art höchstens ein Fünftel der Größe moderner Druckwerke erreichte, beeindruckte sie den Laien dennoch, vor allem, wenn sie lief.

Am Schaltschrank ärgerte sich Robert Feilhauer, dass die Kollegin am Vortag augenscheinlich mal wieder vergessen hatte, den Hauptschlüssel abzuziehen. Wie oft sollte er sie noch darauf hinweisen, dass jedes Kind damit die Maschine einschalten konnte, was bei den vielen offen laufenden Zahnrädern, Walzen und Trommeln hochgefährlich war? Er seufzte, drehte den Schlüssel und drückte den Anlaufknopf, um den Koloss zu starten. Der gewaltige Elektromotor begann zu brummen, er schaffte mühsam eine dreiviertel Umdrehung, gab dann aber mit einem Zittern auf. Im Schaltschrank klackte ein Relais, und die rote Störungsleuchte blinkte.

Resigniert wandte sich Robert Feilhauer zu seiner Besuchergruppe um, bereit, sich für den Ausfall der alten Maschine zu entschuldigen. Erstaunt sah er, dass alle an dem Monstrum emporblickten, einige hatten die Hand vor den Mund geschlagen.

Das zehnjährige Mädchen zeigte hinauf und krähte: „Opa, warum schläft da ein Mann in der Maschine?"

***

Jonas Jordan ärgerte sich. Es nieselte, und so musste er sich für die kurze Strecke von seinem Wohnort nach Mannheim in das Regenzeug hineinquälen. Jojo, wie ihn seine Freunde nannten, besaß kein Auto, nur Motorräder. Und zum heutigen Pressetermin wollte er nicht völlig durchweicht erscheinen. Also blieb nur die Gummihaut.

Der freie Technik-Journalist war siebenundfünfzig Jahre alt und arbeitete für verschiedene Zeitschriften und Verlage. Und wenn sein Schwerpunkt auch Motorräder waren, gab es durchaus hin und wieder Aufträge für Berichte über andere Themen, seien es Schiffe, Eisenbahnen, Flugzeuge oder Zukunftstechnik wie Brennstoffzellen oder Fotovoltaik. So war er im Presseverteiler des Mannheimer Museums gelandet, wo heute ein neues Exponat vorgestellt werden sollte. Das Museum verwaltete den gesamten Nachlass des Heidelbergers Felix Wankel, Erfinder des Kreiskolbenmotors, und nun hatte ein gewaltiger dreieckiger Wankelkolben eines US-amerikanischen Flugzeugherstellers den Weg in die Stadt an Rhein und Neckar gefunden.

Jojo schnallte sich den wasserdichten Rucksack mit Fotoausrüstung und Diktiergerät auf den Rücken und schwang sich auf seine Montesa. Die Pressevorstellung sollte um elf Uhr beginnen, und er hatte es sich zur Gewohnheit gemacht, zu solchen Terminen mindestens eine halbe Stunde vorher zu erscheinen. Es gab oft Gelegenheit zu informellen Gesprächen mit dem Veranstalter, den Kollegen oder weiteren Gästen. Außerdem konnte er so in Ruhe Bildaufbau und Perspektiven für seine Fotos wählen. Zeitschriftenredaktionen legten, so traurig es war, weitaus mehr Wert auf gute und zahlreiche Bilder als auf einen fundierten Text.

Der Journalist kannte sich aus im Museum und wusste, dass dessen Stockwerke als „Ebenen“ bezeichnet werden. Das Haus zeigt die Technik- und Sozialgeschichte von etwa 1750 bis in die Gegenwart, wobei der Besucher mit dem Aufzug auf die oberste Ebene fahren und von dort auf schrägen Rampen wie bei einem Kugelspiel eine Zeitreise bis in den Keller antreten sollte. So jedenfalls war es gedacht.

Er wählte die Treppe zur untersten Ebene F hinab. Hier war bereits eine Fläche freigeräumt und ein Imbiss für die Journalisten und die weiteren Gäste aufgebaut worden. Majestätisch thronte der über einen Meter hohe Trochoidenkolben auf einem Sockel.

„Ah, Herr Jordan!“ Ein Mann Ende zwanzig in beigem Anzug, Weste und Krawatte kam auf ihn zu. Das helle Haar war sorgfältig nach hinten gekämmt, die teure Uhr schimmerte bescheiden unter der Manschette hervor. Er gab dem Reporter die Hand.

Jojo kannte Mathias Cordes bereits seit dessen Einstellung als Pressereferent des Museums. Er hatte die Öffentlichkeitsarbeit auf Vordermann gebracht, für die sich zuvor niemand im Haus zuständig gefühlt hatte. Seit seinem Arbeitsantritt war die Zahl der Medienberichte über das TECHNOSEUM deutlich gestiegen. Mathias Cordes hatte einen verlässlichen Presseverteiler aufgebaut, pflegte ihn, gab regelmäßig Mitteilungen über interessante Ausstellungen heraus und trug dazu bei, dass sich die Besucherzahlen ständig erhöhten.

„Herr Jordan, ich grüße Sie!“ Mathias Cordes lächelte und hielt etwas Abstand zu dem Journalisten. Immerhin war er einen ganzen Kopf größer als Jojo mit dessen gerade einmal einhundertfünfundsechzig Zentimetern, und damit Jojo nicht den Kopf in den Nacken legen musste, blieb Cordes auf Distanz. Offensichtlich verfügte er über ein feines Gespür für Körpersprache.

„Dieser Wankelkolben passt aber nicht unbedingt in ein Motorrad“, scherzte der Pressesprecher. „Auf welche Zeitschrift mit Ihrem Bericht werden wir uns denn freuen dürfen?“

„Ich fasse Informationen für einen allgemeinen Report über Wankel-Technik zusammen“, antwortete Jojo. „Selber habe ich etliche Jahre ein Wankel-Motorrad gefahren, eine Hercules, und es gibt eine rege Rotations-Szene. Aber keine Angst, Herr Cordes, Ihr Haus wird selbstverständlich erwähnt.“

„So genau kenne ich mich mit den Motoren nicht aus“, gab der andere zu. „Ist denn die Technik überhaupt noch aktuell?“

„Durchaus“, erwiderte Jojo. „Kreiskolben-Aggregate laufen in Drohnen, als Kompressoren, in Gleitschirm-Fluggeräten und natürlich in Autos. Sie können einen nagelneuen Mazda mit Wankelmotor kaufen.“

Cordes' Mienenspiel heuchelte Interesse.

„Und der Motorrad-Liebhaberkreis ist klein, aber aktiv“, fuhr Jojo fort. „Es gibt Treffen, Clubzeitschriften, und manche Schmerzlose fahren sogar bei Rennen mit.“

Bevor der Journalist zu einem längeren Vortrag ausholen konnte, erspähte Cordes weitere Gäste, zu deren Begrüßung er sich fluchtartig verabschiedete. Vertreter des Rhein-Neckar-Fernsehens waren erschienen sowie die Kollegen von der örtlichen Tageszeitung „Mannheimer Morgen“, die von allen in der Journalisten-Szene „Mannheimer Mogel“ genannt wurde – außer von den MM-Mitarbeitern selber, deren Gesichter bei diesem Spottnamen meist einfroren.

Eine schlanke, hochgewachsene Blondine in grauem Kostüm trat ein. Anhand ihrer makellosen Gesichtszüge, die wie die Abbildung aus einem Modekatalog wirkten, vermutete Jojo eine Vertreterin des USA-Konsulats, zu Recht, wie sich später herausstellte. In diesem seltsamen Land auf der anderen Seite der Erdkugel bekamen die Mittelschicht-Mädchen zum Schulabschluss von den Eltern Nasen- und Brustoperationen geschenkt, damit sie dem weißen Schönheitsideal entsprechen konnten. Was dort eine wichtige Voraussetzung für die berufliche Karriere bildete.

Kurz nach ihr schritt ein untersetzter Mann in blauem Anzug und Krawatte durch die Tür. Er mochte um die fünfzig Jahre alt sein. Eine weite Stirnglatze thronte vor dem ergrauenden Haarkranz, und eine lange Narbe zierte seine Wange, vermutlich von einem Verkehrsunfall. Das mochte auch der Grund für seinen leicht humpelnden Gang sein, von dem man allerdings auch auf Arthrose oder gar eine kaputte Hüfte schließen konnte. Der Mann hinkte auf die Amerikanerin zu, die sich mittlerweile mit Mathias Cordes unterhielt. Jojo bemerkte, wie der Pressesprecher zu erstarren schien und sich, ohne den kleinen Dicken zu begrüßen, von der Frau verabschiedete. Der untersetzte Mann scherte sich hingegen scheinbar nicht um den Pressesprecher des Hauses und begann ein Gespräch mit der blonden Frau.

Die vier Menschen, die jetzt eintraten, waren Jojo bekannt. Allen voran schritt Hartfried Suhlmayrli, der Direktor des Museums, begleitet von seiner Gattin. Offensichtlich störte sich der hoch gewachsene, blonde Mann nicht im Geringsten daran, dass sein dunkler Anzug denkbar miserabel saß. Wesentlich eleganter trat seine Frau auf in einem langen, dezent dunkelroten Kleid mit passendem Plaid, was perfekt mit ihren dunklen Haaren harmonierte. Wenn überhaupt, so hatte sie sich sehr verhalten geschminkt. Jojo fragte sich, ob sich diese kluge Frau nicht zu schade war für die armselige Rolle des Begleit-Maskottchens.

Gleich hinter dem Direktoren-Ehepaar wuselte dienernd Detlef Haselhoff her, Verwaltungschef des Museums, der vermutlich häufig unter seinem Nachnamen litt, ungeachtet der Tatsache, dass er mit nur einem S geschrieben wurde. Im Übrigen erinnerte seine Erscheinung – Bäuchlein, kahler Hinterkopf und gebückte Haltung – in keiner Weise an den US-Frauenschwarm der 1990er Jahre.

Als letzter trat Lars Mauser durch die Tür. Der promovierte Historiker war der für die Motoren des Hauses zuständige Konservator, ein eloquenter Mann, der sich für jegliche Mobilitätstechnik begeistern konnte und ganz in seinem Beruf aufging.

Sie schienen nun vollständig zu sein. Die Uhr zeigte fünf Minuten nach elf, als Mathias Cordes die Vertreter der Presse offiziell begrüßte und gleich das Wort an den Direktor übergab.

Souverän hieß der Museumsleiter die Gäste willkommen und verlor ein paar launige Worte zum Wankelmotor, die ihm wohl jemand aufgeschrieben haben musste, denn er selbst, das war bekannt, glänzte in technischen Dingen mit Ahnungslosigkeit. Jojo dachte daran, dass im englischen Sprachraum der Name des Erfinders tunlichst gemieden und lieber von der *rotary engine* gesprochen wurde. Zu nahe lag „Wankel" an *wanker*, dem Vulgärausdruck für „Wichser".

Nun bat der Direktor die blonde Frau in grauem Kostüm nach vorne, die er als Cheryl McClone vorstellte. Wie vermutet war sie eine Mitarbeiterin des US-Konsulats und vertrat die spendende nordamerikanische Firma. Sie gaben sich die Hände, und die Fotografen hatten ausgiebig Gelegenheit, die beiden VIPs vor dem gewaltigen Kreiskolben abzulichten. Zum Schluss zog Suhlmayrli noch den kleinen humpelnden Mann nach vorne und stellte ihn als seinen Kollegen Ingo Gayher vor.

Jojo staunte. Das war allerdings eine lokale Sensation! Ingo Gayher war der zweite Mann und heimliche Leiter des Zahnradeums Zeiterstadt, kurz ZaZ. Und das Erstaunliche bestand darin, dass die beiden Museen bisher erbitterte Konkurrenten, wenn nicht gar Feinde waren. Das ZaZ war ein gigantisches Privatmuseum mit horrenden Eintrittspreisen, gefüllt mit sensationsheischenden Exponaten aus den Bereichen Verkehr, Technik und Militär, oftmals historisch falsch präsentiert. Das TECHNOSEUM hingegen bemühte sich als öffentliche Einrichtung um seriöse Forschung, Sammlung und Bildung und vermittelte dies mit attraktiven Vorführungen und Mitmach-Elementen.

Bevor er sich fertig wundern konnte, knackte die Lautsprecheranlage und gab einen Jingle von vier Digitaltönen wieder. Die zweisekündige Tonfolge war einst für viel Geld von einem Landeskantor komponiert worden, der nach Ansicht der Museumsdirektion genügend Renommee besessen hatte, mit dieser übermenschlichen Aufgabe betraut zu werden. Suhlmayrli blickte genervt zur Decke: Die Leitzentrale hatte Anweisung, bei Veranstaltungen im Haus auf Durchsagen zu verzichten.

„Herr Direktor Suhlmayrli, bitte ganz dringend zur Ebene B", tönte die leicht panische Stimme des Mannes aus der Leitzentrale durch die Hallen. „Herr Direktor, bitte! Es ist ein Notfall!"

Jojo schaltete am schnellsten. Während alle durcheinanderredeten und der Direktor samt Gefolge zu den Besucheraufzügen strebte, sprintete der Journalist in die andere Richtung. Er kannte den Weg zum Mitarbeiter-Fahrstuhl und wusste, wie man am schnellsten zur B-Ebene kam.

***

Das Trompetenkonzert in Es-Dur erklang in Irene Falters Wohnzimmer. Die Kriminalhauptkommissarin hatte die Melodie einst als Klingelton auf ihr Handy gespielt, weil sie das Stück liebte. Bald jedoch war ihr das seelenlose Gedudel auf die Nerven gegangen, in das die Mikroprozessoren die warme und rhythmische Komposition Joseph Haydns verschandelt hatten. Noch aber war sie nicht dazu gekommen, den Klingelton wieder zu ändern, um sich den Komponisten des 18. Jahrhunderts nicht zu vergällen. Ihr fehlte schlicht die Zeit. Zu sehr nahm sie die Arbeit in Beschlag, und ihre Freizeit ging für ihr frisch ererbtes Häuschen drauf.

Irene Falter war gerade dreißig Jahre alt geworden. Der schlanken, mittelgroßen Frau stand die dunkelblonde Kurzhaarfrisur gut. Jegliches Make-up war ihr zuwider, was sie vor dem Teufelskreis bewahrte, dem geschminkte Frauen im Laufe der Jahre ausgeliefert waren: mit zahlreichen Cremes das Gesicht und andere Körperteile zuzumatschen, was die Poren verkleisterte. Die Folge war kaputte Haut, die sie dann noch mehr zuschmierten, was weitere Pickel und Ekzeme wachsen ließ.

Im Übrigen hätte die Schminkerei bei Irene Falters Beruf nur gestört. Sie war Polizistin und vor kurzem zur Kriminalhauptkommissarin befördert worden. Irene Falter stammte, das hörte man deutlich am westfränkischen Dialekt, aus dem Bauland, der Gegend um Tauberbischofsheim. Eine Liebe, die längst vergangen war, hatte sie von der baden-württembergischen Polizei zur nordhessischen verschlagen. Nun war kurz nach Weihnachten 2011 eine kinderlose Tante von ihr gestorben, und die Kommissarin hatte ein gemütliches Fachwerkhaus in der Altstadt Ladenburgs, des alten Römerstädtchens am Neckar zwischen Heidelberg und Mannheim, geerbt.

Irene Falter war dorthin gezogen und hatte sich zur Dezentralen Ermittlungsgruppe Viernheim versetzen lassen. Viernheim, gerade noch Südhessen, war nur wenige Kilometer vom badischen Ladenburg entfernt. Das war günstig, denn eine Versetzung von der Polizei eines Bundeslandes in die eines anderen war im kleinstaatlichen Deutschland des einundzwanzigsten Jahrhunderts nahezu unmöglich. Schon die Möglichkeit, von Tauberbischofsheim nach Homberg zu wechseln, war ein Glücksfall gewesen.

So blieb Irene Falter zwar hessische Polizistin, wurde aber hin und wieder als Mitglied einer länderübergreifenden Sonderkommission eingesetzt, die für spektakuläre Fälle im Dreiländereck zuständig war.

An diesem Mittwoch im April war die Kommissarin daher trotz Freischicht in die Dienstbereitschaft der Mannheimer Kripo eingeteilt. So kam es, dass ihr Handy das Trompetenkonzert in Es-Dur dudelte, während sie gerade in Latzhose und auf Knien die Holztreppe ihres Häuschens mit einem Bandschleifer bearbeitete.

Sie drückte die grüne Taste und lauschte konzentriert. „Ich komme“, versprach sie dann, ließ den Bandschleifer liegen, fasste im Vorbeigehen ihren Fliegerblouson, schloss die Haustür hinter sich und sprang in ihren alten japanischen Kleinbus. Bis zum Mannheimer Museum waren es nur wenige Kilometer.

***

Als Jojo aus dem Fahrstuhl in die Druckabteilung auf Ebene B stürzte, traf er nahezu zeitgleich mit Notarzt und Feuerwehr ein. Mehrere Museumsmitarbeiter hatten die schaulustigen Besucher von der Rotations-Druckmaschine zurückgedrängt und hielten sie auf Distanz. Der Arzt erklomm die Maschine und beugte sich zu dem reglosen Körper, der zwischen zwei Walzen eingeklemmt war. Genügend fachkundige Helfer waren da, so hob Jojo seine Profi-Pentax, stellte auf Automatik und drückte auf den Auslöser. Halbtotale, Totale, Tele, Details, Überblick, Perspektivenwechsel. Einige der Besucher sahen missbilligend zu ihm herüber, obwohl sie selber gafften.

„Der Mann lebt!“, rief der Notarzt den Feuerwehrleuten zu. „Er muss hier sofort raus!“

Einer der rot gekleideten Männer hob einen schweren Trennschleifer vom Boden und suchte eine Steckdose.

„Halt!“ Robert Feilhauer sprang dazwischen. „Wir können die Maschine von Hand zurückdrehen!“ Im Nu hatte er ein großes Zahnrad entriegelt, aus einer Kaskade gezogen und damit die Walzen entkoppelt. Er fasste in die Räder und begann, mühsam ein Druckwerk zu drehen. Der Feuerwehrmann begriff, legte den Trennschleifer ab und half dem Vorführtechniker. Ein anderer war zu dem Arzt hinaufgestiegen, und unter gemeinsamer Anstrengung bekamen sie den Bewusstlosen frei.

Zwei Streifenpolizisten erschienen und verschafften sich einen Überblick. Während sie begannen, Anschriften von möglichen Zeugen zu notieren, kam der Direktor samt Anhang angetrabt und bahnte sich durch die Zuschauer einen Weg zur Maschine. Der Einsatzleiter instruierte ihn. Die Beamten scheuchten nun die Schaulustigen weiter zurück, von denen sich allerdings vier widersetzten.

„Lassen Sie sie hier“, rief Robert Feilhauer den Polizisten zu, „die gehören zum Haus.“

Wie wild begannen jetzt die Fotografen des Mannheimer Morgen und die Kameraleute des Rhein-Neckar-Fernsehens zu knipsen und zu filmen. Aufgeregt rannte Pressesprecher Mathias Cordes vor ihnen herum, fuchtelte mit den Armen und beschwor sie: „Meine Herren, bitte keine Fotos und Informationen an die Öffentlichkeit, bevor wir Näheres wissen! In einer halben Stunde" – das hatte er spontan entschieden – „findet eine Pressekonferenz im Auditorium statt, zu der Sie alle eingeladen sind."

Mittlerweile hatte der Arzt dem Verletzten eine Infusion gelegt und ihn transportfähig gemacht. Augenscheinlich war dieser noch immer bewusstlos. Mittels eines Rettungstuchs wurde der Mann von der hoch aufragenden Rotation hinabgelassen und auf eine Rollbahre gebettet. Eine Frau aus der Museumsaufsicht zeigte den Sanitätern den Weg zum Lastenfahrstuhl, und gemeinsam mit dem Arzt verschwanden sie hinter den Kulissen.

Die Sensation war vorbei, die Menge an Besuchern dünnte aus. Hinter der Absperrung blieben zwei Wehrmänner zur Absicherung, ebenso Jojo, Robert Feilhauer, drei ältere Männer und eine rotbezopfte Frau um die vierzig. Die vier Letzteren waren ehrenamtliche Mitarbeiter des Museums. Robert Feilhauer hatte sie für seine „Druckwerkstatt" gewonnen, ein wöchentliches Angebot für Fachleute und Interessierte, die sich typografisch, drucktechnisch und künstlerisch mit der alten Technik befassen wollten.

In diesem Augenblick traf eine junge Frau ein, in Fliegerblouson und einer Latzhose voller Holzstaub.

Zwei

Das bisschen Nieselregen spielt keine Rolle. Der gesamte März war trocken, und daher ist der Wasserstand niedrig. So kann er leicht die Tür erreichen. Dass dieser versteckt liegende Eingang entdeckt werden könnte, fürchtet er nicht. Zu tief hängen die Zweige und Ranken über das Ufer. Vor allem aber verliert er keine Zeit durch das Fluten und Abpumpen in der Schleuse.

Das Fluten: Heute kann er darüber lachen, doch vor einem Dreivierteljahr ist ihm dabei der Schweiß ausgebrochen. Plötzlich veränderte sich das Geräusch des Stellmotors, sein Brummen fiel um eine Oktave. Wo sollte er einen neuen Motor herbekommen? Und wie könnte er ihn unbemerkt einbauen? Die Überlastungssicherung sprang heraus, und er spürte, wie sein Puls und Blutdruck nach oben schossen. Doch dann stellte er bei genauer Untersuchung fest, dass sich im Mechanismus eine Biberratte verfangen hatte. Schnell entfernte er den Tierkadaver und ließ ihn mit der Strömung davontreiben.

Biberratten, auch Nutrias genannt, gab es hier früher nicht. Wer weiß, wer sie eingeschleppt hat. Vielleicht sind sie aus dem nahe gelegenen Zoo ausgebrochen? Auf jeden Fall scheinen sich die hasengroßen Tiere mit den beeindruckenden orangefarbenen Nagezähnen in dieser Flusslandschaft wohlzufühlen.

Die trägen Lastkähne stören sie nicht, schon gar nicht in ihrem Fortpflanzungsdrang.

Er steuert seinen Kahn in die kleine Bucht und legt an. Früher hat er am Ufer der Jugendherberge festgemacht, doch seitdem ein paar Kids das Boot gefunden und es den Fluss hinabtreiben lassen haben, hat er den Anlegeplatz gewechselt, auch wenn dieser der Tür näher liegt und er damit Gefahr läuft, andere auf seinen geheimen Ort aufmerksam zu machen.

Er packt Angelzeug und Schemel aus. In Gummistiefeln und mit Metzgerkappe wird ihn jeder für einen Hobbyfischer halten, die hier und da am Ufer schweigend ins trübe Wasser starren.

Er spürt den schweren vierbärtigen Schlüssel in der Tasche seines Anoraks und möchte am liebsten sofort aufbrechen. Doch er muss sich in Geduld üben. Der Teufel will's und jemand sieht ihn, selbst in der Einsamkeit eines regennassen Ufers. Das darf er nicht riskieren. Er gibt sich zehn Minuten, hockt auf dem Schemel, verkeilt die Angelrute zwischen Steinen und starrt auf den Blinker. Die Ohren spitzen, die Augen unterm Kappenschirm wandern lassen und innerlich zehnmal bis sechzig zählen.

Langsam steht er auf und schlendert nach links, schlüpft unter die herabhängenden, triefenden Zweige. Sollte ihn jetzt tatsächlich jemand beobachten, so wird es wirken, als ob der Angler mal pis-

sen müsste. Er greift den Schlüssel und steckt ihn in das Schloss der verrosteten Tür, die sich hinter den Zweigen verbirgt.

***

Während Hauptkommissarin Irene Falter von den beiden Streifenkollegen und den Feuerwehrleuten über den Hergang informiert wurde, erkannte sie aus dem Augenwinkel Jojo, der sich mit seiner Fotoausrüstung auf einer Papierrolle niedergelassen hatte.

„Herr Jordan, so sieht man sich wieder!"

Vor zweieinhalb Jahren hatten sie sich kennengelernt, um im Odenwald einen fünfzig Jahre alten Mord aufzuklären. Ihr fiel ein, dass der Journalist ja ganz in der Nähe wohnte.

„Waren wir nicht beim Du?", versuchte Jojo einen alten Journalistentrick, da er hoffte, so mehr Details über die Ermittlungen zu erfahren.

Die junge Frau blickte irritiert. So genau konnte sie sich nicht mehr an das Gespräch in Wald-Michelbach erinnern. Doch sie ließ sich darauf ein.

Das Erstaunen war indes auf der Seite des Journalisten. „Bist du von Homberg hierher strafversetzt worden?", scherzte er.

Irene Falter klärte ihn auf. „Rein freiwillig. Meine jetzige Dienststelle liegt in Viernheim. Ich wohne in Ladenburg."

Die alte Römerstadt war nur wenige Kilometer von Jojos Häuschen entfernt. „Und da wirst du im badischen Mannheim eingesetzt?“

„Es gibt eine Sonderkommission für das Rhein-Neckar-Dreieck, die bei Gewaltdelikten aktiv wird. Und das hier sieht ganz nach einem Fall für uns aus. Freiwillig wird der Mann sich nicht dort oben eingequetscht haben. Ich habe leider nicht viel Zeit“, fuhr sie fort, „weil ich noch einige Leute befragen muss. Daher nur kurz: Würdest du uns deine Fotos zur Verfügung stellen?“

Der Journalist bejahte dies.

Sie verabredeten sich zum Mittagessen in der Cafeteria des Museums, einer im Originalstil wiederaufgebauten Arbeiterkneipe der Zwanzigerjahre. Irene Falter strebte davon und wandte sich weiteren Zeugen zu, während sich Jojo auf den Weg zum Auditorium machte, um rechtzeitig zu der anberaumten Pressekonferenz zu erscheinen.

Das Auditorium, der große Hörsaal im Museum, war zu einem Drittel gefüllt. Mathias Cordes hatte es nicht verhindern können, dass sich die Neuigkeit zumindest in Journalistenkreisen bereits wie ein Lauffeuer verbreitet hatte. Eine Menge Autoren, Fotografen, Moderatoren und Kameraleute, letztere mit Technik-Gefolge, hatte sich versammelt, viel mehr als zu der morgendlichen Präsentation eines Wankelkolbens, bei der man aus Faulheit und Zeitmangel eher am Redaktionsschreibtisch auf die fertigen Pressebilder und -erklärungen des Museums zurückgriff. Ohnehin hätte der dreieckige Kolben trotz seiner Exotik lediglich eine kurze Notiz im Lokalteil ergeben, wenn er nicht gar in der Rubrik „Aus aller Welt“ untergebracht worden wäre, zwischen einem Busunglück in Costa Rica, der neuen Flamme von Bruce Willis und dem Schaf im schottischen Aberdeen, das ein Radio verschluckt hatte und seitdem seine Wiese beschallte.

Bei der Pressekonferenz waren die Rollen vertauscht. Direktor Suhlmayrli begrüßte kurz die Anwesenden und überließ dann seinem Pressesprecher den weiteren Verlauf. Schon im Vorfeld hatte Mathias Cordes genau überlegen müssen, was er sagen sollte und wie er es am besten kommunizierte. Welche Folgen könnte es nach sich ziehen, wenn die Öffentlichkeit erfuhr, dass ein Mensch in einem Exponat des Museums eingeklemmt worden war? Möglich, dass sich nach Bekanntwerden der Meldung weniger Besucher ins Museum trauten, weil sie fürchteten, in eine laufende Maschine zu geraten. Auf jeden Fall würden sie ihre Kinder zuhause lassen. Andererseits zog eine Sensation natürlich Schaulustige an.

Mathias Cordes hatte sich für eine seriöse Darstellung entschieden. „Meine Damen und Herren, es ist selten, dass in einem Museum zwei prägende Ereignisse an einem Tag stattfinden. Heute Morgen hat

Frau Cheryl McClone vom US-Konsulat im Namen von *Wrong Incorporated* unserem Haus den größten Rotationskolben übergeben, der je in Serie hergestellt wurde." Um sich blickend suchte er unter den Anwesenden nach der Frau, die jedoch offenbar bereits abgereist war – aus welchem Grund auch immer. Stattdessen entdeckte er Lars Mauser, den zuständigen Konservator, den er mit einer Handbewegung nach vorn bat.

Mauser hatte sich halb erhoben, als es aus der Menge von Journalisten erscholl: „Lassen Sie Ihren Kolben doch rotieren, wo er will! Erzählen Sie lieber von dem Unfall!"

Der Pressesprecher zeigte sich flexibel und entfernte sich ein paar Schritte vom Rednerpult. Fotografen kamen heran, und Kameras surrten. „Gut, dann möchte ich Sie nicht länger warten lassen." Mathias Cordes musste kurz innehalten, um sich darauf zu konzentrieren, wie er sich am besten ausdrücken sollte. „Gegen elf Uhr heute Morgen entdeckten wir eine bewusstlose Person in einem Exponat, einer großen Druckmaschine."

Sofort rief ein Journalist dazwischen. „Der Mann war nicht tot?"

„Nein, der Notarzt stellte fest, dass der Mann lebte. Er wurde in die Klinik gebracht."

Nun redeten die Journalisten wild durcheinander. „Wer ist es?" – „Besteht Lebensgefahr?" – „War es ein Unfall?"

Der Pressereferent hob beide Hände. „Eins nach dem anderen. Ob Lebensgefahr besteht, wissen wir nicht, es gibt noch keine Information aus der Klinik. Auch die Identität des Mannes ist uns bis dato unbekannt. Wir werden Sie informieren, sobald wir Näheres wissen."

Mathias Cordes kehrte zum Mikrofon zurück, da seine Stimme nur mit Mühe bis in die letzten Reihen vordrang. Aus dem Augenwinkel sah er auf dem Pult vor sich einen Zettel liegen. Die Lautsprecheranlage verschaffte ihm wieder Gehör. „Ein Unfall kann nicht ausgeschlossen werden, wir halten das allerdings für unwahrscheinlich."

„Das heißt, es gab einen Mordversuch?"

„Dazu kann und will ich mich zu diesem Zeitpunkt nicht äußern. Haben Sie bitte Verständnis dafür, dass weder wir noch die Polizei jetzt spekulieren möchten."

„Ist die Maschine voller Blut? Werden die Augenzeugen psychologisch betreut?" Offenbar war auch ein Mitarbeiter der örtlichen Regionalausgabe der Klatschpresse anwesend.

„Nein, Blut werden Sie nicht finden." Mathias Cordes ärgerte sich über die Sensationsgier mancher Leute. „Und was die psychologische Betreuung angeht: Wie Sie wissen, sind Mannheimer seelisch robust." Er sah dem Fragesteller ins Gesicht. „Ich würde eher *Ihnen* eine berufliche und moralische Betreuung empfehlen." Viele lachten, der Reporter hingegen wusste nicht, ob er mitgrinsen oder beleidigt sein sollte.

Eine Journalistin, die Mathias Cordes der „Rheinpfalz" zuordnen konnte, fragte: „Ist die Maschine beschädigt? Werden Sie sie in Zukunft noch laufen lassen?"

„Ich vermute, dass das Exponat keinen Schaden genommen hat." Der Pressereferent sah eine Chance, künftigen Besuchern die Angst zu nehmen. „Sämtliche Vorführungen in unserem Haus werden von ausgebildeten Fachkräften durchgeführt und sind sicher. Eine Gefahr für Besucher besteht in keiner Weise." Er wusste, dass dies nicht ganz der Wahrheit entsprach. Das Museum musste ständig den Spagat zwischen laufender alter Technik, zu wenig Personal und modernen Sicherheitsanforderungen bewältigen. „An die Stelle, an der der Verletzte lag", fuhr er fort, „kommt kein Besucher unseres Hauses hin."

Mathias Cordes war klar, dass alle darauf warteten, den Tatort im Bild festhalten zu können. Er fügte an: „Wir haben einen Ortstermin für Sie vorbereitet. Bitte durchbrechen Sie nicht die Polizeiabsperrung, da die Spurensicherung noch nicht abgeschlossen ist." Das war das Stichwort für Robert Feilhauer, der die Meute Richtung Druckabteilung führte.

Mathias Cordes blieb indes allein im Hörsaal zurück. Im Grunde war er damit zufrieden, dass er heikle Themen gekonnt umschifft oder gemeistert hatte. In sein Bewusstsein drang nun der Zettel, der sich vor ihm auf dem Pult befand. Er hatte ihn dort nicht hingelegt. Stammte er vom Direktor, der ihm noch Anweisungen hatte geben wollen? Aber warum war das Blatt dann zusammengefaltet? Mathias Cordes klappte das Papier neugierig auf. In ungelenker Handschrift stand dort: „Langenburger Spezialität".

Was sollte das bedeuten? Hatte jemand den Zettel versehentlich dort liegenlassen? Er knüllte das Papier zusammen, warf es in den Papierkorb und vergaß es.

Währenddessen war die Spurensicherung in der Druckabteilung eingetroffen und begann routiniert mit der Dokumentation. Das Opfer hatte keinerlei Papiere bei sich gehabt, die etwas über seine Herkunft verraten konnten. Sollte er nicht überleben, ging ein Puzzlespiel zu seiner Identität los. Irene Falter war deshalb unzufrieden. Sie konnte, das wussten alle Bekannten, schnell sauer werden, weshalb ihr von Kollegen der Spitzname „Zitronenfalter" anhing.

Natürlich hatten die befragten Besucher, Zaungäste des Geschehens, nicht mehr bemerkt als die Museumsmitarbeiter selbst. Alle haben den Mann in der Presse eingeklemmt gesehen. Wie er dahin gekommen ist, war für alle ein Rätsel. Irene Falter wandte sich an eine stämmige Dame von Walkürenformat, die von einem nicht weniger korpulenten Mann begleitet wurde.

„Darf ich Sie nach Ihrem Namen fragen?"

„Beckmonn", kam es wie mit der Zwille geschossen und in hörbarem Mannheimer Idiom. „Marlies Beckmonn. Un des is moi Kort."

„Herr und Frau Beckmonn", wiederholte die Polizistin und notierte den Namen.

„Noo, ‚Beckmonn' mit *A*", widerbrüllte die Kurpfälzer Trompete, „un Kort mit *U* wie *uunbeschreiblisch.*" Natürlich hatte sie zu dem Täter sofort eine Theorie parat: „Des war doch sischer die Fraa, die wo die Polizischtin in Heilbronn erschosse hot", spekulierte die Dampfnudel. „Die misst ihr doch endlisch emol schnappe!"

Bevor Irene Falter antworten konnte, mischte sich der *unbeschreibliche* Kurt ein. „A hea, Marlies, was babbelsch dann widder? Des war doch des Phantom mit denne Wattestäbsche!" – „A wie", wandte sich seine Gattin an ihn, „die hewwe se mit Wattestäbsche erschosse?" – „Noo, mit denne Stäbsche is doch en falscher Schpucke-Tescht gemacht worre." – „Hot die Tot' noch schpucke kenne?" – „Oh, Marlies, heb doch dei Schnut, wann d' nix verschtehsch!"

Seufzend wandte sich die Kommissarin von der doppelzentnerschweren Spekulateuse und ihrem Mann ab und kehrte zu ihren Streifenkollegen zurück. Sie wartete auf Oberkommissar Ronellenfitsch, der bereits seit längerem überfällig war.

Günter Ronellenfitsch stammte aus dem Kraichgau, der Gegend südlich von Odenwald und Neckar, und sein Nachname wies Kenner unmissverständlich darauf hin, dass er aus jenem Dorf stammte, dessen Einwohner seit Jahrhunderten lediglich zwei Gruppen angehörten, die sich jeweils durch ihre Familiennamen unterschieden. So war deren Genpool sehr lokal begrenzt, und Günter Ronellenfitsch galt dort als der intellektuelle Überflieger, da er es bis zum Oberkommissar geschafft hatte. Allerdings wurde er, wann immer er sein Heimatdorf besuchte, misstrauisch beäugt, hatte er doch seine Wurzeln verraten, indem er in die weite Fremde gezogen war, in das vierzig Kilometer entfernte Mannheim.

***

Weißwürste! Wurstsalat!", brüllte die Frau hinter der Theke. Natürlich war es Jojo bewusst, dass Kenner nach elf Uhr vormittags keine Weißwürste mehr zu sich nehmen durften. Aus Bayern stammend, hatten sie ursprünglich frisch nach dem Füllen gegessen werden müssen, noch vor dem Mittags-Glockenschlag, wie es überliefert war. Immerhin trank er stilecht ein Weizenbier dazu, wenn auch ein alkoholfreies. Irene Falter hatte Wurstsalat bestellt, nach Schweizer Art mit Käsestreifen vermischt. Jojo trug beides von der Selbstbedienungstheke zum Tisch.

Angewidert blickte die Kommissarin auf Jojos Teller. Die schlabbrigen Würste waren nicht jedermanns Geschmack. Und als sie der Journalist pellte, musste Falter unwillkürlich an ihre Ausbildungswochen in der Gerichtsmedizin denken.

„Na gut, *Hinkelmaier's*", kommentierte Jojo das Senfbeutelchen, das Würsten und Laugenbrezel beilag. Einst hatte er von einem Münchener Freund fünfundzwanzig verschiedene Sorten süßen Senfes erhalten und einen Geschmacks-Flottenversuch durchgeführt. Am besten hatte für ihn *Mari*-Senf von *Kiefhaber* abgeschnitten, doch den bekam man in Baden nicht. *Hinkelmaier's* lag dagegen im Mittelfeld und war genießbar, wenn sich auch der Rechtschreib-Fetischist in ihm über den falschen Apostroph ärgerte.

Von ihrem Platz an der Brüstung konnten sie auf die unterste Ebene des Museums hinabblicken. Die große alte Dampfmaschine war dort in den Boden eingelassen, und ein Kollege von Robert Feilhauer hatte sie gerade mit hauseigenem Dampf nahezu lautlos in Bewegung gesetzt. Daneben war die Ausstellungseinheit zu Atomkraft zu sehen, die das Thema durchaus differenziert präsentierte. Die alte wie die neue Energiequelle standen für die Erzeugung von Strom, dem mächtigen Helfer des zwanzigsten Jahrhunderts und wahrscheinlich auch zukünftiger Epochen. An der hohen Decke schwebte ein kleines Flugzeug, der erste Raketenflieger der Welt von 1929.

Die junge Kommissarin riss sich von dem Anblick los. „Könnte ich gleich deine Bilder haben?" Jojo nahm seine Kamera zur Hand und zog die Speicherkarte heraus. „Du bekommst sie auch schnellstmöglich wieder“, meinte Irene Falter.

„Das eilt nicht“, erwiderte Jojo, „ich kopiere sie mir gleich. Die Bilder von der geplatzten Wankel-Übergabe sind ohnehin separat gesichert.“ Er nahm ein zigarettenschachtelgroßes Kästchen zur Hand, steckte die Karte hinein und drückte einen Knopf. Irene Falter sah ihm aufmerksam zu. „Ein digitaler Massenspeicher“, erklärte er und gab die Karte an die Kommissarin weiter. „Was bekomme ich im Gegenzug?“

Auf die Frage war sie vorbereitet. „Als erster Journalist sämtliche Informationen zu dem Fall, falls dem nicht ermittlungstaktische Gründe entgegenstehen.“

„Motorrad-Journalist, bitte“, präzisierte Jojo. „So viel Zeit muss sein.“

„Die Druckmaschine sah mir aber nicht danach aus, als ob sie in ein Motorrad passt“, witzelte Irene. „Aber ich habe mir vor kurzem auch eines zugelegt.“

„Du hast den Einser-Führerschein?“

„Den konnte ich seinerzeit noch während der Ausbildung machen. Im Übrigen heißt das jetzt ‚Fahrerlaubnisklasse A‘.“

„Was hast du dir gekauft?“, wollte Jojo wissen.

„Eine gebrauchte Moto 6.5 von Aprilia.“

Jojo zog anerkennend die Augenbrauen hoch. Die Moto 6.5 war 1995 vom französischen Star-Designer Philippe Starck entworfen worden, wenngleich der bis dahin nur mit Möbeln zu tun gehabt hatte. Folgerichtig war einiges an dem 650er-Einzylinder unsinnig konstruiert. So blieben mehrere Liter Sprit im Tank zurück, wenn das Motorrad bereits die Reserve verbraucht hatte – der Benzinhahn war schlicht zu hoch angebracht worden. Später wurde das durch eine zusätzliche Benzinpumpe kaschiert. Das war, als wenn man bei einer Kaffeetasse versehentlich den Henkel innen angebracht hätte und nun dem Benutzer einen wasser- und hitzefesten Handschuh mitlieferte statt einer neuen Tasse mit Außenhenkel. Immerhin bot die Moto 6.5 ein glattflächiges Bild, und alle Linien und Farben harmonierten. Darin unterschied sie sich von den meisten aktuellen Zweirädern, die frisch vom Band bereits aussahen wie nach einer Kollision mit drei Mähdreschern.

Ein kleiner dicker Mann schnaufte zu ihrem Tisch. „Hier steckst du!", sprach er Irene Falter an.

Sie wandte sich ihm zu. „Ganz recht. Und dich habe ich vermisst."

Das Gesicht des Dicken steigerte seine rote Farbe. „Stau auf der A6, und ich habe mein Handy vergessen."

„Darf ich vorstellen? Das ist Jonas Jordan, ein Journalist, der uns hoffentlich aufschlussreiche Fotos vom Tatort geliefert hat. Jonas, das ist Oberkommissar Ronellenfitsch, Mitglied unserer Sonderkommission." Günter Ronellenfitsch nahm Platz, seine Vorgesetzte erklärte ihm, was bisher vorgefallen war, und versah ihn gleich mit Aufgaben. „Setz dich bitte mit der Uniklinik in Verbindung. Sobald der Verletzte ansprechbar ist, wollen wir ihn befragen. Und greif dir doch gleich einmal den Museumsmitarbeiter, der die Maschine beaufsichtigt." Sie schaute in ihr Notizbuch. „Robert Feilhauer heißt er."

Ronellenfitsch machte keine Anstalten aufzustehen und blickte sehnsüchtig auf Irene Falters Wurstsalat.

„Na gut", meinte sie, „bevor du mir aus lauter Magersucht umkippst, hol dir was zu essen." Sein Gesicht hellte sich auf, und er nahm es ihr augenscheinlich nicht übel, als sie spöttelnd anfügte: „So ein vergessenes Handy zehrt ja auch."

***

Markus Dirkes war IT-Spezialist, achtundvierzig Jahre alt und Motorradfahrer. Er hatte Jojo über das kleine Magazin *Stress Press International* kennengelernt, das sich selbst als „Untergrund-Motorradzeitschrift" bezeichnete. Die Leser und Autoren, „Stresser" nannten sie sich, trafen sich mindestens zweimal jährlich und waren ein seltenes Beispiel für eine Gemeinschaft von Individualisten. Es gab keinen wie auch immer gearteten Club, was erstaunlich war, da ja der durchschnittliche Deutsche sofort einen Verein gründete, sowie auch nur drei Menschen im Umkreis von zweihundert Kilometern lebten. Die wenige organisatorische Arbeit, die für die Produktion und Vertrieb des Magazins nötig war, wurde ausschließlich ehrenamtlich und freiwillig erledigt. Dennoch bestand das Blatt bereits seit zweiundvierzig Jahren – zufällig ebenso lange wie die Ehe der schwedischen Königin Silvia, die in Heidelberg geboren worden und im Stadtteil Wieblingen zur Schule gegangen war. Welche von beiden, die Zeitschrift oder die Ehe, länger überdauern würde, stand noch nicht fest.

Markus Dirkes und Jojo lagen auf derselben Wellenlänge, waren beide Singles und sahen sich mindestens einmal pro Woche. Markus, der große Blonde mit der Strubbelmähne, zog den Freund hin und wieder mit einer Geschichte auf, die sie auf einem Treffen in der Oberpfalz erlebt hatten. Der Spätsommertag war warm gewesen, und Jojo hatte am abendlichen Lagerfeuer beschlossen, dass er zu faul war, noch sein Zelt aufzubauen. Markus' Iglu stand bereits, doch Jojo wollte im Freien übernachten, ungeachtet dessen, dass er nachts die Brille abnehmen musste und daher den Sternenhimmel über sich gar nicht sehen konnte.

„Heute Nacht soll es aber noch regnen, hat es geheißen", warnte Markus.

Jojo winkte ab. „Und wenn schon. Ich hab' zur Not noch mein Zwei-Minuten-Zelt dabei."

Er hatte den Unterschlupf bei einem großen Hamburger Zubehör-Versandhaus erworben, wo er als

„Notzelt, aufgebaut in zwei Minuten" für ein paar Euro angeboten gewesen war. Ausprobiert hatte der Journalist dieses Zelt jedoch zuvor nicht. Er schichtete sich eine Unterlage aus Laub und rollte den Schlafsack darauf aus.

Natürlich fing es nach Mitternacht an zu regnen. Jojo erwachte und holte das Bündel mit dem Notzelt aus der Packtasche. Es bestand aus einer Wäscheleine sowie einer rosafarbenen Mülltüte, die am Boden aufgeschnitten war, sodass sie einen Schlauch bildete. Der Plan war, die lange Leine durch den Schlauch zu fädeln, beide Enden an Bäume oder Masten zu knüpfen und dann in den Schlauch zu robben.

Tatsächlich war dies in zwei Minuten geschehen. Doch er musste feststellen, dass selbst abgebrochene Riesen wie er über die Länge der Mülltüte hinausragten. Bald war der Schlafsack an Kopf und Fuß durchnässt und das Wasser schlängelte sich am Boden des Plastikschlauchs entlang, um auch noch den Rest zu durchfeuchten.

Gegen drei Uhr nachts wachte Markus auf, weil jemand von außen den Reißverschluss seines Zeltes öffnete. Er erkannte Jojos Stimme und hörte ihn kläglich fragen, ob noch Platz neben ihm wäre.

So früh wie möglich am nächsten Morgen baute Jojo sein komplett nutzloses „Notzelt" ab und versuchte, es heimlich in der Mülltonne zu entsorgen. Doch konnte er nicht verhindern, dass sich sein peinlicher Outdoor-Event wie ein Lauffeuer unter den Motorradfahrern verbreitet hatte, sie ihn sämtlich im Kreis umstanden und freundliche Kommentare zu dem Zwei-Minuten-Zelt absonderten: „Zwei Minuten bleibste trocken!“ – „Überleben in der Mülltüte.“ – „Wenn du nass wirst, hängst du dich einfach über die Wäscheleine.“ – „Nur die Nassen können’s fassen!“ – „Rüdiger-Nehberg-Grundausrüstung.“

Schließlich musste auch Jojo mitlachen, und als Markus noch den Helm des Freundes herbeibrachte, der ihn in der nächtlichen Eile nach oben geöffnet im Freien hatte liegen lassen und in dem nun das Wasser schwappte, lagen sie sich kichernd in den Armen.

Jojo half Markus beim Zeltabbau, und der griff sich dessen Helm, um ihn geduldig unter den Händetrockner in der Toilette zu halten, bis der Hut zumindest soweit entfeuchtet war, dass einem beim Tragen nicht mehr die Brühe an den Ohren herunterlief.

Solche Erlebnisse schweißten die Freunde zusammen, wobei jeder darauf achtete, dem anderen dessen Freiheit zu lassen. Interessanterweise hielten sich die gemeinsamen Vorlieben in Grenzen. So schaute sich Markus jedes Motorradrennen und jedes Fußballspiel im Fernsehen an, wogegen es für Jojo kaum etwas gab, für das er sich weniger interessierte. Auch ihr Frauengeschmack konnte nicht unterschiedlicher sein, was den Vorteil besaß, dass, hätte sich bei einem eine Beziehung ergeben, der andere garantiert nicht neidisch geworden wäre.

Doch dieses Szenario blieb ohnehin rein theoretisch, da jeder das anstrengungslose Singledasein einer womöglich mühsamen Zweierkiste vorzog.

Heute war Markus Dirkes erschöpft. Er hatte bereits viermal das Script geändert, und immer noch schien das Testprogramm auf dem *PixelSense* nicht richtig zu laufen.

Das Gerät sah aus wie ein großer Sofatisch, dessen Glasplatte aus einem Bildschirm bestand. Auf dieser Platte konnte man durch Fingerbewegungen Bilder und Texte erscheinen lassen, drehen, zoomen und ändern. Einen „interaktiven Screen" nannte man das, und er war überall dort gut einzusetzen, wo ein Projektor mit Leinwand zu unflexibel erschien, etwa bei Messepräsentationen oder Besprechungen im kleinen Kreis.

Nach der anstrengenden Programmiererei wollte Markus den Kopf frei bekommen. Er zog sich die Textilkombi über, griff nach Handschuhen und Helm und öffnete das Garagentor. Seine V-Strom strahlte ihn an. Der Nieselregen hatte aufgehört, und ein lauer Wind trocknete den Asphalt. Vor Markus lag der Odenwald mit seinen Tälern und Hügeln, seinen sanft geschwungenen Straßen, seinen Wäldern und überraschenden Fernblicken, seinen stillen Winkeln und Gasthöfen.

Markus Dirkes mochte es nicht, nur des Fahrens wegen unterwegs zu sein. Er brauchte ein Ziel, und wenn es nur ein Vorwand war, sich aufs Motorrad zu schwingen. Da gab es doch diese kleine Käserei bei Hüttenthal, nicht weit vom Marbach-Stausee entfernt. Dort konnte man rasten, frischen Ziegenkäse und andere Milchprodukte kaufen und sich sogar durch die Produktionsanlage führen lassen.

Nach dem Regen waren nur wenige Motorradfahrer unterwegs. Markus hatte im Gegensatz zu dem Betrieb an sonnigen Wochenenden die Straße nahezu für sich allein. Olfen flog vorbei und später Güttersbach, und als er Hüttenthal erreichte, brach sogar die Sonne durch. Markus Dirkes deckte sich mit Käse ein, holte sich einen Becher frische Buttermilch und setzte sich auf einer der im Hof aufgestellten Vesperbänke. Auf einer Wiese kletterten Ziegen Holzstapel hinauf, in den Birken zwitscherten Vögel und drei Kinder turnten an den Spielgeräten. Er genoss den Frieden.

Der wurde indes bald gestört durch die Martinshörner von Krankenwagen und Notarzt, die auf der Bundesstraße 460 dem Marbach-Stausee zueilten. Auf dieser beliebten Motorradstrecke hatte sich wahrscheinlich wieder ein subfontanell sparsam möblierter Zweiradfahrer zu neunzig Grad Schräglage entschieden. Vermutlich vor dem Gafferparkplatz am See, wo sich breitbeinige Testosteronhirsche traditionell gegenseitig die Haftgrenzen ihrer Reifen vorführten sowie ihre Komplexe fütterten.

Die Buttermilch war alle, und nach einer Weile startete Markus die Suzuki für den Rückweg. Über

Beerfelden und Falken-Gesäß visierte er seinen Wohnort Neckargemünd an. Der Weg führte durch Unter-Schönmattenwag, ein umständlicher Name, den höchstens Touristen hochdeutsch aussprachen. In der Region nannte man den Ort dagegen „Schimmeldiwoog“, was, wenn man Historikern glauben durfte, von „schimmete Woog“ stammte, „schäumende Woge“. Der Laxbach, der durch das Tal floss, dachte jedoch nicht daran, schäumende Wogen zu bilden, sondern plätscherte gemütlich durch sein Bett.

In Neckarsteinach stieß Markus auf die B45, die am Fluss entlang zu seinem Wohnort führte. Plötzlich wurde ihm schummrig. Sollte mit der Buttermilch etwas nicht gestimmt haben? Er ließ die Suzuki auf den Standstreifen der breiten Bundesstraße rollen, klappte den Seitenständer aus und stieg ab. Als er den Helm auf den Spiegel gestülpt hatte, ging der Umweltlärm in lautes Rauschen über, das offenbar aus seinem eigenen Kopf stammte. Die Straße kippte vor ihm weg. Er konnte sich im Fallen gerade noch abfangen. Dann wurde alles weiß.

***

Günter Ronellenfitsch wollte nicht in fremden Revieren wildern. Um als Mannheimer in Heidelberg zu ermitteln, war es geraten, sich mit den dortigen Kollegen zu verständigen. Obwohl sie nur fünfundzwanzig Autobahnkilometer trennten, war das Verhältnis zwischen beiden Städten traditionell angespannt. Heidelberg, das romantische Beamtenstädtchen, vollgestopft mit Studenten und Touristen, sah sich in Konkurrenz zu Mannheim, das mit der Industrialisierung im neunzehnten Jahrhundert enorm gewachsen und zu einer Arbeiterstadt geworden war. Mittlerweile schien diese Zeit vorüber. Fabriken wurden stillgelegt, Mannheim stöhnte unter einer hohen Erwerbslosenzahl und versuchte, durchaus mit Erfolg, sich zu einer Kulturstadt zu entwickeln. Die Heidelberger Kultur litt dagegen unter ewigem Gezänk zwischen den vielen Kino-, Literatur- und Veranstaltungsvereinen. Es mangelte der Stadt an einem roten Faden und Konzepten, woran Stadtverwaltung, Gemeinderat und derzeitiger Oberbürgermeister nicht ganz unschuldig waren. Dennoch galt in Heidelberg der hundertfünfzig Jahre alte Spruch – er stammte aus der Zeit der ersten Eisenbahnen: „Monnem hinne!" Die Einwohner der Quadratestadt an Rhein und Neckar revanchierten sich mit „Schlossbeleuchter!"

Dieser Zwist wirkte sich auch auf die Polizeiarbeit aus, und jedes Präsidium freute sich heimlich über einen Misserfolg des anderen, ungeachtet der verzweifelten Versuche der Landesregierung, zu einer einvernehmlichen Zusammenarbeit zu kommen. Doch der Innenminister saß in Stuttgart, im ungeliebten Schwaben, das, so sahen es die Kurpfälzer,

1952 Baden entgegen dem Ergebnis einer Volksabstimmung annektiert hatte. Sowohl in Heidelberg als auch in Mannheim folgte man daher württembergischen Anordnungen nur, wenn die Stuttgarter mit der Umleitung des Neckars drohten – in dem die Kurpfälzer Eingeborenen im Übrigen gerne den einen oder anderen Schwaben untergetunkt hätten.

So rief Günter Ronellenfitsch bei den Kollegen in der Heidelberger Römerstraße an. Kriminalhauptkommissarin Lene Laubach hatte durch Medien und Buschfunk vom „Museumsfall" gehört und äußerte keine Einwände gegen eine Zusammenarbeit.

***

Das dreifarbige Wappen enthielt ein großes verschnörkeltes W mit Ausrufezeichen. Den Buchstaben, klärte die Frau den Mannheimer Kommissar auf, nannten Eingeweihte „Zirkel", das Zeichen einer Studentenverbindung. Günter Ronellenfitsch und Lene Laubach betrachteten das dreistöckige neoklassizistische Haus, über dessen Eingangstür das Wappen hing. Es musste eine Menge Geld kosten, ein solch großes Gebäude zu unterhalten, das zudem vermutlich in Heidelberg unter Denkmalschutz stand.

Neben dem Haus führte eine vergitterte Einfahrt in den Hinterhof. Die Polizisten warfen einen Blick hinein. Günter Ronellenfitsch erkannte einen dunkelgrünen Audi TT und zwei Motorräder, deren Modelle er nicht bestimmen konnte. Eines allerdings erinnerte ihn stark an ein Hängebauchschwein. Irene Falter hätte sicherlich die Marken erkannt. Immerhin registrierte er, dass die Kennzeichen aller drei Fahrzeuge mit „HD-W“ begannen.

Die Eingangstür des Hauses war verschlossen. Lene Laubach drückte einen Klingelknopf, über dem ein Video-Auge angebracht war. In ein Messingschild war in gebrochener Schrift der Name der Verbindung eingraviert: *Wibelingia.* Sie mussten eine Weile warten, bis sich eine Männerstimme meldete.

„Ja?“

„Kriminalpolizei, mein Name ist Lene Laubach. Guten Tag. Dürfen wir eintreten?“

„Worum geht es denn?“ Der Herrscher über die Pforte hatte offensichtlich wenig Ambitionen, sich mit der Kripo zu unterhalten.

Lene Laubach und Günter Ronellenfitsch sahen sich an. „Das würden wir gerne im Hause mit Ihnen besprechen.“

„Wir? Wie viele sind Sie denn?“

„Zwei. Neben mir steht noch mein Kollege, Günter Ronellenfitsch.“

Der Kommissar hatte den Eindruck, dass selbst das Summen des Türöffners widerwillig klang.

Ein pickliger Bursche von vielleicht zwanzig Jahren öffnete. Die blonden Haare glänzten vor Gel, das weiße Hemd stak in einer teuren Leinenhose. Immerhin hängt ihm der Schritt nicht zwischen den Knien, dachte Lene Laubach bei sich, die sich an die derzeitige Mode bei jungen Männern noch immer nicht gewöhnen konnte. Der Bursche betrachtete sie stumm, bevor er meinte: „Kommen Sie mit."

Er führte sie in ein größeres Zimmer, das von einem langgestreckten Eichentisch beherrscht wurde, der etwa zwölf Personen Platz bot. Die Wände waren mit Korporationsfarben und Fotos von Gruppen junger Kerle geschmückt, die in vollem Wichs und vermutlich nicht mehr nüchtern riesige Bierkrüge stemmten. Etliche von ihnen stellten mehr oder weniger rote Gesichtsnarben zur Schau. *Wibelingia* war eindeutig eine schlagende Verbindung. Günter Ronellenfitsch fielen auf Anhieb mehrere hochrangige Politiker ein, die sich der Mensur unterzogen hatten. Sich gegenseitig die Gesichter aufzuschlitzen, gehörte in diesen Kreisen zur zweifelhaften Ehre.

„Warten Sie einen Augenblick." Der junge Mann ging zurück in den Flur und schlug einen altmodischen Gong, der an der Wand hing.

Nach kurzer Zeit trat ein Mann ein, der einige Jahre älter und vor allem selbstsicherer erschien als der erste. Günter Ronellenfitsch schätzte ihn auf Ende zwanzig. Er war schlank, seine Kleidung saß korrekt. Zu gestreiftem Hemd und grauer Stoffhose trug er dunkle Lackschuhe. Ronellenfitsch vermutete, dass das männliche Model das Geld seines Vaters auf dem Körper trug. Die Haarfarbe konnte man schlecht beurteilen, weil sich der Mann die Kopfhaut hatte rasieren lassen. Den Augenbrauen nach zu urteilen mussten sie rabenschwarz sein. Als er den Kopf zur Seite wandte, schimmerte es, als trage er Kontaktlinsen.

„Guten Tag. Sie wünschen?" Im Hintergrund zog sich der gegelte Pfortenmeister zurück.

Günter Ronellenfitsch und Lene Laubach stellten sich vor und fragten nach dem Namen ihres Gegenübers.

„Maximilian von Sicken. Ich bin für dieses Haus verantwortlich."

„Herr von Sicken, es geht um Ihren Kommilitonen Steffen Wienhausen."

„Der ist nicht da", entgegnete er sofort.

„Das wissen wir. Er liegt nämlich im Krankenhaus."

Der junge Mann zeigte keinerlei Reaktion.

„Wollen Sie nicht wissen, was passiert ist?"

Statt einer Antwort bot ihnen der Student Stühle an. Er nahm selber Platz, lehnte sich zurück, verschränkte die Arme vor der Brust und sah die Polizisten aufmerksam an.

Günter Ronellenfitsch eröffnete mit einer Routinefrage. „Wie stehen Sie zu Herrn Wienhausen?"

„Er wohnt hier. Steffen studiert Anglistik. Wir kennen uns nicht näher."

„Herr Wienhausen ist ziemlich schwer verletzt. Wir vermuten, dass er von Unbekannten in eine laufende Maschine gedrückt wurde."

„Das ist bedauerlich. Und was können wir da tun?"

„Sie könnten uns Auskünfte geben, ob er vielleicht mit jemandem im Streit liegt, wie seine finanziellen Verhältnisse sind und ob er irgendetwas mit Druckmaschinen zu tun hat."

Von Sicken hob eine Augenbraue. „Wissen Sie, wir mischen uns nicht in private Angelegenheiten ein. Ich weiß lediglich, dass Herr Wienhausen vom Bodensee stammt, aus Meersburg. Aber mit dreckigen Tätigkeiten hat keiner von uns etwas im Sinn."

Lene Laubach musste durchatmen und sich selbst zur Ruhe mahnen. „Halten Sie das Druckerhandwerk für eine dreckige Tätigkeit?"

Von Sicken lächelte mit schmalen Lippen. „Unsere Korporation stellt die Elite von morgen, und dazu passen keine schwarzen Fingernägel. Körperliche Arbeit ist für diejenigen gemacht, denen es intellektuell nicht zum Studium reicht."

Für Günter Ronellenfitsch verdichtete sich der Eindruck, dass sein Gegenüber ein arroganter Schmierlappen war. Er grinste zurück, als er sagte: „Wenn ich es recht gesehen habe", er wies auf die Fotos an den Wänden, „betätigen Sie sich aber durchaus körperlich. Oder bewegen Sie Ihre Fechtwaffen mittels Geisteskraft?"

Das Lächeln verschwand aus von Sickens Gesicht. „Ich glaube kaum, dass es zu Ihren Aufgaben gehört, das zu beurteilen!"

„Und ich glaube kaum, dass unsere Aufgaben Ihrer Beurteilung unterliegen." Der Kommissar war jetzt verärgert. Warte, Bürschchen, dachte er, wenn du unseren Zitronenfalter auf dem Hals hast, wirst du wissen, was Säure ausrichtet! Laut sagte er: „Unsere Aufgabe besteht unter anderem darin, herauszufinden, wer Ihren Kommilitonen so zugerichtet hat, dass er sein Leben lang wohl seinen linken Arm nie wieder bewegen werden kann. Und dazu können wir Sie gerne auch auf unser Präsidium bitten."

„Ich bin mir nicht sicher", erwiderte der Student, „ob Sie wissen, mit wem Sie es zu tun haben. Theodor von Sicken ist mein Vater."

„Gratuliere!", ätzte Lene Laubach. „Müssen wir ihn kennen?"

Der junge Mann streifte die Kommissarin nur mit einem Seitenblick. Es war deutlich, dass Frauen für ihn keine ernstzunehmenden Gesprächspartner waren, denn er richtete die Antwort an den Polizisten: „Er ist Präsident von CCD und besitzt einigen Einfluss in Stuttgart."

CCD, *Crown Current Division*, war ein internationaler Konzern der Elektroindustrie. Einer der Hauptstandorte lag entweder in Heidelberg oder in Mannheim. Genau konnte dies niemand sagen, da die Grenze zwischen beiden Landkreisen quer über das CCD-Gelände verlief. In der Fabrik wurden Elektrokomponenten für einen weltweiten Einsatz hergestellt.

Die Polizisten blieben von der geschilderten Stellung des Vaters unbeeindruckt, was den Burschenschafter sichtlich wurmte. „Sie kommen aus Stuttgart?“, fragte Lene Laubach, ohne die Arroganz ihres Gegenübers zu beachten.

Wieder antwortete von Sicken nur dem Kommissar: „Nein, meine Eltern wohnen in Nürnberg. Doch Sie können gerne bei der Stuttgarter Landesregierung nach ihnen fragen.“ Er bleckte kurz sein makelloses Gebiss.

Sie erkannten, dass von ihm vorerst keine verwertbaren Auskünfte zu Steffen Wienhausen zu erwarten waren. So gaben sie sich für den Moment damit zufrieden und verabschiedeten sich, nicht ohne dass ihm Günter Ronellenfitsch seine Visitenkarte in die Hand gedrückt hatte mit dem Hinweis, er möge sich bitte melden, wenn ihm noch etwas einfiele.

Als die beiden das Haus verließen, warfen sie noch einen Blick in die Einfahrt. Ein Motorrad fehlte nun, der Audi und das Hängebauchschwein waren geblieben. Hinter dem Fenster stand von Sicken und ließ die Karte des Kommissars immer wieder über den Fingernagel schnalzen, während er die Polizisten betrachtete, die die Straße hinuntergingen.

Drei

Jojo liebte Orientierungsfahrten. Das waren keine Massenveranstaltungen, sondern man konnte alleine sein mit seinem Motorrad. Zu Beginn bekam der Teilnehmer ein Heft mit Fragen und Aufgaben in die Hand gedrückt, die ihn auf eine Strecke führten, je nach Veranstalter über pittoreske Nebenstraßen. Alte O-Fahrt-Hasen rüsteten sich mit detaillierten Straßenkarten aus, vielleicht sogar mit topografischen Blättern, Kompass, Metermaß, Zirkel, Fernglas, Höhenmesser und Bleistift.

Seit Handys und Tablets samt Internet-Funkanbindung Einzug gehalten hatten, wurde es für die Veranstalter natürlich schwieriger, knifflige Aufgaben zu stellen. Doch bei Chinesen- und Fischgrätenrallyes halfen weder Computer noch Navi, und auch die Tonhöhe von Kirchenglocken oder die Suche nach Bärlauch wurden von Wikipedia nicht unterstützt. Die Benutzung elektronischer Helfer war für alte Fahrensleute ohnehin unter ihrer Würde. Bei guten O-Fahrten gab es überdies kein Zeitlimit, was Jojos Fahrstil entgegenkam, den er „Motorradwandern“ nannte.

Die Motorradfreunde Öhringen hatten eingeladen. Das Wetter war freundlich geworden, und er rang eine Weile mit sich, ob er Irene anbieten sollte, auf ihrer frisch erworbenen Aprilia mitzukommen.

Im Normalfall war Jojo ein militanter Verfechter des Alleinfahrens. Rudelbraten konnte er nicht leiden. Und ein Rudel war für ihn alles, was über ein Motorrad hinausging. Entweder musste man zusehen, dass man dem Vordermann hinterherkam, oder man blickte fortwährend in den Rückspiegel, ob der Nachfolgende die Kurve bewältigte. In beiden Fällen bekam man von der Landschaft nichts mit. Ständig musste man sich anderen anpassen – sie fuhren entweder zu schnell oder zu langsam, dann wollte jemand anhalten, um zu rauchen, ein paar Kilometer weiter musste der nächste pinkeln, tanken oder sein Motorrad reparieren. Und pausierte der Schwarm, texteten sich dessen Bestandteile gegenseitig zu. Nein, zu elft spielte man Fußball, zu dritt Skat, zu zweit Schach – und allein fuhr man Motorrad.

In diesem Fall jedoch machte er eine Ausnahme. Mit seiner Montesa war er ähnlich motorisiert wie Irene mit der Moto 6.5, vielleicht glichen sich ja ihre Fahrstile. Zudem war ihm die junge Kommissarin mit ihrer unkomplizierten Art durchaus sympathisch. Und schließlich gierte der Journalist natürlich nach Informationen, nicht nur zu dem Fall des Eingeklemmten, sondern allgemein zum Polizeialltag.

Jojo wählte also die Ladenburger Nummer. Zu seinem Erstaunen musste er nicht lange bitten. Irene Falter hatte ihr freies Wochenende und war froh, den Renovierungsarbeiten an ihrem Häuschen entfliehen zu können, wenn auch eine Motorradtour nur ein Vorwand war, ihr schlechtes Gewissen zu beruhigen. Sinnvollerweise holte sie den Journalisten in dessen Wohnort an der Badischen Bergstraße ab. Gemeinsam nahmen sie die Strecke quer durch den Odenwald unter die Räder.

Öhringen liegt an der A6 östlich vom Weinsberger Kreuz und ist unter Insidern bekannt für Paul Heyds Privatsammlung faszinierender Autos und Motorräder aus den Fünfziger- bis Achtzigerjahren des vergangenen Jahrhunderts.

Dort startete auch die Orientierungsfahrt an jenem Samstag im April. Nach einem Begrüßungs-Kaffee erhielten alle Teilnehmer ihre Aufgabenhefte. Jojo und Irene blätterten sie auf. Schnell erkannten sie, dass eine Rundstrecke durch die Hohenloher Ebene führte, eine malerische Landschaft im Fränkischen an Jagst und Kocher. Über zwanzig Fragen und Prüfungen waren zu beantworten und zu bewältigen. Einige davon konnte Irene Falter mithilfe der Straßenkarte bereits am Startpunkt lösen, da sie im Bauland aufgewachsen war, der Gegend um Tauberbischofsheim nördlich von Hohenlohe.

Gemeinsam machten sie sich auf den Weg. Es gab Fragen zu einheimischen Spezialitäten zu lösen, zu Götz von Berlichingen, der hier gelebt hatte, zu den Bauernkriegen Anfang des 16. Jahrhunderts und zu bestimmten Begriffen der örtlichen Mundart. Die Route mied die breiten Straßen und führte über Nebenstrecken, Dorfgassen und Feldwege. Vieles davon war nicht ausgeschildert, und Reiterin und Reiter mussten sich gänzlich auf Karte und Kompass verlassen. Die Sonne half, indem sie ab und zu zwischen den Wolken hervorlugte.

Weikersheim wollte besucht werden, Schloss Langenburg mit seinem Fahrzeugmuseum und einer der zahlreichen Weinberge, bei dem man die Rebsorte feststellen musste – eine Aufgabe, die ohne Unterstützung Einheimischer nicht zu bewältigen war.

In Rothenburg ob der Tauber scheuchte das Aufgabenheft die beiden ins Foltermuseum, in dem ohne Erklärungen geschichtlicher Zusammenhänge Quäl- und Mordinstrumente aus der Zeit gezeigt wurden, in der in Europa auf Geheiß der Kirche Millionen Menschen umgebracht worden waren. In den Begleittexten wurden die zu Tode gefolterten und verbrannten Frauen tatsächlich als „Hexen" bezeichnet, und zwar ohne Anführungsstriche. US-Amerikaner, Japaner und andere Touristen drängten sich hier, um sich Horrorschauern hinzugeben sowie der selbstgerechten Illusion, dass heute, vierhundert Jahre später, kein Mensch mehr gefoltert oder ermordet wurde. Zumindest nicht auf Geheiß von Regierungen oder Weltreligionen in den sogenannten zivilisierten Ländern. Fluchtartig verließ Jojo den Ort der Geschichts- und Realitätsignoranz. Die Kommissarin mochte durch Beruf oder Charakter robuster sein und blieb, bis sie die Frage im Heft gelöst hatte.

Die Sonne stand nun hoch am Himmel und schmolz die letzten Nieseltropfen aus den Wiesen. Zeit für eine Mittagspause. Aprilia und Montesa nahmen noch die Strecke nach Braunsbach unter die Räder, dem Ort, auf dessen Marktplatz alljährlich ein bekanntes Treffen von Veteranen-Motorrädern stattfindet. Ein paar Mal hatte Jojo als Journalist daran teilgenommen und konnte daher seine Reisegefährtin zu einem gemütlichen kleinen Restaurant führen, untergebracht im Tiefparterre eines alten Fachwerkhauses.

Aus der Karte wählte er ortstypische **Käsespatzen**, während sich Irene Falter **Linsen mit Saitenwürsten** bestellte. Als die Gerichte kamen, blickte Jojo, Kurpfälzer mit nordhessischem Migrationshintergrund, mit ähnlicher Abscheu auf das Gericht der jungen Frau wie diese vor ein paar Tagen auf seine Weißwürste. Was fanden die Süddeutschen nur an Linsen? Ungeachtet des kulinarischen Schlaraffenlandes, das sich südlich der Mainlinie erstreckte und in seinen Augen mit dem Paradies fusioniert worden war – er hatte ja lange genug im chronisch salzkartoffelgepeinigten Waldeck leben müssen –, gab es hier einige, wenn auch wenige Speisen, zu deren Genuss man einen teflonbeschichteten Magen benötigte. Linsen mit Saitenwürsten gehörten dazu. Noch grausamer trieben es die Schwaben, die diesem Problemmüll Spätzle hinzufügten, was eine Pampe ergab, mit der Jojo nicht einmal Schlaglöcher füllen würde, und die möglicherweise Ursache der Niederlage war, die die Badischen Haufen im Bauernkrieg erlitten hatten. Jojo vermutete, dass damals mancher Leibeigene die gegnerische Hellebarde den Magenkrämpfen vorgezogen hatte, die die drohende Zwangsernährung mittels *Lensa mit Schbätzla ond Saidawirschd* zur Folge gehabt hätte.

Irene Falter, geboren im Madonnenländchen, war in dieser Hinsicht ganz offensichtlich belastbar und zeigte keinerlei Anzeichen von Brechreiz. „Ich würde gerne die restliche Strecke vorausfahren", bat sie. „Wäre das in Ordnung für dich?"

Jojo hatte von Anfang an bemerkt, dass ihre Fahrstile harmonierten. Keiner musste langsamer oder schneller fahren als gewünscht, beide mochten zu gleicher Zeit die Fahrt unterbrechen, und selbst die Tankpausen unternahmen sie gemeinsam. Er fühlte sich wohl und musste zu seinem Erstaunen feststellen, dass ihn diese Frau auf ihrem 650er Eintopf durchaus zum Rudelfahren verleiten könnte – vorausgesetzt, das Rudel überstieg zwei Maschinen nicht. So stimmte er zu. Und er nutzte Irenes Lächeln zur neugierigen Frage: „Seid ihr bereits weitergekommen in dem Druckmaschinenfall?"

„Ja. Der Mann ist am Freitagabend erwacht und konnte befragt werden. Er heißt Steffen Wienhausen, ist 23 Jahre alt, studiert in Heidelberg und stammt vom Bodensee. Er wohnt in einem Verbindungshaus."

Verbindungshäuser waren Jojo durchaus ein Begriff. Das waren diese Studentenwohnheime, die von Burschenschaften, eben Verbindungen, unterhalten wurden, und die ausschließlich Männern offenstanden, bei den meisten Korporationen überdies nur Mitgliedern. Den größten Teil des zum Unterhalt der Häuser benötigten Geldes brachten die „Alten Herren“ auf, ehemalige Studenten, die längst im Beruf standen und meist hohe Positionen in Staat und Wirtschaft bekleideten.

„Konnte er Täter und Motiv nennen?“

„Nein, er konnte oder wollte sich an fast nichts mehr erinnern. Mein Kollege, der ihn befragte, hatte allerdings den Eindruck, dass er etwas verschwieg.“

„Ist er schwer verletzt?“

„Sein linker Arm wird wohl gelähmt bleiben, die Schulter wurde zertrümmert. Alles andere heilt, wie die Ärzte sagen.“

„Meinst du, man wollte ihn lediglich verletzen? Oder war es ein Mordversuch?“

„Das ist bisher schwer zu sagen. Er hätte tot sein können. Deswegen bleibt auch unsere Soko damit befasst.“

„Wie geht ihr weiter vor?“, wollte Jojo wissen.

„Ronellenfitsch hat die Burschenschafter besucht. Viel hat er allerdings nicht in Erfahrung gebracht. Das Opfer, Steffen Wienhausen, stammt aus Meersburg, aber seine Burschenschaftsbrüder wollten keine weiteren Informationen herausrücken. Ich habe den Eindruck, sie verheimlichen etwas. Allerdings haben wir bisher nur mit einem von ihnen sprechen können, offenbar der Kopf der dortigen *Wibelingia*. Der Name soll übrigens vom Heidelberger Stadtteil Wieblingen abstammen."

„Wie viele Leute arbeiten denn in eurer Sonderkommission mit?"

„Außer Ronellenfitsch und mir noch zwei feste Kollegen. Und je nach Bedarf ziehen wir noch weitere hinzu. So hat die Kollegin Laubach aus Heidelberg geholfen ..."

Jojo unterbrach sie: „Lene Laubach? Die kenne ich. Da gab es mal eine Pressekonferenz, auf der sie einen recht guten Eindruck gemacht hat."

„Einige dieser *Wibelingia*-Mitglieder in Heidelberg scheinen auch Motorrad zu fahren. Ronellenfitsch meint, eines sehe aus wie ein Hängebauchschwein." Sie lachte.

„Das kann nur eine Ducati Diavel sein", war Jojo überzeugt. „Seit einer AJS in den Fünfzigerjahren hat es kein so hässliches Design mehr gegeben. Sogar BMWs sehen besser aus. Und die gehören nur bei Nacht gefahren."

„Weißt du zufällig etwas über motorradfahrende Burschenschafter einer schlagenden Verbindung?"

„Nein, zumindest sind sie mir bisher nicht aufgefallen. Aber ich kann mich ja mal umhören."

Unter den Jojo bekannten Motorradfahrern befand sich niemand mit tiefen Narben im Gesicht –

„Schmisse“ sagte man dazu in einschlägigen Kreisen. Allerdings konnten Narben ja auch andere Ursachen als Säbelhiebe haben. Eine Fahrt zum Beispiel auf dem C1-Roller von BMW konnte dazu führen, dachte er belustigt. Den Roller durfte man ohne Helm fahren, musste aber zwei Sicherheitsgurte anlegen, sonst ließ er sich nicht starten. Löste man dann die Gurte mittels eines Zentralhebels, so schnalzten sie mit Wucht zurück, und ihre Schlösser konnten dann dem Fahrer durchaus Mensurschmisse zufügen. Wäre das nicht das ideale Dienstfahrzeug für eine schlagende Verbindung?

„Magst du mich auf dem Laufenden halten?“, bat er die Kommissarin.

„Das habe ich dir ja bereits versprochen. Mit zwei Einschränkungen: Erstens erfährst du nichts, was die Ermittlungen behindern könnte. Zweitens brauche ich dein Indianer-Ehrenwort, dass ohne meine Zustimmung nichts an die Öffentlichkeit dringt.“

„Ich schwöre!“

Am späten Nachmittag kehrten Irene Falter und Jojo nach Öhringen zurück, versehen mit Endorphinen und roten Wangen sowie mit Gegenständen, die sie hatten finden müssen und deren Vorhandensein am Zielpunkt geprüft wurde: ein rohes (und unbeschädigtes!) Hühnerei, ein Schälchen Erdbeeren (und das im April!), eine Tüte mit regionalem Gebäck, eine Flasche Frankenwein und ein Schokoladen-Nikolaus. Letzteren zu finden war jetzt im Frühling wohl die größte Herausforderung gewesen. Doch Jojo kannte noch aus der Zeit seines Jura-Studiums den Wortlaut eines Gesetzes zur Begrenzung von Schokoladenpreisen, das bei den Erstsemestern regelmäßig für Heiterkeit gesorgt hatte: „Als Weihnachtsmänner im Sinne dieses Gesetzes gelten auch Osterhasen." Tatsächlich wurde von einigen Firmen die gleiche Gussform für beide Figuren verwendet und nur unterschiedlich umhüllt. Entfernte man das farbige Stanniol, kam darunter eine neutrale braune Figur zum Vorschein, sodass Jojo den Veranstaltern einen Schoko-Nikolaus vorweisen konnte – von Verpackung war ja nicht die Rede gewesen.

Unter dem weit auskragenden Vordach einer Bauernscheune klang der Tag aus. Die Motorradfreunde Öhringen hatten Grillgut, Salate und Getränke besorgt, und nach der Verleihung nicht ganz ernstgemeinter Preise begann der gemütliche Teil. Gegen halb zwölf rollte sich Jojo auf dem Scheunenstroh in seinen Schlafsack. Die Kommissarin hielt länger durch und folgte später.

***

Die Sonne kitzelte sie aus dem Schlaf. Noch im Dämmerzustand roch Irene Falter Kaffeeduft, während das Stroh unter ihr bei jeder Bewegung knisterte. Sie fühlte sich wohl in ihrem warmen Schlafsack. Sie blieb noch ein Weilchen liegen und ließ den vergangenen Tag im Geist Revue passieren. Es war angenehm gewesen, mit dem Journalisten unterwegs zu sein. Motorradfahrten hatten den Vorteil, dass man sich nicht ständig unterhalten musste und eigenen Gedanken nachhängen konnte. Doch selbst in den Pausen hatte Jojo sie nicht zugeschwallt, wie sie es von vielen Männern kannte – die Realität stand wie so oft in krassem Gegensatz zum Klischee. Wenn er allerdings den Mund auftat, konnte er eine gewisse Klugscheißerei nicht verhehlen. Irene Falter erfand auch gleich das passende Wort dazu: Jojopedia.

Bevor ihr indes zu wohl wurde, rief sich die Kommissarin zur Ordnung. Sie kannte diesen Jojo ja kaum. Pass besser auf, ihm nicht zu viel zu erzählen, ermahnte sie sich selbst. Zum einen wäre das ihrer Arbeit abträglich, zum anderen hatte sie schlechte Erfahrungen damit gemacht, sich zu sehr auf einen Mann einzulassen. Nein, es tat nicht mehr weh, wenn sie an jenen Lokführer dachte, dessentwegen sie sich vor Jahren von Tauberbischofsheim nach Homberg an der Efze hatte versetzen lassen. So unstet wie sein Beruf war auch seine Art gewesen, was Frauen anbetraf. Daher war schließlich die

Liebe den Schienenstrang hinabgerollt, und die Erinnerung daran war nur noch eine Seite aus einem fremden Roman.

Irene Falter kroch aus ihrem Schlafsack und meldete sich für eine Tasse Kaffee an.

***

Rübe fror. Er saß nun bereits geschlagene zwei Stunden vor dem Lieferanteneingang der Chirurgie und wartete auf Jule. Trotz der hellen Vollmondnacht war er kaum zu erkennen, denn vor der Bank für die Raucher des Klinikpersonals stand ein dichter Thujabusch und warf seinen Schatten auf den hageren Mann.

Sie waren verabredet. Regelmäßig. Seit Wochen. Rübe, wie ihn alle seiner Knollennase wegen nannten, gehörte nicht zu jenen Fixern, die so weit unten gelandet waren, dass sie sich ihren Schuss mit irgendwelchen Nadeln setzten, egal, ob sie steril waren oder gebraucht. Nein, er wollte sein achtundzwanzigjähriges Leben nicht wegen einer völlig überflüssigen Blutvergiftung oder Infizierung mit HIV aushauchen. Dann schon lieber einen Goldenen Schuss, davon hätte er wenigstens noch etwas.

Sie nannte sich Jule. Wahrscheinlich war das nicht ihr richtiger Name. Egal. Jule war Nachtschwester und hatte Rübe eines Morgens beim Nachhauseweg am Neckarufer entdeckt, wie er dort im Gebüsch lag. Nach ein paar Sätzen war ihr klargeworden, dass sie nicht als Streetworkerin geeignet war. Rübe hatte nur trocken gelacht, als ihn die junge Frau von der Gefährlichkeit der Drogen überzeugen wollte. In einem Anfall von Mitleid hatte sie ihm versprochen, ihn wenigstens regelmäßig mit sterilen Spritzen von der Diabetes-Station zu versorgen. Immer nur eine, damit es nicht auffiel. Das ging so nun bereits seit zwei Monaten so. Rübe war immer zuverlässig erschienen und hatte seine Nadel abgeholt. Von Anfang an war zwei Uhr nachts ihr Date.

Die Milchglasscheibe der Tür leuchtete auf. Jule trat heraus, ging zu Rübe an die Bank, der die Augen zusammenkniff, weil ihm die kleine Taschenlampe der Nachtschwester ins Gesicht schien.

„Augen auf!“, befahl sie. „Ich will deine Pupillen sehen.“

Rübe gehorchte.

Jule war nicht zufrieden. Doch was konnte sie schon erwarten bei einem Fixer, der sich auf der steilen Rutschbahn nach unten befand, an deren Ende eine namenlose Urne wartete? Sie drückte die Spritze in seine zitternde Hand. Dann zog sie noch eine Ampulle aus der Kitteltasche. „Weil gerade Ostern war“, erklärte sie, und gab Rübe zusätzlich das Glasfläschchen, drehte sich um und verschwand durch die Tür ins Innere.

Ja, sie wusste, sie war sentimental. Doch besser, Rübe drückte sich das Methadon in die Vene als irgendein Dreckzeug unbekannter Herkunft. Natürlich würde die fehlende Ampulle auffallen, die Bestückung des Giftschranks wurde streng kontrolliert. Doch kein Mensch würde die Nachtschwester einer weit entfernten Station verdächtigen, zumal niemand von dem illegalen Zweitschlüssel zu dem Schrank Kenntnis hatte.

Mühsam entzifferte Rübe die Beschriftung im Mondlicht. Polamidon stand dort. Also Methadon! Er wusste, dass das Zeug normalerweise tropfenweise geschluckt wurde, doch man konnte es auch spritzen. Jule war wirklich ein prima Kumpel! Er sollte ihr gelegentlich einen Strauß Blumen mitbringen, die er im Park rupfen konnte.

Rübe wollte gerade die Verpackung der Spritze aufreißen, als hinter der Scheibe des Lieferanteneingangs erneut das Licht aufflackerte. Schritte waren zu hören. Wollte Jule noch etwas von ihm? Vielleicht die Ampulle zurückholen, weil sie das Geschenk bereute? Die Tür ging auf, und der Schein der Neonlampen beleuchtete den gepflasterten Zufahrtsweg.

***

Steffen Wienhausen lag in einem Doppelzimmer der Mannheimer Chirurgie. Das zweite Bett stand allerdings bereits seit zwei Tagen leer, den Zimmergenossen hatte man in die Rehabilitation entlassen. Nicht dass Wienhausen dies bedauert hätte – er wollte seine Ruhe haben, und der Mitpatient hatte ihm fast ein Ohr abgekaut. Ohnehin hing er am Tropf mit Antibiotika, Sedativa und vor allem Schmerzmitteln. Ihm war dadurch kaum bewusst, dass er eine zerquetschte Schulter besaß und seinen linken Arm nie wieder würde bewegen können. Die Infusion sorgte für eine Art Dämmerzustand.

Nur undeutlich konnte er sich an die Geschehnisse jener Nacht erinnern. Sie hatten ihn überredet, in das Museum einzusteigen. Warum allerdings die Alarmanlage nicht angesprungen ist, war ihm nicht klar. Jemand musste sie rechtzeitig ausgeschaltet haben. Worum war es eigentlich gegangen? Undeutlich erinnerte sich Wienhausen an einen riesigen dreieckigen Metallklotz, dessen Seiten bogenförmig abgerundet waren. Sie waren gemeinsam einige Rampen im Haus hinaufgegangen, danach setzte seine Erinnerung aus.

Meersburg kam ihm in den Sinn, die steile, verwinkelte Stadt am Bodensee. Im Halbschlaf sah er sich selbst, wie er als Kind durch die Gassen streifte, auf geheimen Wegen in die Burg gelangte. Am Ufer spielte er mit Kieseln und ließ flache Steine übers Wasser hüpfen. Plötzlich lag der See unter heißer kalifornischer Sonne. Wienhausen stand auf den Eingangsstufen der Universität, in der er sein Auslandssemester verbracht hatte. Dann wieder saß er in der Kirchenbank, der Kindergottesdienst hatte begonnen. Plötzlich löste sich der Pfarrer in Luft auf, und auf dem Altar erschien wieder dieser gewaltige dreieckige Metallklotz, auf dessen glänzender Oberfläche sich diesmal bunte Lichtstrahlen spiegelten, die durch die Kirchenfenster hereinfielen. Ein Maschinengeräusch übertönte das Orgelspiel.

Kurz wachte Steffen Wienhausen auf. Er blickte an eine weiße Zimmerdecke und erinnerte sich diffus an Vorwürfe, die ihm gemacht worden waren. Wortfetzen gingen ihm durch den Kopf: „Deutscher Erfindergeist ... Elite ... Diebstahl ..."

Draußen hatte heute die Sonne geschienen, doch nun war sie hinter dem Horizont verschwunden. Ein Pfleger der Spätschicht hatte nach dem Patienten geschaut, die Übergabe an die Nachtschicht war erfolgt, und die Nachtschwester war bereits durch die Zimmer gegangen. Wienhausen döste ein.

Es war eine ruhige Nacht auf der Station, nur ein Patient klingelte einmal nach der Schwester. Etwa zwei Stunden nach Mitternacht öffnete sich leise die Tür zu Wienhausens Zimmer, die Frau im weißen Kittel trat ein. Wie bei Nachtschwestern üblich, leuchtete nur eine kleine Taschenlampe. Steffen Wienhausen schlief. Die Frau trat an das Gestell mit der Infusionsflasche, zog eine Spritze hervor, stach sie durch den Gummiverschluss und drückte sie leer. So leise, wie sie gekommen war, verließ die Pflegerin wieder das Krankenzimmer.

Gegen Morgen, als die Nachtschwester ihre letzte Runde machte, holte sie eilends den Arzt hinzu, der nur noch Steffen Wienhausens Tod feststellen konnte.

Vier

Er hat lange nach den Bestandteilen gesucht, wobei es schwieriger war, an die benötigten Mengen zu kommen als an die Substanzen selbst. Doch nun verfügt er darüber und kann beginnen.

Ha, wenn sie wüssten, wie er das Temperaturproblem gelöst hat! Sie sind trotz ihrer ganzen teuren Forschung nicht dazu in der Lage gewesen. Er hätte ihnen durchaus die Wege gezeigt und die Mittel besorgt, aber so? Selber schuld, wenn sie meinten, dass sie ihn entlassen konnten.

Frau Doktor Asmus hatte nur noch resigniert abgewinkt, als er ihr das Entlassungsschreiben gezeigt hat. Forschung und Entwicklung an dem Projekt waren eingestellt worden. Order von ganz oben. Dabei waren sie kurz vor dem Durchbruch gewesen. Dumm von ihnen, dass sie ihn alleine ließen. Er besaß das Vertrauen von Doktor Asmus und konnte jederzeit Büro und Labor betreten. Pläne, ganze Akten hat er sich heimlich kopiert. Sie wären allerdings nichts wert, wenn er nicht den entscheidenden Tipp bekommen und wenn der Vater ihm nicht von der Tür erzählt hätte. Dieser Umstand versetzte ihn in die Lage, alleine weiterzuarbeiten.

Das soll wohl einst ein Trichter gewesen sein, ein Bombentrichter, von denen es nur vier in der ganzen Stadt gab. Seltsam genug. Doch ihm soll es egal sein. Die nötigen Geräte stehen bereit, der kleine leistungsfähige Kompressor, Inverter-Schweißanlage, Halon-Löscher, Emaillierofen, die Messinstrumente. Und darauf, wie er den nötigen Strom besorgt hat, ist er besonders stolz. Die große Spule hat er allein berechnet! Werktisch, Regale, Stuhl, eine leistungsfähige Beleuchtung – alles ist vorhanden. Zum Glück haben sie hier in der Nähe ein Institut neu möbliert, da konnte er sich beim Sperrmüll bedienen. Neu durfte er das alles nicht besorgen. Es hätte seine finanziellen Möglichkeiten überstiegen, und außerdem wollte er keine Spuren hinterlassen – Rechnungen, Belege, Erinnerungen von Verkäufern und Lieferanten. Nein, bis er mit der Entwicklung fertig sein wird, darf niemand davon erfahren. Und selbst dann muss er den Verkauf äußerst geschickt einfädeln. Gerade jetzt, wo bald Hunderttausende, wenn nicht eine Million damit ausgestattet werden sollen, werden sich die Hersteller darum reißen. Er überschlägt: Pro Stück zehn Euro, das wär's doch! Zehn Millionen – das wäre die Rache an den Ignoranten im fünften Stock.

Nun fehlt nur noch das Material. Das ist unterwegs.

***

Jojos Anrufbeantworter enthielt drei neue Nachrichten. Die ersten beiden konnte er löschen, doch bei der dritten musste er sich setzen. Das Heidelberger Krehl-Krankenhaus, Teil der Universitätsklinik, bat ihn um Rückruf. Jojo war kerngesund, also konnte es sich nur um einen Angehörigen oder einen Bekannten handeln. Er wählte die hinterlassene Nummer.

„Herr Jordan, bei uns wurde ein Herr Markus Dirkes eingeliefert, und wir haben bei ihm lediglich Ihre Adresse gefunden. Von Angehörigen wissen wir nichts. Herr Dirkes ist noch bewusstlos. Könnten Sie vorbeischauen und uns fehlende Informationen geben?"

Jojo versprach, so schnell wie möglich zu kommen. Die Montesa war noch warm von der Rückfahrt aus Öhringen, und er saß auf, obwohl er zitterte.

An der Klinikpforte schickte man ihn zur Intensivstation, wo er sich anmelden musste und ein Arzt ihn empfing. „Herr Jordan, Sie sind ein Bekannter von Herrn Dirkes?"

„Ja, ein Freund."

„Wir haben in den Papieren von Herrn Dirkes die Notiz gefunden, dass wir Sie benachrichtigen sollen, falls ihm etwas zustößt. Ich gehe davon aus, dass das so in Ordnung ist."

„Natürlich, wir kennen uns gut."

„Wissen Sie, wie man Angehörige von ihm erreichen kann? Ehefrau, Kinder, Eltern?"

„Markus lebt allein. Seine Mutter wohnt in einem Heim in Überlingen. Sie ist sehr betagt und leicht verwirrt. Der Vater ist bereits gestorben, Kinder oder Geschwister gibt es nicht. Was ist denn passiert?"

„Herr Dirkes wurde gestern zwischen Neckarsteinach und Neckargemünd auf der Bundesstraße neben seinem Motorrad gefunden. Er hatte einen funktionellen Herzstillstand und musste defibrilliert und reanimiert werden. Noch ist er bewusstlos. Das Echo zeigt eine sehr schwache Pumpfunktion. Wir werden eine Herzkatheteruntersuchung vornehmen, um Näheres festzustellen. Derzeit wird er mit Infusionen stabilisiert."

„Kann ich zu ihm?"

„Sicherlich. Und eine Bitte, die mir die Polizei ausgerichtet hat: Sein Motorrad steht noch immer an der Straße, wir haben den Schlüssel. Könnten Sie sich darum kümmern?"

Von vielen Kabeln und summenden Geräten umgeben, lag sein Freund Markus im Bett der Intensivstation. Ein Sauerstoffschlauch führte zu seiner Nase. Er war blass, und Jojo schien es, als sei sein Gesicht eingefallen. Vielleicht war es lediglich ein falscher Eindruck durch das zwei Tage lang unrasierte Kinn. Auf dem Monitor am Kopfende war die Herzkurve zu sehen, die häufige Aussetzer und Extrasystolen aufwies. Der Freund atmete schnell. Jojo legte ihm die Hand auf den Arm, wobei er erst eine freie Stelle suchen musste, in der keine Infusionsnadel steckte. Markus' Atem schien nun ruhiger zu werden.

„Mensch, Kerl, was machst du für Sachen?", flüsterte Jojo.

Herzprobleme? Sollte Markus davon gewusst haben, so hatte er jedenfalls nie darüber gesprochen. Eine Schwester kam ins Zimmer. Sie grüßte und wechselte mit geübten Griffen die große Spritze in einem Gerät.

Eine Stunde lang saß er an der Seite des Freundes, der entgegen seiner vagen Hoffnung nicht erwachte. Dann hielt er es nicht mehr aus, verließ das Krankenhaus und setzte sich auf eine Bank vor der Pforte. Er nahm sich vor, Markus so häufig wie möglich zu besuchen. Nun musste er sich zunächst um die Suzuki kümmern, sie in ihre Garage bringen und nach Markus' Wohnung schauen. Um im Urlaub gegenseitig Post und Blumen zu versorgen, hatten sie einst ihre Zweitschlüssel getauscht.

Er lenkte die Montesa nach Neckargemünd und nahm von dort den Bus über die badisch-hessische Grenze nach Neckarsteinach. Nicht weit vom Ortsschild entfernt entdeckte er die Suzuki und fuhr sie zu Markus' Wohnung.

***

Es hatte nachts ein wenig geregnet, die Wiese vor seinem Häuschen glitzerte in der Morgensonne. Jojo schnallte den Rucksack auf und rollte die MZ aus der Garage. Wenn ihn jemand vor einigen Jahren gefragt hatte, welches Motorrad er denn fahre, so stellte er gerne die Gegenfrage: „An welchem Wochentag?" In der Tat hatte er sieben verschiedene

Maschinen besessen und konnte auswählen, welche für den jeweiligen Tag am geeignetsten erschien. Aber Fahrzeuge benötigten Pflege und ab und zu Reparaturen. So hatte er seinen Fuhrpark auf vier Modelle reduziert: das Wasp-Gespann mit einem Liter Hubraum; eine GasGas mit Trial-Genen zum Querfeldeinwandern; die fast dreißig Jahre alte MZ, der er zu dreihundert Kubik, siebenundzwanzig PS und einem Tank mit ebenso viel Litern verholfen hatte; und schließlich die grüne Montesa, mit der er meist unterwegs war. Zugegeben – auf Tank und Motor stand ursprünglich „Honda". Doch da die SLR 650 im spanischen Montesa-Werk gebaut wurde und auch in den Papieren dieser traditionsreiche Name stand, hatte Jojo die Embleme mit dem iberischen Logo überklebt und bestand auf der Markenbezeichnung.

Die dreihundert Kilometer zum Bodensee konnte er natürlich auf der Autobahn herunterreißen. Doch machte das Spaß, ganz zu schweigen von den ewigen Staus auf A6 und A81? Lieber kalkulierte er das Doppelte an Zeit ein und nahm sich Nebenstrecken vor, die auf der Generalkarte gelb und manchmal grau eingezeichnet waren. Der Kraichgau lag vor ihm, Schwarzwald und Hegau. Zu Beginn war auch noch ein wenig Odenwald dabei.

Wie mit einem gigantischen Rechen geformt, ziehen sich die Täler des vorderen Odenwaldes von Nord nach Süd, bis sie auf den Neckar treffen. Eine kleine romantische Fähre führt vom hessischen

Neckarhausen zum badischen Neckarhäuserhof hinüber. Der sogenannte Kleine Odenwald südlich des Flusses geht in die sanften Hügel des Kraichgaus über. Durch Zabergäu und Enzgau konnte sich Jojo zwischen den nervtötenden Großstädten Pforzheim und Stuttgart hindurchmogeln.

Südlich von Calw, am Fuße des Schwarzwalds, legte er eine Rast ein. Mittag war vorbei, und deutsche Wirtschaften hatten bis zum Abend geschlossen – als wenn der Mensch nur auf Uhrenbefehl Hunger verspürte. Restaurants mit ausländischen Spezialitäten waren da flexibler. Ein abseits gelegenes afrikanisches Lokal fiel Jojo ins Auge. Er war ein wenig skeptisch, als er hielt. Wenn schon in dem kleinen Deutschland solch kulinarische Gegensätze wie ***Labskaus*** und ***Verstorz*** existierten, welche Vielfalt bot dann erst der riesige Kontinent Afrika zwischen Tripolis und Kapstadt? Und wie wollte man diesen Querschnitt von Couscous und Mopane-Raupen auf einer einzigen Speisekarte darstellen?

Jojo wählte ***Pescado tropical***. Serviert wurde ein Gratin von Süßkartoffeln, Maniok, Pastinaken und Kochbananen, auf dem ein Seehechtfilet lag, das sich dort zu Recht sehr wohl fühlte. Nach dem Essen übertrug sich das Gefühl auf Jojo. Angenehm, dass es in diesem Landstrich noch etwas anderes gab als Schwarzwälder Kirschtorte und Schnitzel, die man „Klodeckel“ nannte – aufgrund ihrer Größe, nicht aufgrund des Geruchs.

Gegen Abend ging es hinter Bonndorf zum Bodensee hinunter. Über dem Wasser hatte sich der übliche Nebel gebildet, und es wurde deutlich kühler. Das größte Anrainergewässer Deutschlands trug den Namen „Schwäbisches Meer“ zu Unrecht, da der längste Teil des Ufers zu Baden gehörte. Die badischen Ureinwohner nahmen den Württembergern auch diese Annexion übel. Ohnehin lebte im badischen Süden ein eigensinniges Völkchen. Wie an vielen Orten Deutschlands hatten nach dem Zweiten Weltkrieg zwischen Lörrach und Lindau SPD und KPD zusammengearbeitet und sich hier am hartnäckigsten gegen die Spalterbefehle aus Hannover gewehrt.

Sipplingen liegt direkt am Bodensee, nur durch eine Uferstraße und eine Bahnlinie von ihm getrennt. Jojo wurde herzlich im Haus seiner Freunde aufgenommen, die er noch aus Heidelberger Studientagen kannte.

***

Nein, sein Besuch war zwecklos. Die alte Frau Dirkes saß in ihrem Sessel und blickte teilnahmslos durch Jojo hindurch. Offensichtlich war ihre Demenz nicht von der aggressiven Sorte, aber mittlerweile weit fortgeschritten. Hin und wieder gab sie summende Geräusche von sich, das war alles.

Jojo hatte sie zu ihren guten Zeiten nicht gekannt, dennoch zog sich in ihm etwas zusammen, als er der Frau mit ihren kurzen grauen Haaren gegenübersaß. Musste ein Leben so enden? Die Persönlichkeit eines Menschen, der gelacht und geliebt hatte, der zornig oder duldsam gewesen war, löste sich einfach auf. Was ging vor in einem solchen Kopf? Gab es noch helle Momente? Spielten Empfindungen und Wahrnehmungen eine Rolle, die der Körper vielleicht gar nicht mehr ausdrücken konnte? Einen solchen letzten Lebensabschnitt wünschte Jojo nicht einmal seinen ärgsten Feinden. Was würde er tun, wenn er bei sich selber später Anzeichen von Demenz entdecken sollte? Er wusste es nicht.

Jojo zog eine Kamera hervor. Er scheute sich fast davor, ohne ihre Einwilligung ein Foto von dieser Frau zu machen. Doch er nahm es für Markus auf, der sich vielleicht über ein möglicherweise letztes Bild von seiner Mutter freute.

Er hatte Frau Dirkes von ihrem Sohn gegrüßt. Keine Reaktion. Nun sagte er Ade in das teilnahmslose Greisinnengesicht. Jojo verließ den Raum und gab im Schwesternzimmer Bescheid.

Bevor er sich auf den Weg nach Meersburg machte, wollte er sich noch an etwas Erfreulichem aufrichten. Er setzte sich auf die Terrasse eines Cafés am Ufer und blickte bei einem Cappuccino auf den See hinaus, wo träge die Fähre nach Konstanz vorbeizog und Segelboote und Motoryachten kleine Bugwellen hinterließen.

Auf der dicht befahrenen Uferstraße lenkte Jojo schließlich die MZ nach Meersburg. Die Altstadt war für Kraftfahrzeuge gesperrt, und Parkplätze gab es kaum. Ein Glück, dass ein Motorrad fast überall Platz hatte.

Er hatte im Telefonbuch nachgesehen: Den Namen Wienhausen gab es in Meersburg nur einmal. Bei der Adresse drückte er auf den Klingelknopf. Aus der Sprechanlage meldete sich eine brüchige Frauenstimme.

„Guten Tag, Jordan mein Name. Darf ich Ihnen ein paar Fragen zu Ihrem Sohn Steffen stellen?"

Ohne weiteren Kommentar summte der Öffner. In der Wohnungstür stand eine Frau in den Fünfzigern. Die Augen waren verweint, die Mascara verlaufen. Ihre Frisur hatte offensichtlich gelitten. „Kommen Sie rein."

Sie führte ihn in ein Wohnzimmer, das im schwülstigen Stil der Gründerjahre eingerichtet war. Befranste Teppiche und Läufer bedeckten den Boden, dunkelbraune Kommoden und gusseichene Schränke schluckten das wenige Licht, das sich durch die schweren Fenstervorhänge quälte. Einen mit Girlanden beschnitzten Holztisch umstanden Sessel wie Kanonenboote. Goldgerahmte Schinken an den Wänden zeigten echten deutschen Wald, einen Zeppelin über Friedrichshafen sowie mehrere Dackel, die sich vermutlich aus Depression von dieser wilhelminischen Welt verabschiedet hatten.

Auf dem panzerschrankartigen Sofa saßen ein Mann Ende fünfzig und eine junge Frau, die Jojo auf knapp zwanzig schätzte. Beide trugen wie die Mutter – Jojo vermutete, dass sie es war – zu einer bedrückenden Atmosphäre bei. Ihn überraschte das nicht. Eine Familie, deren Sohn nach einem grausamen Anschlag mit zertrümmerter Schulter im Krankenhaus lag, würde wohl kaum eine fröhliche Stimmung verbreiten.

Der Mann sah auf und betrachtete Jojos Ausstattung. „Sind Sie ein Motorradfreund von Steffen?"

„Ein Bekannter. Ich wollte wissen, ob Sie genaueres zu dem Unfall Ihres Sohnes wissen."

„Unfall?" Die ältere Frau blickte verständnislos und schüttelte dann den Kopf. „Sie meinen, dass aus Versehen eine falsche Infusion angehängt wurde?"

Achtung, Jonas, dachte der Journalist. Hier liegt entweder ein Missverständnis vor oder es gibt Entwicklungen, die dir noch nicht bekannt sind.

Die unausgesprochene Frage wurde von der jungen Frau beantwortet, vermutlich Steffen Wienhausens Schwester. Sie setzte Jojo ins Bild. Zwei Tage zuvor waren zwei Streifenpolizisten bei Wienhausens erschienen, hatten ihre Mützen abgenommen und vom Tod des Sohnes berichtet. Die Schwester war daraufhin sofort von ihrer Wohnung zu denEltern geeilt. Die örtliche Kripo hatte sich für Montag angekündigt.

Frau Wienhausen und Jojo hatten sich gesetzt. Das traurige Tuten eines Bodensee-Schiffs passte zur Stimmung im Raum. Jojo benötigte eine Weile, um das Gehörte zu verdauen, bevor er sagte: „Was im Krankenhaus mit Ihrem Sohn geschah, wird die Kripo untersuchen. Ich weiß nur, dass bereits seine Verletzung durch das Druckwerk nicht von ungefähr erfolgt ist. Jemand hat ihn in die Maschine hineingedrückt."

Die Mutter weinte lautlos in ihr Taschentuch. „Das wissen wir", antwortete der Vater. „Wer macht denn so etwas?"

„Um das herauszufinden, würde ich gern mehr über Ihren Sohn erfahren. Möchten Sie mir etwas über ihn erzählen?"

Der Vater lehnte sich zurück, während die Schwester mit gefalteten Händen und gesenktem Kopf auf die dickflorige Perser-Simulation blickte. „Ich bin leitender Ingenieur in einem großen Metallbearbeitungs-Unternehmen in Friedrichshafen. Wir sind immer davon ausgegangen, dass unser Ältester auch einmal ein Ingenieurstudium aufnimmt ..."

Die Mutter unterbrach: „Wir? Das war wohl alleine dein Wunsch!"

Wienhausen senior zog die Stirn kraus und blickte kurz verärgert zu seiner Frau, bevor er fortfuhr: „Wie auch immer. Steffen wollte das nicht, obwohl ich ihm bereits Kontakte in den USA besorgt hatte.

Unternehmen, mit denen wir zusammenarbeiten. Ich hätte ihn später mühelos bei uns in Friedrichshafen unterbringen können."

Nun wandte sich die Schwester an ihren Vater: „Warum wolltest du Steff dazu zwingen? Du weißt genau, dass er mit deinem Beruf nichts anfangen konnte." Und zu Jojo: „Er hatte Freude an Sprachen. Er wollte neben Englisch und Französisch noch Russisch und eine skandinavische Sprache lernen."

„Das hätte ihm doch erst recht alle Türen geöffnet", wandte der Vater ein. „Er hätte es wunderbar mit dem Maschinenbau verbinden können."

Nun sprach die Mutter: „Steffen war ein sensibler Junge. Er hat gerne gemalt und Musik gespielt. Und er war leicht zu beeinflussen."

„Ja, das war er", stimmte ihr Mann zu. „Deshalb habe ich ihn in meiner alten Burschenschaft in Heidelberg untergebracht. Ich hatte gehofft, dass er dort Disziplin lernte. Er war einfach ...", er zögerte, „... zu weich. Manneszucht ..."

„*Manneszucht?*", rief jetzt die Schwester und sah ihren Vater an. Ihr Gesicht rötete sich vor Zorn. „Deine verstaubten Ansichten kannst du für dich behalten!"

„Nicht in diesem Ton!", bellte der Mann.

Die junge Frau reagierte nicht darauf. Sie war solche Auseinandersetzungen anscheinend gewohnt. An Jojo gewandt sprach sie weiter: „Steff war unglücklich in dieser biersaufenden Rotte! Er wollte die Welt kennenlernen."

„Und ich habe es ihm ermöglicht", brauste nun Wienhausen senior auf. „Ich habe sein Auslandssemester in den USA in die Wege geleitet. – Anglistik!" Er sprach das Wort verächtlich aus. „Das kann man ja als Hobby betreiben, aber doch nicht als Beruf. Ich habe meine Beziehungen genutzt, damit sich jemand von *United Tecceram* in San Diego um ihn kümmerte. Vielleicht siehst du das endlich mal ein!"

„Könnt ihr immer nur zanken?", ging die Mutter dazwischen. „Steffen ist tot!"

Die beiden schwiegen. Jojo versuchte, das Thema zu wechseln. „Hatte Ihr Sohn Freunde? Vielleicht ein Mädchen?"

„Er hatte seine Kameraden in der Verbindung ...", meinte der Mann.

Die Schwester murmelte dazwischen: „Freunde sind etwas anderes."

„... und eine Freundin hatte er noch nicht gefunden."

„Natürlich nicht!", fuhr die junge Frau ihren Vater an. „Steff war schwul!"

„Ich verbitte mir solche Beleidigungen in meinem Haus!", schrie jetzt der Alte. „In unserer Familie war nie jemand derartig krank!"

Die Schwester stand vom Sofa auf und hatte die Fäuste geballt. „Wer hier krank ist, bist du", zischte sie zornbebend, „und zwar im Hirn! Nicht einmal jetzt hältst du zu deinem Sohn!" Ihre Stimme wurde brüchig und sie drehte sich wieder Jojo zu. „Ich halte es hier nicht mehr aus. Wenn Sie noch mit mir sprechen wollen, rufen Sie mich an." Sie kritzelte eine Telefonnummer auf einen Zettel, gab ihn dem Journalisten und verließ grußlos die Wohnung.

Die Mutter hielt sich das Taschentuch vor ihr Gesicht und heulte nun hemmungslos.

„Ich glaube, ich gehe jetzt besser." Jojo war die Szene peinlich. Er griff nach einer Visitenkarte. „Ich lasse Ihnen meine Adresse da."

Wortlos blickte ihm der Mann nach, als er sich verabschiedete und die Wohnung verließ.

***

Jojo konnte nur schwer mit der Atmosphäre in der Familie Wienhausen umgehen. Sie erinnerte ihn stark an das Elternhaus seiner Mutter. Der Großvater war ein Patriarch altdeutschen Schlages gewesen, nach dessen Pfeife die ganze Familie zu tanzen hatte. Seine Frau, Jojos Großmutter – die Bezeichnung „Oma" war verpönt gewesen –, war mit knäckebrotähnlichem Intellekt ausgestattet, was sie nicht an Arroganz und Selbstgerechtigkeit gehindert hatte. Um Kinder, Küche und Haushalt hatten sich Bedienstete kümmern müssen.

Nein, zur Feudalkaste hatte die Familie nicht gehört, was wohl die Großeltern zeitlebens gewurmt hatte. Die Demütigung, die sie dadurch empfanden, hatte sie wie viele andere Kleinbürger den Faschisten in die Arme getrieben. Noch lange nach dem Krieg empörten sie sich darüber, dass US-amerikanische Soldaten nach der Befreiung der Kleinstadt auf ihren wertvollen Biedermeierstühlen Platz genommen hatten. „Sogar ein Neger hat sich daraufgesetzt!", regte sich die Oma noch in den Sechzigerjahren auf, als Jojo ein Kind gewesen war.

Allerdings, so gefühlskalt wie seine Oma war die Mutter von Steffen Wienhausen offenbar nicht. Wäre nicht ihr Mann dabei gewesen, hätte sie ihm vielleicht mehr Informationen geben können. Mit der Schwester des Opfers würde er sich noch einmal unterhalten, wenn sich die Gelegenheit dazu ergäbe.

Jojo entschloss sich, die Autofähre nach Konstanz zu nehmen und über Süd- und Westseite des Bodensees nach Sipplingen zurückzufahren. Ein leichter Wind war aufgekommen, und ein wenig unbeholfen schaukelte das große Schiff auf den Wellen.

In Konstanz nahm Jojo die Gelegenheit wahr, sich die skandalumtoste neun Meter hohe Skulptur der Imperia anzuschauen, die der Bildhauer Peter Lenk 1993 wie eine Freiheitsstatue an den Hafen gestellt hatte. Eine durch einen vorne offenen Umhang mehr oder weniger bekleidete Frauengestalt breitet die Arme wie eine Hindu-Tänzerin aus und lässt auf ihren Händen zwei nackte Männlein sitzen, einen gekrönten Kaiser und einen Papst mit Tiara.

Das ganze Ensemble dreht sich auf einem Sockel. Die Bedeutung ist offensichtlich: Regierende als auch Geistlichkeit als Nutznießer und zugleich Opfer der Prostitution – ob im direkten oder übertragenen Sinne und ob in Vergangenheit oder Gegenwart, das bleibt dem Betrachter überlassen.

Der prüde Teil des sogenannten gesunden Volksempfindens hatte gezetert und sich dadurch lächerlich gemacht. Honoratioren, deren Bordellbesuche offene Geheimnisse waren, hatten sich am stärksten über die selbstbewusste Figur der Prostituierten aufgeregt. Ganz Konstanz hatte gelacht. Außer ihnen. Mitgliedern des Stadtrats sowie dem Erzbistum Freiburg war es nicht gelungen, die Figur der Imperia wieder abbauen zu lassen. Die Deutsche Bahn, der das Gelände damals gehörte, hatte dem Druck erfreulicherweise standgehalten.

Jojo hatte etwas übrig für selbstbewusste Frauen. Das Gesicht der Statue besaß einen Ausdruck von Zielstrebigkeit, die sich einen feuchten Dreck kümmerte um das, was andere denken mochten. Die große Frau lächelte spöttisch auf die Menschen herab, die zu ihren Füßen wuselten. Das Gesicht schien Jojo vertraut – besaß es Ähnlichkeit mit Irene Falter? Oder mit Beate Aschenbrenner, jener jungen Frau, mit der er vor drei Jahren einen alten Mordfall gelöst hatte?

Er hatte Lust auf einen kleinen Imbiss in einem Bistro am Hafen. Wie in allen touristenübertrampelten Orten waren auch hier die Parkplätze knapp, und er freute sich erneut, dass er mit einem Motorrad unterwegs war.

In Belgien hatte man Untersuchungen angestellt, dass alle Stau- und anderen Verkehrsprobleme in den Städten gelöst werden könnten, wenn nur zehn Prozent der Autos durch Roller oder Motorräder ersetzt würden. Auch die Stadtverwaltung Londons hatte das kapiert und Zweirädern kostenfreie Einfahrt in die Stadt gestattet, als sie vor einigen Jahren eine Pkw-Maut eingeführt hatte. Nur in Deutschland blieben Politik und Medien wie gewohnt stur und beteten regelmäßig die Rosenkränze der tödlichen Gefahr, die von „unverantwortlichen Rasern" auf Motorrädern ausging, die mit mehr als Schrittgeschwindigkeit unterwegs waren. Ein ehemaliger Ministerpräsident Baden-Württembergs, der inzwischen nach Brüssel entsorgt worden war, hatte gar einst das generelle Verbot aller Motorräder gefordert.

Nachdem sich Jojo eine ***Quiche lorraine*** bestellt hatte, erschienen zwei Pärchen, die unschwer als Motorradfahrer zu erkennen waren, in quietschbunten Lederanzügen, die Männer mit den neumodischen Kamelhöckern am Rücken. Sie setzten sich an den Nebentisch. Rudelbrater, dachte Jojo, und blickte in eine andere Richtung. Er mochte es nicht, dass manche Menschen ihre Zeitgenossen akustisch belästigten, sobald sie irgendeine Gemeinsamkeit entdeckten.

Doch es musste so kommen: Nachdem die Bedienung mit der Bestellung der vier davongezogen war, schallte es in Richtung Jojo: „Na, auch unterwegs?"

„Nein, ich sitze seit November hier." Jojo wollte nicht extra an einen entfernteren Tisch wechseln und hoffte, sich die Lästlinge durch Unfreundlichkeit vom Hals zu halten. Der Nachbar verstand jedoch die Ironie nicht und beschloss, die Antwort zu ignorieren. Aus dem Augenwinkel bemerkte Jojo einen „Gold Wing"-Aufnäher an dessen Rüstung. Auch das noch! Unterwegs mit Zwei-Zimmer-Küche-Bad, wahrscheinlich mit kompletter Christbaum-Ausstattung, die eine Kleinstadt hätte beleuchten können.

Nur ein paar Meter weiter stand Jojos MZ. „Deine?", fragte der Christbaum-Fahrer und deutete in die Richtung. „Was'n das?"

Zugegeben, die Marke war nach zahlreichen Umbauten nicht unbedingt gleich zu erkennen. „Motorradwerke Zschopau", antwortete Jojo kurz angebunden.

Der Kamelbuckel blickte verständnislos. „Das waren die Zweitakter aus der Ehemaligen", half ihm eine der beiden Frauen auf die Sprünge, die offenbar seine Ahnungslosigkeit nicht teilte.

„Honeckers Eierfeile", lachte Wohnmobil-Lenker Numero zwei.

„Zweitakter?" Der Goldflügel wunderte sich. „Darf man mit denen noch fahren?"

Jojo seufzte. Er sah ein, dass er die Konversationsparasiten nicht stoppen konnte. So bemühte er sich zu erklären: „Zweitakter stoßen als Luftmangel-Motoren, ebenso wie Wankel-Aggregate, wesentlich weniger Stickoxide aus als Viertakter. Mit Direkteinspritzung zählen sie sogar zu den saubersten Verbrennungsmotoren."

„... und schlucken Öl", mischte der zweite Mann sein Halbwissen in das Gespräch.

„Ich fahre mit Mischung eins zu hundert", sprach Jojo erschöpft, denn diese Diskussion hatte er unzählige Male führen müssen, da selbst sogenannte Fachzeitschriften die technischen Märchen wiederkäuten. „Das ist weniger Öl, als mancher Viertakter verbrennt."

Den Kreuzfahrtschiff-Kapitänen fiel dazu nichts mehr ein. Wenn sie es denn überhaupt verstanden hatten, konnten sie die Informationen nicht in ihre Welt einordnen. Glücklicherweise erschien die Bedienung mit den bestellten vier Hyper-Titanic-Galakto-Eisbechern (light, aus der Diätkarte, allerdings mit Schokolikör, extra Sahne, Waffeln und Buttercreme-Garnierung), und die beiden Pärchen wandten sich den Kalorien zu.

Jojo schaltete sein Handy ein. Er gehörte zu der Minderheit, die erstens kein Smart- oder Wie-auch-immer-Phone besaß, sondern ein uraltes Mobilteil mit ewig haltbarem Akku und besserer Sprachqualität als diese tastenlosen Schminkspiegel, die man mit fettigen Fingern verschmierte. Zweitens schaltete er das Gerät nur ein, wenn er es wirklich benötigte.

Die Mobilbox meldete sich: „Sie haben einen neuen Anruf." Er wählte die Nummer.

Irene Falter hatte eine Nachricht hinterlassen. „Hallo Jojo, ruf mich bitte zurück. Es gibt Neuigkeiten in unserem Museumsfall."

Nun, auch er hatte Informationen erhalten. Er wählte die Nummer der Kommissarin.

„Grüß' dich, Jojo, danke für den Rückruf. Du, Freitagmorgen haben sie unser Opfer aus der Druckmaschine tot in seinem Krankenzimmer aufgefunden. Er wurde mit seiner Infusion vergiftet."

„Das weiß ich bereits."

„Was? Woher?"

„Ich bin gerade in Konstanz und war vorhin bei Wienhausens Eltern in Meersburg. Die haben es mir erzählt."

„Wie bitte? Ohne mich zu fragen?" Der Zitronenfalter war sauer. „Du ermittelst auf eigene Faust? Das war nicht vereinbart."

Jojo wurde kleinlaut. „Ich wollte ohnehin an den Bodensee, und da dachte ich ..."

„Nichts dachtest du!" Die Kommissarin hatte die Stimme erhoben. „Durch solche Alleingänge kannst du die ganze bisherige Arbeit zunichtemachen. Meinst du, wir haben keinen Plan?" Sie schnaubte. „Ermittlungen sind eine Profi-Angelegenheit. Da kann nicht jeder dazwischenfunken, auch wenn er sich Motorrad-Journalist schimpft. Jetzt muss ich die Kollegen in Meersburg informieren, dass du vor ihnen bei der Familie warst und ihnen ins Handwerk gepfuscht hast."

Jojo war in seinem Bistro-Sessel immer tiefer gesunken. Das war wohl ein Schnitzer gewesen. Er versuchte lahm, sich zu entschuldigen: „Kommt nicht wieder vor."

„... sagte der Muttermörder", setzte Irene Falter den Satz sarkastisch fort. Sie schien sich immerhin etwas beruhigt zu haben, als sie ihn nach seinen Erkenntnissen fragte.

Der Journalist berichtete ihr alles, was er in Meersburg erfahren hatte, und sie machte sich offenbar Notizen. Schließlich sagte sie: „Gut. Du rufst bitte *nicht* Wienhausens Schwester an und unternimmst auch sonst keine Aktionen. Zumindest nicht, ohne sie vorher mit mir abzustimmen." Das versprach er. „Es gibt noch etwas, was du wissen solltest. Nach dem Tod von Wienhausen hat sich nun das Landeskriminalamt eingeschaltet. Ich hoffe, dass sie den Fall nicht gänzlich an sich reißen. Und ich hoffe auch, dass sie jetzt weder mir noch dir Schwierigkeiten bereiten."

Geknickt verabschiedete er sich. Schöne Scheiße, dachte er und hoffte nur, dass nicht jemand hineintrat.

Er brach auf. Westlich von Konstanz erstreckten sich am Seeufer Obstplantagen. Durch die Bäume blinzelte die Sonne und warf Lichtflecke auf die wenig befahrene Nebenstrecke, die parallel zur überfüllten Bundesstraße führte. Der luftgekühlte Einzylinder unter ihm schnurrte beruhigend, und die sanften Kurven luden zum Schwingen ein. Um den Überlinger See herum, den nordwestlichen Arm des Bodensees, erreichte er Sipplingen. Morgen würde er nach Hause fahren, und wenn das Wetter mitspielte, wollte er in großem Bogen über die Ausläufer des Allgäus und der Schwäbischen Alb östlich um Stuttgart herum durch das fränkische Unterland und die Löwensteiner Berge die Rückfahrt unter die Räder nehmen. Allerdings hatten sie starke Niederschläge in der Heilbronner Gegend angekündigt. Na, so schlimm würde es schon nicht werden.

Am folgenden Tag steuerte Jojo die MZ in einem Schlenker über Lindau, die bayerische Stadt am südöstlichen Zipfel des Bodensees. Schon lange hatte er dort ein denkmalgeschütztes Gebäude besuchen wollen. Felix Wankel, in Heidelberg aufgewachsen, hatte hier am Ufer 1962 nach eigenen Entwürfen ein Wohnhaus mit angeschlossenem Konstruktionslabor bauen lassen. Der technische Autodidakt entwickelte darin nicht nur unzählige Varianten eines Rotationskolbenmotors, sondern beschäftigte sich ebenso mit Gleitbooten und Tierschutz.

Jojo stellte das Motorrad an der Zufahrtstraße ab. Das lichtdurchflutete Gebäude mit Wänden fast ausschließlich aus Glas stand offensichtlich leer.

Zuletzt, das wusste er, hatten hier nach dem Tod Wankels weiterführende Entwicklungsarbeiten stattgefunden, und heute gehörte das Gelände der Volkswagen-Aktiengesellschaft. Er packte die Kamera aus und fotografierte das Gebäude aus allen Perspektiven. Sicherlich besaßen sie im Mannheimer Museum genügend Aufnahmen. Und wenn nicht? Er konnte die Bilder ja Lars Mauser anbieten, dem zuständigen Konservator.

Er brach auf, zurück ins nahe Württemberg.

Fünf

Alles ist eingetroffen. Werkzeuge und Material liegen bereit. In zwei großen Behältern hat er Natrium und Schwefel zur Erhitzung vorbereitet. Die Feststoffplatten hat er noch vor seiner Entlassung angefertigt. Aluminiumoxid, Natriumoxid und Magnesiumoxid waren in der Firma vorhanden, und das Verschwinden hatte keiner bemerkt.

Den genialen Werkstoff zur thermischen Isolation hat er gestern aus den USA bekommen, zugegebenermaßen über Strohmänner. Er bereitet das Gehäuse vor und muss nun die Behälter erhitzen. Nur einmal, denn dann bleiben die dreihundert Grad Celsius erhalten, weil sich das Ganze thermisch weitgehend selbst regeneriert.

Er zündet die Brenner. Es wird eine ganze Weile dauern, bis diese Mengen von Natrium und Schwefel flüssig sind. Derweil kann er ja die Messanordnung vorbereiten. Eine Welle der Euphorie überkommt ihn, wenn er daran denkt, welchen Durchbruch er nun erzielen wird. Wenn er es richtig einfädelt, wird er Unsummen verdienen. Und alles wird mit seinem Namen verbunden sein – wie Gauß, Volta, Reis, Edison, Siemens, Bosch. Lauter Männer, an die man sich noch nach Jahrhunderten erinnert.

Wo ist der Lastwiderstand? Mist, den hat er offenbar im Boot vergessen. Wohl oder übel muss er nochmals kurz hinaus, um ihn zu holen. Das Natrium ist schon teigig.

Im Osten hat es stark geregnet. Und nach wie vor heult der Himmel. Der Wasserspiegel des Flusses ist nach nur einer Stunde angestiegen.

Er achtet in der Eile nicht auf die rote Warnlampe der Schleuse und drückt den Knopf zum Öffnen der Innentür. Wenn er noch dazu gekommen wäre, hätte er bemerkt, dass sich erneut ein Nutria in der Mechanik der Außentür verfangen hat.

Eine gewaltige Welle drückt sich in das provisorische Labor und spült ihn an die gegenüberliegende Wand. Das flüssige Natrium auf dem Tisch! In Panik greift er zum Halon-Löscher. Selbst wenn Halon die Reaktion nicht verstärkte – was er unbeachtet ließ –, würde es nichts mehr nutzen.

In Kontakt mit Wasser explodiert flüssiges Natrium unter starker Wasserstoff-Bildung. Letzterer entwi-

ckelt mit dem Restsauerstoff im Labor Knallgas, was sich an der Brennerflamme entzündet. Halon und die Propangasflaschen machen die Sache nicht besser.

***

Der Heidelberger Zoo liegt unmittelbar am Neckar. Ausgerechnet hier waren im Zweiten Weltkrieg zwei Bomben niedergegangen. Ein alliiertes Flugzeug hatte sie wohl noch von einem Angriff auf Mannheim übrig und wollte sie loswerden. Zwei Bombentrichter im Zoo gehörten demnach in Heidelberg zu den wenigen Zeugnissen des gnadenlosen Raub- und Zerstörungskrieges, den die Großindustrie mit ihren Hitler-Marionetten begonnen hatte. Das romantische Städtchen musste eine nur einstellige Zahl an Luftangriffen verkraften. Vielmehr warfen die Staffeln der US Air Force Flugblätter ab: „Wir tun Heidelberg verschonen – wir wollen später bei euch wohnen." Was nach dem Krieg ja auch geschah. Erst kürzlich war beschlossen worden, das Hauptquartier der US-amerikanischen Streitkräfte von Heidelberg nach Wiesbaden zu verlegen.

An diesem Abend im April war der Zoo schon lange geschlossen. Durch den starken Regen hatte es ohnehin nur wenige Besucher ins Neuenheimer Feld gezogen. Auch die Tierpfleger waren in den Feierabend verschwunden, und lediglich die beiden

Männer von der Nachtwache saßen im Eingangsgebäude und sahen fern.

Eine gewaltige Explosion zerriss den Ton des Actionfilms, der gerade lief. Bevor die Wächter begriffen, dass der Donner nicht aus dem Fernseher, sondern aus Richtung des Flusses kam, wurden die Fenster eingedrückt, und wie bei einem Erdbeben hob und schüttelte sich das Gebäude. Nach einem Moment der Starre stürzten sie hinaus, um verständnislos zuzusehen, wie ein Teil der Wand bröckelte und wenig später in sich zusammenfiel. Im Westen, nur knapp hundert Meter entfernt, stieg eine fauchende Feuersäule gen Himmel. Erdballen und Steine fielen aus der Luft, Tiere schrien, und in dem Inferno warfen sich die Männer synchron zu Boden.

Einem von ihnen fiel ein, dass sie einst in der Schule gelernt hatten, man solle sich bei einem Atombombenangriff unter den Esstisch flüchten und eine Aktentasche über den Kopf halten. Wie grotesk! Selbst wenn Tisch und Tasche vorhanden gewesen wären – was hätte es genützt? War dies, dachte der Mann in Überschätzung der Katastrophe, ein Atombombenangriff?

***

Kriminalhauptkommissarin Lene Laubach wusste am nächsten Morgen bereits durch den Buschfunk Bescheid. Die Explosion im Tiergarten war

Stadtgespräch, und sie musste bei Dienstantritt nicht erst von ihren Kollegen informiert werden. Noch bevor das Gelände vollständig untersucht worden war, noch bevor Mitteilungen an die Öffentlichkeit gegangen sind, war jeder Heidelberger davon überzeugt, dass vergangene Nacht ein Blindgänger aus dem Krieg detoniert war. Hatte seinerzeit ein Luftangriff auf Heidelberg nicht dem Tiergarten gegolten? Waren nicht in Mannheim erst kürzlich am Neckar zwei Fliegerbomben entschärft worden, weswegen viele Anwohner evakuiert werden mussten? Glücklicherweise war es dort zu keiner Explosion gekommen. Und nun hatten eine Erschütterung oder ein Tier im Zoo den alten Zünder ausgelöst.

Natürlich waren Tiere ums Leben gekommen, natürlich mussten einige Gehege instandgesetzt werden. Doch Menschenschäden waren nicht zu beklagen, sah man von einer veritablen Beule bei einem der Nachtwächter ab, der einem fliegenden Stein im Weg gelegen hatte. Schaulustige hatten sich vor dem Zoo-Eingang versammelt, doch da das Ereignis an der Neckarseite stattgefunden hatte, war von hier aus nichts zu sehen. So verlief sich die Menge enttäuscht wieder. Selbst vom Fluss aus konnte man nichts beobachten, die Schifffahrt war vorübergehend eingestellt worden.

Ein Blindgänger also. Kein Fall demnach für die Heidelberger Kriminalpolizei. Lene Laubach konnte oder musste ihrem wenig aufregenden Tagesdienst nachgehen, der aus Papierkram und Bürosesselabrieb bestand.

Sprengmittelräumdienst, Feuerwehr und Technisches Hilfswerk waren derweil damit beschäftigt, den gewaltigen Schadensort am Ufer zu sichern und zu untersuchen. Nein, ein Sprengkörper aus dem Zweiten Weltkrieg war das wohl nicht gewesen, konnte es gar nicht gewesen sein, da sich genau an dieser Stelle einer der beiden Bombentrichter im Tiergarten befunden hatte. Davon gab es alte Lagepläne.

Durch die Explosion war zwar das meiste vollständig zerstört worden, doch Ziegelsteine, verrostete Türen und vor allem verbogene und verglühte Gerätschaften machten klar, dass jemand diesen alten Trichter als unterirdische Werkstatt ausgebaut hatte.

Bis ans gegenüberliegende Ufer des Neckarkanals hatte es die Teile geschleudert, sodass auch dort ein Geländeabschnitt abgesperrt werden musste und Spurensicherer eingesetzt wurden. Einer der jüngeren, noch ehrgeizigen Männer des Teams bog einen Strauch beiseite, stutzte, griff zum Funkgerät und rief seinen Vorgesetzten: „Hallo Chef, Schollenberger am Apparat. Hier liegt eine Hand."

Nur wenige Minuten später klingelte das Telefon auf Lene Laubachs Schreibtisch. Wenn eine Leiche im Spiel war, gab es entgegen ursprünglicher Vermutung eben doch Arbeit für die Kriminalpolizei.

„Wer alles befand sich in der Nähe der Druckmaschine?“ Hansjörg Brauko stellte die Frage an die Leiterin der Sonderkommission, Irene Falter.

Brauko war von Stuttgart angereist. Der Ermittler beim Landeskriminalamt Baden-Württemberg war jedoch weder Schwabe noch Badener. Vielmehr hatte es ihn von Wuppertal in die südwestdeutsche Landeshauptstadt verschlagen. Er war Anfang vierzig, schlank und hochgewachsen, und die unter womöglich karibischer Sonne erworbene Gesichtsbräune bildete einen netzhautätzenden Kontrast zu seinem blonden Kurzhaarschnitt. Ein altrosa getöntes Jackett saß über einem eierschalenfarbenen Hemd und einer blaugestreiften Krawatte. Zu der dunklen Lederjeans trug er gelbe Dockerboots. In diesem ostereierfarbenen Aufzug hätte man ihn für einen Promi-Friseur halten können, bestenfalls für einen Exzentriker.

Mit übergeschlagenen Beinen, zurückgelehnt in einen Stuhl des Besprechungszimmers im Mannheimer Polizeipräsidium, saß er der Kriminalhauptkommissarin gegenüber und gab vor, sich auf dem Block vor ihm Notizen zu machen. Von der Bismarckstraße drang ärgerliches Hupen herauf, vom Flur Polizistengelächter.

‚Wer sich alles in der Nähe der Druckmaschine aufhielt?‘, dachte Irene Falter. Laut fragte sie: „Zu welchem Zeitpunkt?“

Hansjörg Brauko lächelte. „Gratuliere! Präzise Gegenfrage! Ich meine den Moment, als der Verletzte in der Maschine entdeckt wurde."

„Robert Feilhauer als Vorführtechniker auf jeden Fall. Darüber hinaus eine Gruppe Besucher, deren Namen und Adressen Sie auf dieser Liste finden." Sie gab ihm einen Ausdruck. „Sie sind alle befragt worden."

„Spurensicherung?"

„Ein wenig Blut in der Maschine. Vom Opfer. Ein paar unterschiedliche Textilfasern von wem auch immer. Sonst nichts – keine frischen Fingerabdrücke."

„Wie sah der Tatort aus?"

„Der Journalist Jonas Jordan hat alles fotografisch festgehalten und uns seine Bilder überlassen." Sie überreichte ihm auch die Abzüge.

„Jordan? Ist das nicht der gleiche, der in Meersburg dazwischengefunkt hat?"

Irene Falter hatte die Frage befürchtet. „Ja, Herr Jordan ist wohl über das Ziel hinausgeschossen. Das mag daran liegen, dass er vor zwei Jahren einen Mordfall im Hessischen aufgeklärt hat. Er hat mir versichert, dass er keine Alleingänge mehr unternimmt."

Der Ermittler hob die Augenbrauen, schien sich jedoch damit zufriedenzugeben und betrachtete Jojos Lichtbilder. „Wer sind diese Personen innerhalb der Absperrung? Ich meine, außer den Ersthelfern und Feuerwehrmännern."

Die Kommissarin blickte auf zwei der Bilder. „Hier sieht man Robert Feilhauer, der die Druckmaschine vorführt. Und diese vier wurden uns als ehrenamtliche Mitarbeiter des Museums vorgestellt."

Hansjörg Brauko krauste die Stirn. „Ehrenamtlich?"

„Ja. Feilhauer bietet für Interessierte wöchentlich einen Workshop an. Wer Lust hat, kann Motive entwerfen, setzen und drucken. Die vier sind wohl ständige Besucher der Druckwerkstatt, drei von ihnen Rentner, die aus dem grafischen Gewerbe kommen."

„Namen?"

Irene Falter kramte eine weitere Liste aus den Akten und las sie vor. „Heinz Bauhs, 67, ehemaliger Reprograf. Lore Hoffmann, 43, Hausfrau. Egon Picard, 71, Schriftsetzermeister im Ruhestand. Walter Kuppert, 73, Drucker. Die Adressen finden Sie hier."

„Sie haben sie befragt?"

„Natürlich. Frau Hoffmann hat wohl künstlerische Ambitionen auf Volkshochschul-Niveau und engagiert sich daher in dem Workshop. Die drei Rentner kommen, wie sie sagen, aufgrund von Berufsstolz, und legen großen Wert darauf, noch aktive Gewerkschafter zu sein. Alle vier sind erst erschienen, als man Wienhausen bereits entdeckt hatte und Kollegen gerade den Ort sicherten."

Hansjörg Brauko schwieg und schien zu überlegen. Dann kam er auf den Mord an Wienhausen in der Klinik zu sprechen. „Wie ich hörte, ist die Infusion manipuliert worden. Das Opfer wurde vergiftet. Wer hatte denn Zugang zu dem Krankenzimmer?"

„Natürlich die Nachtschwester und der diensthabende Arzt."

„Die scheiden als Täter aus?"

„Sicherlich. Der Arzt hat sich die gesamte Nacht um Notfälle kümmern müssen und wurde dabei von Zeugen begleitet, Schwestern und Pflegern. Auch die Nachtschwester kann ausgeschlossen werden, denn Todeszeitpunkt und Latenzzeit des Giftes lassen sich recht genau bestimmen. So können wir auf die Uhrzeit schließen, zu der das Propofol der Infusion beigefügt wurde. Und da hatte sich die Nachtschwester ausführlich um einen anderen Patienten kümmern müssen, was dieser auch bestätigen konnte."

„Propofol? Wird das nicht in den USA als Hinrichtungsmittel verwendet?"

„Ja, früher. Die Herstellerfirma als Monopolist weigert sich deswegen inzwischen, das Zeug nach Nordamerika zu liefern. Aber bei uns wird es in geringer Dosis als Kurznarkotikum eingesetzt."

„Niemand sonst wurde in der Nacht auf der Station gesehen?"

„Nein. Es ist allerdings ziemlich leicht möglich, das Krankenhaus ungesehen zu betreten und wieder zu verlassen."

Der Ermittler dachte nach. „Gut", sagte er schließlich, „ich nehme eine Kopie der Akten mit nach

Stuttgart. Verstehen Sie das bitte nicht so, dass wir Ihnen den Fall aus den Händen nehmen wollen. Ich denke, wir sollten auf gleicher Ebene zusammenarbeiten. Bei überregionaler Bedeutung – und das scheint mir hier der Fall zu sein – haben wir mehr Möglichkeiten als Sie. Und andererseits sind Sie vor Ort besser." Er verabschiedete sich.

Irene Falter blieb noch eine Weile sitzen und dachte über die Begegnung nach. Sie musste sich eingestehen, dass sie Hansjörg Brauko nicht einschätzen konnte. Die meisten Kollegen vom LKA kehrten die Arroganz heraus, wenn sie mit dem Pöbel der einfachen Polizisten zu tun hatten. Zu jenen schien Brauko nicht zu gehören. Doch was hatte er vor? Wie wollte er konkret ermitteln? Dazu hatte er sich nicht geäußert.

Schließlich entschloss sie sich, Jojo anzurufen. Sie brauchte Luft um die Nase, damit der Kopf frei wurde, auch wenn der Feierabend noch in weiter Ferne lag. Doch wann sollte sie die angelaufenen Überstunden loswerden, wenn nicht zu den Zeiten, in denen es nichts Dringendes zu tun gab?

„Hallo Jojo. Ich habe heute noch Lust auf eine kleine Tour. Wollen wir uns irgendwo treffen?"

Jojo war einverstanden. „Vielleicht im Schardhof an der Tromm?"

Das rustikale Restaurant war in einem ehemaligen Bauernhof eingerichtet, der weitab jeder Ortschaft mitten im Wald lag, zwischen den Gemeinden Tromm und Hammelbach. Die Tromm ist einer der höchsten Berge des Odenwaldes, und von der Rheinebene geht es immerhin auf fast sechshundert Meter hinauf. Die Verpflegung war recht anständig, und man konnte dort andere Zweiradfahrer treffen, unter denen sich auch manchmal der eine oder andere befand, der seinen Kopf nicht nur als Helmhalter benutzte.

Es war noch zu kalt, um draußen zu sitzen. Im Wintergarten des Schardhofs nahmen Irene und Jojo einander gegenüber Platz.

„Seltsame Mischung", meinte sie, als sie die Speisekarte studierte. „Kochkäse-Schnitzel."

„Ja, ein paniertes Schnitzel wird dabei mit Kochkäse übergossen."

Irene verzog das Gesicht, als hätte sie in einen Krapfen mit Schuhcremefüllung gebissen. „Das klingt aber verlockend", meinte sie sarkastisch. „Wie Fisch mit Vanillesoße. Da bleibe ich lieber beim Salat mit Putenstreifen."

Jojo bestellte sich einen gebackenen Camembert. Der war, als er gebracht wurde, reichlich garniert, mit Toast und einer großen Portion Preiselbeeren versehen. Vor allem aber hatte die Küche ihn nicht mit Semmelpanade beleidigt, sondern mit Kokosflocken und Gewürzen überstreut.

Zurückgelehnt, satt und zufrieden genossen beide den abschließenden Espresso, der erstaunlicherweise südländische Röst-, Mahl- und Filterverfahren durchlaufen hatte und nicht verglichen werden konnte mit der in deutschen Provinz-Restaurants tagelang eingekochten Kaffee-Essenz aus Bohnen, denen der intoxikierte Gast ihre Herkunft aus Kameldung anschmeckte.

„Wir sind mit einem blauen Auge davongekommen", begann die Kommissarin. „Das Landeskriminalamt lässt deinen Alleingang wohl auf sich beruhen."

Jojo hatte schuldbewusst den Kopf eingezogen. „Warum *wir*?"

„Na, auch ich wäre disziplinarisch dran gewesen, weil ich dir zu viele Informationen gegeben habe. Laien dürfen bei Ermittlungen nicht mitspielen."

„Und was ist dann das bei ‚XY – ungelöst'?" Die ganze Nation hängt vor den Glotzen, wenn die Zuschauer aufgefordert werden, nach Ganoven zu schnüffeln.

Irene Falter lachte kurz und winkte ab. „Viele Fälle sind erfunden oder fingiert. Eduard Zimmermann damals hat auf die Sensationsgier der Menschen gebaut, um gute Quoten zu erreichen. Er hatte übrigens selbst mehrere Male gesessen. Bei der Polizei nannten wir ihn ‚Lügen-Ede' und waren jedes Mal genervt, wenn nach einer Sendung wieder zig Bürger anriefen, weil sie meinten, sie hätten zur Aufklärung eines Verbrechens Wichtiges mitzuteilen."

Das war Jojo neu. Ihm fiel der alte Vers von *Bernies Autobahn Band* ein, den er nun leise sang:

„Opa, Oma, Mama, Papa, Hänschen Klein: / Lauter kleine Kojaks ohne Waffenschein."

Die Polizistin schloss an: *„Wie im Kino – nur leider ist die Story wahr ..."*

Jojo fiel ein, und im Duett beendeten sie, nicht schön, aber synchron: *„... wie im Kino, und jeder ist der Kommissar."*

Sie lachten.

Nachdem sie gezahlt und das Restaurant verlassen hatten, warf Jojo einen Blick durch die großen Glasfenster hinaus auf den Parkplatz auf ihre Motorräder. Einige weitere waren hinzugestellt worden. Er versuchte, Marken und Typen zu identifizieren, was er als Motorradjournalist mittlerweile reflexartig tat. Eine ältere Z-Kawasaki war darunter, eine Honda Doppel-X und eine KTM Duke. Ein Motorrad mit außergewöhnlichem Design fiel ihm auf. „Du hattest mich neulich nach dem Hängebauchschwein gefragt", wandte er sich an Irene. „Da draußen steht eins."

Nun schaute auch die Kommissarin hin. Die schwarze Ducati Diavel lehnte auf ihrem Seitenständer, und Irene Falter versuchte, das Kennzeichen zu lesen: HD-W... Konnte das Zufall sein? In diesem Moment kam ein Pärchen in Motorradkleidung aus dem Restaurant und bewegte sich zielstrebig auf die Ducati zu. Die junge Frau strich sich über ihre kurzen Haare, und bevor der Mann den Helm aufsetzte, spiegelte sich in seiner Glatze die Nachmittagssonne.

„Von Sicken“, instruierte Irene alarmiert ihr Gegenüber, „der Wibelingia-Häuptling. Offenbar mit einer Flamme.“

Jojos Jagdtrieb erwachte. „Lass mich doch mal schauen“, meinte er, „wohin sie fahren!“

„Aber keine Alleingänge mehr, hörst du?“

Er verabschiedete sich von der Kommissarin, stand auf und griff nach seiner Jacke.

***

Uwe Schnöks war gut drauf. Der zweiundzwanzigjährige hagere Gelegenheitsarbeiter hatte vor einigen Stunden seinen Wochenlohn erhalten und war nach Reichelsheim im Odenwald getrampt, um einen Großteil des Geldes gleich in Cannabis umzusetzen. Seit die deutsche Armee Afghanistan angegriffen und besetzt hatte, bekämpfte sie dort den Drogenhandel. Das tat sie hauptsächlich dadurch, indem sich die Soldaten mit Schwarzem Afghanen eindeckten, manche auch mit Opium. Was sie nicht selber verbrauchten, wurde beim Heimaturlaub zu Geld gemacht.

Uwe Schnöks’ Soldat war zu Ostern in seinen Heimatort Reichelsheim zurückgekehrt und hatte reichlich gute Ware mitgebracht. Schnöks war einer seiner Abnehmer.

Der junge Mann hatte sich im Ort gleich auf eine Parkbank gesetzt, betrachtete den Verkehr auf der nahen B47 und zog bereits an seinem zweiten Joint. Auf der Bundesstraße kam ein Streifenwagen näher, verringerte das Tempo und bog in eine Bushaltestelle ein. Schnöks wäre normalerweise alarmiert gewesen und hätte sich unauffällig aus dem Staub gemacht, hätte das Tetrahydrocannabinol seinen Körper nicht bereits mit lähmender Gelassenheit geflutet. Er kicherte grundlos.

Die beiden hessischen Polizisten stiegen aus und setzten ihre Dienstmützen auf. Einer griff sich die Haltekelle und ging eine kurze Strecke auf der Straße zurück. Nein, nach Drogen waren sie offensichtlich nicht auf der Suche, sondern nach Verkehrssündern. Die Bundesstraße in Reichelsheim verläuft breit und gerade – eine Einladung an Fahrer zu Geschwindigkeitsüberschreitung und an die öffentliche Hand zum Abkassieren.

Der Polizist winkte bereits beim dritten PKW und lotste diesen in die Haltestelle, wo sich sein Kollege der Brieftasche des Fahrers annahm. Das Prozedere setzte sich eine Weile fort, und der Schuldenberg Reichelsheims, des Landeskreises oder des Bundeslandes – genau konnte dies niemand sagen – verringerte sich, wenn auch marginal.

Zwei Motorräder kamen hintereinander heran; das erste war schwarz wie die Nacht und röhrte wie zwanzig brünftige Hirsche, das zweite war ungewöhnlich grün. Die Sozia des ersten thronte über dem Hinterrad auf einer Sitz-Simulation, zu deren

Ergonomie sich die Ducati-Designer offenbar von Guantanamo-Gerätschaften hatten inspirieren lassen. Freudig schwang unser Beamter die Kelle und winkte beide Motorräder in die Bucht.

Jojo fragte sich, ob sein Vordermann respektive die Vorderfrau die Verfolgung bisher bemerkt hatten. Doch der Fahrer warf nur einen uninteressierten Seitenblick auf seine grüne Montesa – im Frühjahr waren bei gutem Wetter viele Motorräder unterwegs, und die Polizeikontrolle nahm die Aufmerksamkeit des Mannes auf der Ducati ohnehin voll in Anspruch.

„Ihre Papiere, bitte!" Der zweite Ordnungshüter war hinter seinen Wagen getreten und freute sich, endlich einmal potenzielle Organspender zur Kasse bitten zu dürfen.

Uwe Schnöks war dank des Schwarzen Afghanen enthemmt. Der Joint war aufgeraucht, und der Anblick der Verkehrskontrolle stimmte ihn heiter. Ihm kam eine Idee im benebelten Gehirn, die er für ungeheuer witzig hielt.

Der hessische Beamte kontrollierte eingehend Führer- und Fahrzeugschein seines ersten Opfers, während dessen Beifahrerin den Helm abnahm und dann gelangweilt ihr Lipgloss nachzog. Jojo kramte in der Innentasche seiner Jacke, um nach den Papieren zu fahnden, als das Geräusch einer zuklappenden Wagentür den Polizisten herumfahren ließ.

Der Motor des Streifenwagens heulte auf, und mit wimmernden Reifen schoss der Opel auf die Straße hinaus und davon. „Halt!“, schrie der Polizist und sprintete seinem Dienstfahrzeug hinterher. Nach zwanzig Metern musste er einsehen, dass ein gut gewarteter PKW einem joggenden Beamten an Geschwindigkeit überlegen war.

Mittlerweile war auch sein Kellen-Kollege herbeigeeilt, und beide hatten das Vergnügen, zwei Blaulichter am Horizont entschwinden zu sehen. Schnöks hatte offensichtlich den Schalter gefunden.

Sechs

Sie bringen mir ein 3-D-Puzzle, dazu noch äußerst unvollständig, und ich soll es zusammensetzen? Bin ich Gunther von Hagens?“ Doktor Schaller schnaubte. Der Pathologe der Heidelberger Gerichtsmedizin wechselte den Telefonhörer ans andere Ohr.

„Wir sind sicher, dass wir uns auf Ihr Fachwissen verlassen können“, gurrte Hauptkommissarin Lene Laubach. Sie wusste, wie sie den Mann zu nehmen hatte, wenn sie halbwegs zeitnah Ergebnisse sehen wollte. Sämtliche Gerichtsmediziner, die sie kannte, waren chronisch schlecht gelaunt. Machte das die tägliche Arbeit mit dem Tod? Oder war notorischer

Personalmangel die Ursache? Wie dem auch sei, sie verlangte ja keine komplette Wiederherstellung des oder der Toten vom Tiergarten, ihr genügte die Feststellung der Identität. „Wir brauchen ja zunächst nur DNA, Fingerabdrücke und vielleicht das Zahnbild, Doktor Schaller."

„Das Zahnbild!", echote der Mann. „Mangels Kopf kein Zahn. Oder meinen Sie, der Mensch hätte vor seiner Sprengung noch sein Gebiss in Kukident gelegt? – Na schön", beruhigte er sich schließlich, „ich schaue mal, was ich zusammenkratzen kann. Fragen Sie morgen Nachmittag nach."

„Sie sind ein Schatz", flötete die junge Kriminalhauptkommissarin mit einiger Überwindung und legte auf. Zunächst war nicht klar gewesen, ob mehrere Menschen durch die Explosion getötet worden waren. Doch bereits am Ort der Katastrophe hatten sie den Verdacht auf einen reduziert. Ein geheimes Labor in der Uferböschung des Neckarkanals – darauf musste man erst einmal kommen. Und wer immer sich in die Luft gejagt hatte: Womit hatte er hantiert? Die Spurensicherung hatte Natrium sichergestellt, Oxide verschiedener Metalle und Schwefel. Lene Laubach fielen Ängste aus ihrer Kindheit ein, ihre Furcht vor zotteligen, gehörnten Wesen mit Schwanz und Huf, die nach Schwefel stanken und in der Erde hausten. Es war nicht ausgeschlossen, dass diese Stelle am Neckar nun im Heidelberger Volksmund zum zweiten „Teufelsloch" wurde, wie bereits der alte Steinbruch am Gaisberg hieß – ob der Krater nun zugeschüttet wurde oder nicht.

Als die Kommissarin gerade den Hörer auflegte, klingelte im fünfundzwanzig Kilometer entfernten Mannheim das Telefon auf dem Tisch ihrer Kollegin. Hansjörg Brauko war am Apparat.

„Ich glaube, es geht vorwärts, Frau Falter. Ich habe alle Personen, die am Tatort im Museum anwesend waren, mithilfe unserer Datenbanken überprüft."

„Aha. Und?" Irene Falter spitzte die Ohren.

„Bitte bestellen Sie doch die vier sogenannten Ehrenamtlichen – äh", er suchte die Namen, „Hoffmann, Bauhs, Picard und Kuppert, für morgen um vierzehn Uhr in Ihr Präsidium. Ich werde auch kommen."

„Sie meinen, die Rentner könnten etwas mit Wienhausen zu tun haben?" Der zweifelnde Ton der Kriminalkommissarin war nicht zu überhören.

„Es sieht ganz danach aus. Ich bringe die Unterlagen mit. Bis morgen dann!", verabschiedete er sich und ließ eine stirnrunzelnde Kommissarin zurück. Was konnte das bedeuten? Wo sollte es eine Verbindung zwischen den Rentnern und dem jungen Studenten geben? Irene Falter war gespannt auf die Erkenntnisse ihres Kollegen vom LKA.

***

Zwischen Motorrollern und Fahrrädern stellte Jojo die Montesa ab. Er betrat die große lichtdurchflutete Eingangshalle, die so gar nicht zu seinem Bild von einem Empfangsbereich einer Klinik passen wollte. Doch die besucherfreundliche Architektur stand, das wusste er, in krassem Gegensatz zu den fensterlosen, neongequälten Untersuchungszimmern, vor denen die Ambulanzpatienten trotz Terminen stundenlang warten mussten.

Am großen Empfangstresen fragte er, ob Markus Dirkes noch auf der Intensivstation liege. Der Mitarbeiter tippte etwas in seinen PC. Nein, der Patient sei auf eine normale kardiologische Station verlegt worden.

Nachdem ihm der Weg dorthin beschrieben wurde, klopfte Jojo an und betrat ein helles Zweibettzimmer. Im Bett am Fenster lag der Freund und lächelte ihm entgegen. Jojo trat näher.

„Was schaffsch dann, Kerl?“ Beide Männer hatten, obwohl in anderen Regionen aufgewachsen, das Kurpfälzer Idiom verinnerlicht.

Markus grinste, doch er atmete schwer. Trotz der Sauerstoffschläuche, die zu seiner Nase führten, litt er offensichtlich unter Luftnot. Trotzdem lächelte er und fiel in den heimatlichen Dialekt ein. „Babbel doch net, des weesch doch!“

Jojo zog sich einen Stuhl heran und setzte sich an das Bett. Markus frotzelte: „Mir ist das Benzin ausgegangen, da habe ich das große Taxi mit den blauen Dachknubbeln genommen.“

„Weißt du das schon länger, das mit deinem schwachen Herzen?"

„Ein Herzstillstand ist mir nicht fremd. Ich habe mehrere erlebt."

„Das habe ich nicht gewusst. Davon hast du nie erzählt."

„Ich bin nicht so wichtig, dass ich das überall herumtrompete. Weißt du übrigens, wo jetzt mein Moped steht?"

„Ich hab's zu dir nach Hause gebracht, der Arzt auf der Intensiv hat mir den Schlüssel gegeben."

„Danke!" Markus' Gesicht entspannte sich, und er ließ den Kopf zurück in die Kissen sinken. Sein Atem rasselte.

„Wie geht es dir denn jetzt?", fragte Jojo. „Kommst du wieder auf die Beine?"

„Ich hoffe es. Die Ärzte grübeln noch, was sie mit mir anstellen."

„Und was hast du jetzt?"

„Mehrere Stenosen und eine dilatative Kardiomyopathie."

„Dila... was?"

„Ein ausgelatschter Herzmuskel. Er kann nur noch schwach pumpen." Markus musste pausieren, bevor er wieder zu Atem kam. „Und mehrere Herzkranzgefäße sind fast zu."

„Und was kann man da tun?"

„Medikamente, Stents, Bypässe – wahrscheinlich eine Kombination daraus. Ich muss die Entscheidungen der Weißkittel abwarten." Er seufzte. „Aber genug mit dem Klinik-Blues. Wie geht's denn dir? Was machen die Mopeds und die Arbeit?"

Jojo erzählte von dem Studenten in der Druckmaschine. Dass der später im Krankenhaus vergiftet wurde, verschwieg er dem Freund zunächst lieber. Er ließ ihn in dem Glauben, der junge Mann sei im Museum gestorben. Schließlich berichtete er von seiner Fahrt an den Bodensee. „Ich war übrigens bei deiner Mutter."

„Wahrscheinlich umsonst", meinte Markus. „Sie ist nicht mehr klar im Kopf."

„Das stimmt. Ich habe dir aber ein Foto von ihr mitgebracht." Er gab ihm das Bild, und Markus betrachtete es schweigend.

Jojo überlegte, ob er Markus alle Einzelheiten des Falles mitteilen sollte. Was sprach dagegen? Vor Irene Falter hatte er zwar ein Schweigegelübde abgelegt, doch das betraf nur Informationen an die Öffentlichkeit. Das Krankenzimmer war nicht öffentlich. Er setzte Markus ins Bild.

Nach einer Stunde verabschiedete er sich von dem Freund. „Ich komme morgen wieder, wenn du nichts dagegen hast. Soll ich dir etwas mitbringen?"

„Ja, es wäre nett, wenn du mir meinen Klapprechner holen könntest. Hier gibt's W-LAN, und ich kann nicht die ganze Zeit nur lesen."

„Was liest du denn?"

„Nichts. Ich habe keine Bücher hier."

„Also soll ich dir welche mitbringen?"

„Wie du immer etwas gleich erraten kannst!" Markus grinste. Die gemeinsame Wellenlänge gründete wesentlich auf beider Lust an Ironie.

Jojo deutete auf den kleinen Bildschirm, der an Markus' Nachttisch befestigt war. „Du kannst hier auch fernsehen?"

Der Patient winkte ab. „Hör mir auf mit der Gehirnwäsche! Den Dreck schaue ich mir nicht an. Ich will gesund werden und nicht noch kränker!"

Von der Klinik fuhr Jojo direkt zu Markus' Wohnung. Der Laptop passte locker in den Rucksack, und ein paar Romane steckte er noch dazu.

***

Je älter die Fotos, desto jünger sehen die Leute aus." Hansjörg Brauko grinste seinem Kalauer hinterher. Irene Falter legte die alten neben die neuen Bilder. Ja, es lagen etliche Jahre dazwischen, doch die Personen konnte man dennoch eindeutig erkennen: Kuppert neben Bauhs und Picard, alle deutlich jünger. Es handelte sich um eine Ausschnittvergrößerung, aber es war zu sehen, dass die drei heutigen Rentner während einer Demonstration nebeneinander in einer Menschenmenge liefen. Kuppert und Bauhs trugen ein Transparent mit der Aufschrift „IG Druck + Papier Heidelberg". Ein anderer Teilnehmer hielt ein Schild hoch: „Keine Cor..." Der Rest war vom Bildrand abgeschnitten.

Links oben zog ein junger Kerl einen Bollerwagen voll Stallmist, daran ein Plakat: „Weg mit dem braunen Mist!"

„In Weinheim?"

„Ja, 1979. Anlässlich des Treffens von Studentenverbindungen auf der Wachenburg."

Weinheim mit seiner romantischen Altstadt liegt sechzehn Kilometer östlich von Mannheim am Fuße des Odenwalds. Neben der Burgruine Windeck ist von weitem die Wachenburg zu sehen, die allerdings kein altes Gemäuer ist, sondern Anfang des zwanzigsten Jahrhunderts für Studentencorps errichtet wurde. Ihr romanischer Stil ist daher nicht echt, manche sprachen von „nachgeäfftem Kitsch", andere von gelungener Architektur im Bild der Badischen Bergstraße.

„Sie meinen also, es gebe eine Verbindung zwischen diesen drei Männern und den Wibelingia-Studenten?"

Hansjörg Brauko nickte überzeugt. „Frau Hoffmann taucht in keiner Datenbank auf. Aber diese drei sogenannten Ehrenamtlichen sind bekannt. Die Gewerkschaft Druck und Papier war seinerzeit politisch recht aktiv, und zwar im linken Spektrum. Und Picard, Bauhs und Kuppert haben sich dort engagiert. In Weinheim an der Bergstraße sammeln sich jährlich Mitglieder von schlagenden Studentenverbindungen, weil ihnen die Wachenburg gehört. Und gelegentlich gibt es Gegendemonstrationen."

„Die Wachenburg ist ein Verbindungshaus?"

„Nicht im eigentlichen Sinne. Sie fungiert als Tagungsstätte des Dachverbandes der Studentencorps von Technischen Hochschulen."

Die Kommissarin kratzte sich am Ohr. „Und Sie meinen, nach über dreißig Jahren fallen drei alte Männer über einen Studenten her, der damals noch gar nicht geboren war?"

„Linksextremisten sind bekannt dafür, dass sie nicht gerade wählerisch sind in der Auswahl ihrer Hassobjekte. Und in unserem Fall gibt es mehrere Indizien: Bauhs, Picard und Kuppert haben gegen schlagende Verbindungen demonstriert. Sie kennen sich seit langem, zumindest seit ihrer Berufszeit. Sie hielten sich außerdem am Tatort auf und hatten einen ideellen Bezug zur Tatwaffe, der Druckmaschine. Was, wenn Wienhausen im Museum abfällige Bemerkungen über ihren Beruf geäußert hat – ähnlich wie sein Verbindungskamerad von Sicken, dessen Aussage vom Kollegen Ronellenfitsch protokolliert wurde? Was, wenn sie dem jungen Mann eine Lektion erteilen wollten?"

„Und dann sind sie ihm ins Krankenhaus gefolgt und haben ihn dort getötet?" Irene Falter schüttelte den Kopf.

„Das wäre noch zu untersuchen. Befragen wir sie doch."

Irene Falter stand auf, trat auf den Flur hinaus, wo die drei Rentner neben Lore Hoffmann wie bestellt auf Wartestühlen Platz genommen hatten. Heinz Bauhs bat sie zuerst ins Zimmer.

***

„Wir laden Sie ein, bei der Premiere dabei zu sein.“ Die Mail war mit Verspätung an Jojo weitergeleitet worden. Offenbar hatte sich die Redaktion von *Technoscope* erst nach Tagen entschieden, ihn mit der Berichterstattung zu beauftragen. Es kam immer mal wieder vor, dass ihm Termine sehr kurzfristig mitgeteilt wurden. Schon am nächsten Tag sollte er nach Nürnberg reisen und an der Pressekonferenz mit Vorführung teilnehmen. Gerne, er konnte jeden Auftrag gebrauchen.

„Lernen Sie die Brennstoffzellen bei ihrer Markteinführung kennen. CCD ist es gelungen, als erstes Unternehmen Brennstoffzellen in großer Stückzahl zu produzieren – zu marktgerechten Preisen.“ CCD – war das nicht dieser Elektrokonzern aus Heidelberg? Nein, in Heidelberg stand ja nur eine Zweigniederlassung, das Hauptquartier saß in Nürnberg. Vielleicht fiel ein Interview für ihn ab, das er noch an weitere Zeitschriften verkaufen konnte? Freie Journalisten lebten schließlich nicht von Primäraufträgen, sondern von Zweitverwertungen.

Um Kosten zu sparen, würde er bei Freunden in der Nähe Nürnbergs übernachten. Jojo packte. Bevor er aufbrach, wählte er noch die Dienstnummer von Irene Falter. Er wurde zur Zentrale durchgestellt. „Frau Falter ist in einer Besprechung. Kann ich etwas ausrichten?" Er bat um einen gelegentlichen Rückruf auf sein Mobiltelefon, dann lud er das Gepäck auf sein Motorrad-Gespann.

Das Seitenwagen-Motorrad stammte aus dem Geländesport. Der Edelstahl-Rahmen war einst vom englischen Spezialisten Rhind-Tutt unter dem Markennamen Wasp zusammengelötet worden. Für den Cross-Sport wurden verschiedene Motoren verwendet, Sein Gespann trieb ein Zweizylinder-V-Motor von Yamaha an. Jojo hatte das Fahrzeug einst aus dem Nachlass eines zu früh verstorbenen Freundes erworben und straßentauglich gemacht.

Wegen des sehr leichten Enduro-Seitenwagens musste man vor Rechtskurven stark abbremsen, daher fuhr Jojo gerne mit menschlichem Ballast im Boot, ungeachtet seiner Rudelphobie. Heute jedoch konnte ihn niemand begleiten, wenn er sich auch insgeheim Irene Falter als Passagier gewünscht hätte. Ersatzweise lud er so viel Gepäck wie möglich auf den Beiwagen.

Am Horizont der Bergkette, gegenüber von Jojos Häuschen, lieferte sich die Aprilsonne einen heftigen Kampf mit tanzenden Wolken, die der Westwind vor sich hertrieb. Der Tausend-Kubik-Motor bollerte sonor vor sich hin. Natürlich wäre der Weg über die A6 schneller, doch Jojo mied die Bahn, wann immer er konnte. Odenwald, Hohenlohe und

Mittelfranken waren es wert, auf Land- und Kreisstraßen durchwandert zu werden. Sie führten durch drei Bundesländer, Baden-Württemberg, Hessen und Bayern – wobei sich ein Franke die Bezeichnung „Bayer“ ebenso verbitten würde wie ein Kurpfälzer den „Schwaben“.

Wo der östliche Odenwald sanft ins sogenannte Bauland übergeht, liegt der Wallfahrtsort Walldürn, auf dessen kleinem Flugplatz alljährlich Wertungsläufe mit historischen Motorrädern ausgetragen werden. Schon mehrere Male hatte Jojo hier mit der Kamera im Gras gelegen – Presseleute und Fans konnten sich direkt an die Rennstrecke setzen und Rizinus schnuppern.

Ab hier lenkte er das Gespann in südöstliche Richtung, an Boxberg vorbei. Von Irene Falter, die aus der Gegend stammte, hatte er erfahren, dass der Ort sowohl in den Bauernkriegen eine Rolle gespielt hatte als auch in den letzten Jahren des Kalten Krieges, als für militärische Zwecke unter der Tarnkappe von Daimler-Benz dort ein NATO-Flugplatz gebaut werden sollte. Die örtliche Bundschuh-Bewegung hatte dies erfolgreich verhindert, wobei der Riss zwischen Befürwortern und Gegnern manche Familien entzweite. Inzwischen betrieb die Firma Bosch dort eine Teststrecke für Autos und Motorräder.

Jojo fuhr bewusst einen Umweg. Er wollte noch einmal nach Langenburg hinein, durch das ihn vor kurzem die Orientierungsfahrt geschickt hatte. Das sehenswerte Auto- und Motorradmuseum interessierte ihn heute weniger. Vielmehr wollte er für Irene Falter eine Tüte des lokalen Biskuitgebäcks mitnehmen, das ihr neulich so gut geschmeckt hatte.

Als er das kulinarische Souvenir in der Beiwagenbox verstaute, wurde er von hinten angesprochen. „Ein Enduro-Gespann?"

Jojo sandte ein Stoßgebet zum Gott der Zündfunken. Schon wieder ein lästiger Zeitgenosse, der ihm ein Gespräch aufzwingen wollte! Einst hatte er daran gedacht, sich ein Schild mit den Antworten auf die immer gleichen Fragen auf den Rücken zu kleben. Doch die Absonderer verbaler Inkontinenz legten, ob darum gebeten oder nicht, Wert darauf, intensive soziale Geräusche auszuscheiden. Da konnte ein Plakat noch so groß sein.

Er drehte sich um. Seine Erwartungen wurden vorteilhaft enttäuscht. Er blickte in ein freundliches Frauengesicht von etwa fünfundvierzig Jahren, das nicht aus einer dieser bunten Papageienkombis herausschaute, sondern aus einer alten Wachsjacke, über deren Rücken ein langer, dunkelbrauner Zopf fiel. Die untere Hälfte der stämmigen Person stak in einer protektorenfreien Textilhose, die keinen Hehl machte aus den Spuren von Wind und Wetter vieler Jahre. Die Frau war nicht sonderlich groß, und eine scharfe Nase verlieh ihrem Gesicht eine Strenge, die durch den weich geschwungenen Mund wieder wettgemacht wurde.

„Ich möchte mich nicht aufdrängen“, sprach sie mit angenehm dunkler Stimme und norddeutschem Akzent. „Ich hatte nur den Eindruck, das Beiwagenrad stünde schief.“

„Ja, im Cross-Sport ist das Rad schräg montiert, um den Rechtsdrall auszugleichen.“ Er stellte für sich erstaunt fest, dass ihn, anders als sonst, weder Frage noch Antwort nervten. Mehr noch: Einem weiteren Gespräch war er durchaus nicht abgeneigt.

„Schon“, stimmte die Frau zu. „Nur steht hier die Felge noch schräger als die Bremsscheibe.“ Sie ging in die Knie und zeigte auf das Rad.

Er wandte den Kopf. Tatsächlich, einen so starken Sturz hatte es noch nie besessen.

Die Motorradfahrerin kam näher, beugte sich zum Beiwagen hinunter und ruckte mit beiden Händen am Reifen. „Speichen locker, und eine ist gerissen“, stellte sie unaufgeregt fest.

Nun sah er es selber. Die Felge schlotterte fröhlich um die Nabe herum. Mist! War das das Ende der Tour?

„Sollen wir versuchen, die Speichen nachzuziehen?“, bot die Frau an. „Hast du es noch weit bis nach Hause?“

Jojo nickte bekümmert. „Ich will noch nach Nürnberg und dann zurück in die Heidelberger Gegend. Etwa vierhundert Kilometer. Und einen Speichenschlüssel habe ich nicht dabei.“

„Aber ich." Mit ein paar Schritten ging sie zu einer alten Laverda, lackiert in heftigem Lila, angesichts dessen jeder Synästhetiker ertaubt wäre. Sie kramte Werkzeug aus dem Tankrucksack hervor. Er registrierte am Rande, dass es sich um eine 750 SF handeln musste, wenn auch kräftig abgespeckt.

„Such mal einen Klotz zum Aufbocken des Bootes, damit das Rad frei dreht", wies ihn seine Helferin an.

„Brauchen wir nicht!" Jojo freute sich, endlich einmal den klappbaren Ständer einsetzen zu können, den er sich vor Jahren an den Beiwagenrahmen geschweißt hatte.

„Praktisch!", lobte die Zopfträgerin, kniete sich vor das Rad und begann die Speichennippel zu drehen. Nach wenigen Minuten war die Geschichte wieder stabil. „Das wird wohl die vierhundert Kilometer halten. Aber zuhause würde ich an deiner Stelle das Rad neu einspeichen." Sie sprach das Wort „Stelle" nach norddeutscher Art mit *S-t* aus.

Freudig lud Jojo seinen Wachsjacken-Engel ins nächste Café ein. „Jonas", stellte er sich vor. „Doch alle nennen mich Jojo."

„Claudia", erwiderte sein Gegenüber, streckte ihm die Hand hin und quetschte die seine wie Raimund Harmstorf die Kartoffel. Natürlich: Um eine Laverda-Kupplung zu bedienen, brauchte man Muskeln wie ein Wrestling-Champion. Er zog vor Schmerz die Luft ein. Und da roch er es: Nein, Claudia stank nicht nach Parfüm, wie viele ihrer kosmetikgeschädigten Geschlechtsgenossinnen. Im Gegenteil ging ein – jedenfalls für ihn – viel betörenderer Duft von ihr aus: nach Knoblauch.

Unzählige Male hatten Bekannte verständnislos den Kopf geschüttelt, wenn Jojo berichtete, dass ihn Frauen anzogen, wenn sie dezent nach Knoblauch rochen. Hatten sie sich dagegen mit Achselgülle zugeschüttet und stanken wie eine Puffmutter, nahm er Reißaus. Diese olfaktorischen Katastrophen standen für ihn auf gleicher Stufe mit kaltem Zigarettenrauch. Knoblauchduft jedoch war für ihn ein Pheromon.

An dem kleinen Tisch saßen sie sich gegenüber. „Du hast Ahnung von Motorradtechnik", begann Jojo. „Bist du Mechanikerin?"

Claudia lächelte. „Muss man das dazu sein? Nein, ich habe Geologie studiert."

„Und damit bekommt man Arbeit?"

„Ja, ich untersuche Vulkane."

„Stimmt, in Deutschland bricht ja ständig einer aus. Und dann erst die verheerenden Tsunamis im Steinhuder Meer!" Erneut ging mit ihm die Ironie durch. Immer wieder rutschten ihm flapsige Bemerkungen heraus, die ihm sensible Zeitgenossen unter Umständen übelnahmen. Er ärgerte sich über sich selbst. Würde Claudia jetzt eingeschnappt sein?

Sie war es nicht, grinste sogar. „In der Tat gibt es Vulkane bei uns. Eifel, Harz, Vogelsberg, Odenwald, um nur einige Regionen zu nennen. Die meisten sind erloschen oder ruhen zumindest wie der Laacher See. Ich untersuche und kartografiere sie. Das trägt zur Genauigkeit seismologischer Vorhersagen bei."

„Bist du dazu häufig unterwegs?"

„Ständig. Ich bin eine Vulkannomadin. Ich habe zwar eine kleine Wohnung in Aurach, aber dort bin ich selten."

Aurach, das wusste er, lag an der A6 auf dem Weg nach Nürnberg. Sollte er einen kleinen Umweg ...? ‚Schwachkopf!', schimpfte er sich still. ‚Bist du alter Sack mit siebenundfünfzig Jahren immer noch hormongeschüttelt?' Laut sagte er: „Aber aus Franken bist du nicht. Ich tippe mal auf Bremen."

„Knapp daneben. Ein paar Kilometer weiter südlich."

„Wo genau?"

„Das wirst du nicht kennen: Ein Dorf namens Leeste ..."

„... zu Weyhe eingemeindet, in der Nähe von Syke." Dem geografischen Angeber in ihm schwoll die Brust, auch weil er wusste, dass man Syke nicht „Süke" aussprach, sondern „Sieke".

Claudia zog die Brauen hoch. „Auch Nomade?", fragte sie.

„Motorradjournalist."

Er hatte erwartet, dass er mit der Berufsnennung einen weiteren Punkt auf der Bewunderungsskala der Frau gutmachen konnte, doch Claudia winkte nur ab: „Ach so!“ Sie schien von der Branche nicht viel zu halten, und Jojo wollte nicht zugeben, dass ihn das wurmte.

„Du musst nach Nürnberg“, wechselte Claudia das Thema, „da können wir ja ein Stück gemeinsam fahren.“

Das hob seine Stimmung wieder ein wenig. Als er bezahlte, kramte er eine Visitenkarte heraus und gab sie Claudia: „Falls du mal in der Heidelberger Gegend bist. Bei mir gibt's immer einen Kaffee.“

Sie lächelte hintergründig und zog ihrerseits einen zerknitterten Zettel aus der Wachsjacke. „Das bin ich. Aber Kaffee gibt's nur, wenn ich mal zuhause bin.“

Er steckte das Papier ein.

Sie brachen auf. Claudia ließ ihn vorausfahren, denn mit seinem Gespann würde er deutlich langsamer sein als sie. Als sie mit einem kräftigen Tritt die Laverda anwarf – Jojo hatte das Motorrad aufgrund seiner lila Farbe bereits „Lavendel“ getauft –, fuhren die Köpfe aller Passanten herum. Vulkanologin passt, dachte er. Die Zwei-in-keins-Anlage kann ja ein mittleres Erdbeben verursachen!

Gemeinsam nahmen sie die Landstraße unter ihre fünf Räder, und wenn Claudia mal etwas zurückblieb und hinter einer Kurve verschwand, war Jojo überzeugt, dass es sich bei ihrer Lavendel anders verhielt als in den Naturwissenschaften: Der Schall war hier schneller als das Licht. Man hörte das Motorrad lange, bevor man es sah.

Hinter Rot am See, so hatten sie vereinbart, sollten sich ihre Wege trennen. Und dort hatte Jojo ein Erlebnis der opto-akustischen Art: Er glaubte im Rückspiegel zu sehen, wie sich die Alleebäume zur Seite bogen, entlaubt wurden und der Restverkehr wie eine Bugwelle links und rechts die Straße verließ. Da seines Wissens sämtliche Starfighter mittlerweile abgestürzt waren, vermutete er einen Tornado-Jet, der sich für seine letzten Lebenssekunden diese Bundesstraße im schönen Franken ausgesucht hatte.

Es war kein Tornado, sondern Claudia auf ihrer Lavendel. Die Lautstärke verhielt sich dabei umgekehrt proportional zur Geschwindigkeit. Im Vorbeibrüllen hob Claudia die linke Hand – er vermutete, um die von der Kupplung verursachte Sehnenscheidenentzündung zu kühlen. Ob zu diesem Zeitpunkt ein Auspuffkrümmer abgerissen war, konnte Jojo nicht feststellen, doch jede mechanische Veränderung an der lila Schallwelle hätte sie nur leiser machen können. Lauter ging nicht mehr.

Er bedauerte es weniger als erwartet, dass seine Begleiterin kurz darauf abbog. Er war nicht darauf eingerichtet, tausende Tinnitus-Opfer zu versorgen.

***

Brennstoffzellen sind technische Einrichtungen, die Wasserstoff und Sauerstoff zusammenführen und daraus elektrischen Strom gewinnen. Den Sauerstoff liefert die Luft, nur der Wasserstoff muss komprimiert in Tanks gespeichert werden. Und dies scheint das Problem zu sein. Denn wenn der Tank beschädigt wird, etwa bei einem Unfall, reicht ein Funke, um das entstehende Knallgas zu einer gewaltigen Explosion zu bringen.

CCD schien die Tank-Entwicklung anderen zu überlassen und konzentrierte sich allein auf die Produktion der Brennstoffzellen. Nachdem die Präsentation vorüber war, erwies sich die CCD-Pressesprecherin als aufmerksam und engagiert. Innerhalb einer Viertelstunde vermittelte sie auf Jojos Wunsch ein Interview mit dem Präsidenten des Unternehmens, Theodor von Sicken. Nachdem der leitende Ingenieur der Entwicklungsabteilung hinzugerufen worden war, nahmen die Frau und die drei Männer in einem Besprechungsraum Platz, und Jojo zückte Kamera und Aufnahmegerät.

„Herr von Sicken", begann er, „Ihr Unternehmen setzt voll auf Elektromobilität. Geben Sie dem Verbrennungsmotor keine Zukunft?"

„Nein, in der Tat nicht. Die Ölreserven der Erde sind begrenzt, damit werden Kraftstoffe mittelfristig unerschwinglich. Die Zukunft gehört dem Strom."

„… den Sie aber mithilfe der Brennstoffzelle auch erst aus Wasserstoff erzeugen müssen."

„Wasserstoff", schaltete sich der Ingenieur in das Gespräch ein, „steht uns in unbegrenzter Menge mit den Ozeanen zur Verfügung. Man muss ihn nur per Elektrolyse heraustrennen. Und denken Sie an den Wirkungsgrad der bisherigen Motorentechnik: maximal dreißig Prozent. Ein Elektromotor liegt nicht unter neunzig Prozent."

Jojo wandte ein: „Auf dem Weg über Elektrolyse, Gastransport und Brennstoffzelle geht doch einiges an Energie verloren. Wäre es nicht effektiver, den zentral erzeugten Strom zu speichern und Fahrzeuge gleich mit Stromspeichern auszurüsten, also mit Akkus?"

„Das versuchen ja manche Hersteller", erwiderte von Sicken. „Mit wenig Erfolg. Trotz aller Bemühungen gibt es bis heute keine geeigneten Speicher. Im Grunde stehen wir bei der Akku-Technik noch auf demselben Stand wie vor hundert Jahren."

„Natürlich hatten wir dazu geforscht", meinte der Entwicklungsleiter. „Wir waren auch recht weit gediehen, doch es gab schließlich unüberwindbare Probleme, sodass wir das Projekt eingestellt haben."

„Welches Projekt?", hakte Jojo nach. „Ein wirksamer Akkumulator?"

Von Sicken ergriff wieder das Wort. „Es hat sich als Sackgasse erwiesen. Verstehen Sie bitte, dass dies für uns Vergangenheit ist. Reden wir doch lieber über unsere Brennstoffzellen."

„Gerne." Jojo wagte sich nun vor. „Ihr Sohn, Herr von Sicken, fährt Motorrad."

Der Präsident hob die Augenbrauen.

„Meinen Sie“, fuhr der Journalist unbeirrt fort, „dass es möglich sein wird, Wasserstofftanks und Brennstoffzellen in Motorrädern unterzubringen?“

„Woher wissen Sie ...? Kennen Sie meinen Sohn?“

Jojo blieb allgemein. „Er studiert in meiner Nachbarschaft, in Heidelberg. Wir fahren beide Motorrad.“

Der Ingenieur sprang seinem Vorgesetzten bei. „Sicherlich gäbe es da noch technische Probleme zu lösen. Doch Motorräder sind zunächst ein Nebenkriegsschauplatz. Es geht doch in erster Linie um PKWs, um Massenmobilität. Nehmen Sie den öffentlichen Nah- und Fernverkehr hinzu, dann können Sie die vergleichsweise geringe Zahl an Motorrädern vergessen. Selbst wenn diese weiter mit Verbrennungsmotoren produziert würden – der verbliebene Rest an Kraftstoffreserven auf der Welt reichte für die paar Zweiräder auf Jahrzehnte aus.“

Theodor von Sicken überließ nun das Gespräch weitgehend seinem Entwicklungsleiter, da es um technische Details ging. Dieser fachsimpelte mit Jojo, der froh war, dass sein Interview Substanz erhielt. Um einer späteren Veröffentlichung Bilder mitzugeben, fotografierte er beide Männer mehrmals und fragte nach PR-Fotos der Brennstoffzelle. Schließlich bat er die Pressesprecherin, mit seiner Kamera das Stillleben im Besprechungsraum festzuhalten, damit auch der Journalist zu sehen war. Der

CCD-Präsident bat für interne Dokumentation um die Bilder, und Jojo überspielte seine Speicherkarte auf einen Unternehmens-PC, nachdem er sie mit Urhebervermerken versehen hatte – damit nicht jemand anderes daraus Gewinn ziehen konnte.

Als Jojo seinen Voice-Recorder ausgeschaltet hatte, wollte sich Theodor von Sicken zum Abschied erheben. Doch der Journalist unterbrach ihn. „Wissen Sie eigentlich etwas über den Tod des Verbindungsbruders Ihres Sohnes?"

Der CCD-Chef sank auf seinen Sessel zurück. „Wie …?" Er stockte und warf einen Blick auf seine beiden Mitarbeiter. Die verstanden sofort, rafften eilig ihre Sachen zusammen und verabschiedeten sich hastig. Von Sicken und Jojo blieben allein.

Der Mann sah den Journalisten scharf an. „Ein Kommilitone meines Sohnes ist gestorben? Davon weiß ich nichts."

„*Gestorben* ist ein sanftes Wort. Er wurde zunächst gewaltsam verletzt und später im Krankenhaus vergiftet."

„Das ist ja furchtbar! Nein, davon hat mir Maximilian nichts erzählt. Haben Sie denn mit ihm gesprochen?"

Jojo zögerte. Seine engen Kontakte zur Mannheimer Kripo wollte er nicht gerne offenbaren. So wich er aus. „Nicht direkt. Aber in Motorradfahrerkreisen spricht sich so etwas herum." Das war nicht gelogen, Irene Falter fuhr schließlich auch Motorrad.

„Kennen Sie denn den Namen des armen Kerls?"

„Steffen Wienhausen. Er wohnte auch im Verbindungshaus der *Wibelingia*."

„Der Name sagt mir etwas. Maximilian hatte ihn wohl einmal erwähnt. Ich glaube, er gehörte zu der Motorrad-Truppe, die ihr Clubhaus bei Michelstadt hat. Wer hat ihn denn auf dem Gewissen?"

„Einen Täter hat man noch nicht." Jojo beschlich plötzlich das Gefühl, dass er etwas Wichtiges fragen sollte. „Ein Clubhaus? Wissen Sie, wo genau das steht?"

„Ja. Ich bin passives Mitglied im Brombacher Golfclub. Dadurch konnte ich Maximilian und seinen Freunden eine Hütte neben dem Golfplatz besorgen, die sie sich ausbauen lassen haben. Warum wollen Sie das wissen?"

„Als Motorradfahrer weiß man gern, wo sich unsereins trifft", log Jojo, ohne rot zu werden. Sie verabschiedeten sich.

Es war später Nachmittag geworden, und er lenkte das Gespann durch die fruchtbare Ebene nördlich von Nürnberg. „Knoblauchsland" wurde die Gegend genannt, ein Name, der ihn an Claudia erinnerte, seine jüngste Bekanntschaft. Fremde mochten hier Äcker voller Gruserich vermuten, wie die nordfränkische Bezeichnung für die stark riechende Knolle lautete, doch die Flurbezeichnung war jahrhundertealt und bedeutete lediglich, dass auf dem fruchtbaren Boden Gemüse aller Art hervorragend spross.

Mehrmals hatte er die Speichen des Beiwagenrades kontrolliert, doch Claudias provisorische Reparatur schien zu halten. Er nahm sich vor, das Bordwerkzeug um einen Speichenschlüssel zu ergänzen.

***

Als Jojo am nächsten Tag nach reichlichem Frühstück vom Haus seines Bekannten aufbrach, wählte er kleine Straßen südlich der A3 an Würzburg vorbei nach Wertheim. Er hatte sich wie gewohnt ein Roadbook geschrieben und konnte daher ohne ständiges Kartenstudium seinen Gedanken nachhängen. Interessierte sich Theodor von Sicken überhaupt für den Tod des Kommilitonen seines Sohnes? Und selbst wenn – was spielte das für eine Rolle? Obwohl nichts darauf hindeutete, hielt Jojo hartnäckig an der Idee fest, dass es einen Zusammenhang gab zwischen Steffen Wienhausens Ableben und seiner Studentenverbindung.

Breit floss der Main dahin. Jojo saß auf einer Uferbank in Wertheim und sah den Binnenfrachtern zu, die den Fluss hinauf- oder hinabtuckerten. Ihm fiel sein Mobiltelefon ein. Ab und zu sollte er es doch einschalten, wenn er auch ein Gegner ständiger Erreichbarkeit war.

„Sie haben zwei neue Nachrichten“, blinkte es auf dem Display. Irene! Die hatte er völlig vergessen.

Tatsächlich stammten beide Mailbox-Anrufe von der Kommissarin.

„Sag mal, erst bittest du um Rückruf, und dann hast du dein Handy nicht eingeschaltet!“, beschwerte sie sich zunächst. Die zweite Nachricht klang schon ärgerlicher: „Hör zu, wenn du etwas von mir willst, ruf gefälligst selber an!“

Oha, der Zitronenfalter war sauer! Wie sollte Jojo nun wieder gut Wetter machen? Er beschloss, sich mit zeitraubenden Recherchen bei CCD herauszureden, und wählte.

Doch Irene Falter war kurz angebunden. Sie schien sich kaum für seine Reise zu interessieren und berichtete, dass es Verdächtige gebe im Fall von Steffen Wienhausen.

„Wen habt ihr denn im Visier?“ Jojo ergriff der Eifer.

„Das darf und will ich dir nicht verraten. Nicht, bevor wir den Faden weiter aufgedröselt haben.“ Sie zögerte. „Ich muss jetzt Schluss machen, die Arbeit ruft. Komm gut heim!“ Sie legte auf.

Er zog die Jacke über, schwang sich wieder auf sein Dreirad und ließ es am Main nach Miltenberg rollen. Von dort ging es das Tal der Mud hinauf, bevor er kurz vor Amorbach Richtung Michelstadt abbog. Der Odenwald lag vor ihm, das Mittelgebirge, in das er sich vor über dreißig Jahren verliebt hatte.

Sieben

Die Geschichte machte die Runde. Die komplette Besatzung des Mannheimer Polizeipräsidiums klopfte sich auf die Schenkel. Wenn man auch zusammenarbeitete, so gab es doch immer Frotzeleien zwischen den badischen und den hessischen Kollegen. Und dass man nun zwei hessischen Streifenbeamten den Dienstwagen nahezu unter den Hintern weggeklaut hatte, sorgte für allgemeine Heiterkeit in der Quadratestadt.

Selbstverständlich war der silber-blaue Opel schon bald wieder eingefangen worden. Gut, *eingefangen* war im Grunde der falsche Begriff, denn Uwe Schnöks, da völlig bekifft, hatte das Auto einfach ausrollen lassen und war teilnahmslos hinter dem Steuer sitzengeblieben. Schwer bewaffnete Spezialeinheiten mit Hubschraubern und einer Hundestaffel hatten die Bundesstraße gesperrt und den mehr oder weniger herrenlosen Kombi umstellt. Vermummt, behelmt und beschutzwestet waren die Hessenrambos aus ihren Panzern gesprungen und in Deckung gegangen, Maschinenpistolen im Anschlag. Eine Handvoll der Tapfersten hatte dann den Streifenwagen gestürmt. Einer von ihnen war vor Aufregung gestolpert, hingefallen und hatte sich dabei das Handgelenk verstaucht – „Polizist bei Festnahme eines Flüchtigen schwer verletzt“

stand später im Polizeibericht, den die Lokalpresse brav abdruckte.

Obwohl keine Wagentür verschlossen war, schlug ein Staatskrieger ohne Anlass das Beifahrerfenster ein, wobei er mit dem Brecheisen nicht beim ersten Mal traf, sondern zunächst die A-Säule deformierte. Ein anderer riss die Fahrertür auf, zwei weitere zogen den kraftlosen Schnöks heraus, warfen ihn zu Boden und fesselten ihm die Handgelenke auf dem Rücken. Das unterbrach sein fortgesetztes Kichern, zumal ihm schlicht die Luft wegblieb, als sich ein Beamter auf sein Kreuz kniete. Wahrscheinlich konnte Schnöks von Glück sagen, dass er nicht in Putativnotwehr erschossen worden ist. Als er bereits in einen gepanzerten Transporter geschubst worden war, zog ein besonders eifriger Uniformträger, noch in Gefechtsstellung, den Abzug seiner MP und durchlöcherte Kofferraum und linkes Hinterrad des leeren Streifenwagens, was diesen vollends irreparabel demolierte. Zufrieden widmete sich die Streitmacht daraufhin ihrer Vesperpause und zog schließlich ab.

Im Mannheimer Präsidium hielt sich das Mitleid mit den beklauten Kollegen in Grenzen, und der Slapstick-Einsatz der Kampftruppe sollte noch jahrelang für Heiterkeit in der Polizeikantine sorgen, ein Lichtblick im eher tristen Alltag der Ordnungskräfte.

Schließlich nahm sich die Drogenfahndung des einigermaßen lädierten Uwe Schnöks an. Seine bereitwillige Aussage bildete den Startschuss zu Razzien im Milieu, bei denen nicht nur ein Reichelsheimer Bundeswehrsoldat, sondern auch einige andere Kleindealer und Junkies im Rhein-Neckar-Raum in die Netze gingen. So kam es, dass sich Rübe in ungemütlichem Gewahrsam wiederfand.

***

Ähnlich ungemütlich war das Sitzungszimmer der Gewerkschaft in dem großen Haus am Mannheimer Neckarufer, wo sich, im Unterschied zu Rübes Einzelzelle, rund zwanzig Frauen und Männer versammelt hatten.

„Eine verdammte Sauerei!“ Egon Picard pumpte wie ein Maikäfer, und Walter Kuppert unterstrich dies mit heftigem Kopfnicken. Die drei beschuldigten Rentner hatten die zuständige Gewerkschaftssekretärin Ursula Malte so lange bekniet, bis diese alle erreichbaren Mitglieder zu einer außerordentlichen Sitzung zusammengetrommelt hatte.

Heinz Bauhs, noch der Besonnenste unter ihnen, erklärte: „Weil wir regelmäßig in der Druckwerkstatt des Landesmuseums zusammenkommen, werden wir der Körperverletzung und womöglich des Mordes verdächtigt. Nur weil der junge Mann in diesem ana..., anakraput... – diesem reaktionären Studentenverein ...“

„... anachronistisch“, verbesserte ihn Hans Dölzer, ein eher unbekannter Schriftsteller, bei dessen ständigen Klugscheißereien alle Kollegen die Augen verdrehten.

„Von mir aus auch das!“, knurrte Bauhs. „Das lassen wir nicht auf uns sitzen!“

Kuppert griff den Faden auf. „Seit Jahrzehnten setzen wir uns gegen Ungerechtigkeiten zur Wehr, und jetzt meinen diese Hampelmänner, sie könnten uns einmachen, obwohl wir ihre Väter sein könnten!“

„Die ‚Hampelmänner‘ sind meist auch Gewerkschaftskollegen“, gab die Sekretärin zu bedenken.

„Schöne Kollegen!“, schnaubte Picard. „Letzte Woche hat mich einer von denen auf meinem Fahrrad angehalten und abkassiert!“

„Weil du wie angestochen auf einem bevölkerten Gehweg gefahren bist“, stellte Dölzer kühl fest.

Picard murmelte, erheblich leiser: „Na ja, vielleicht war ich ein bisschen schnell. Ich hatte es halt eilig.“

„Haltet das mal auseinander“, meinte die Sekretärin. „Die Kripo kontrolliert keine Fahrradfahrer auf Gehwegen. Hier geht's um härtere Fälle. Körperverletzung und Mord sind keine Ordnungswidrigkeiten.“

Willi, ein eher ängstlicher Kollege, fragte: „Aber wenn wir jetzt etwas dagegen tun, greifen wir damit nicht in laufende Ermittlungen ein? Das ist doch verboten.“

„Es ist noch viel verbotener, sich in die Hosen zu scheißen!“, bellte Kuppert. „Wenn wir früher immer gefragt hätten, was uns die Herren gnädig mit ihren Gesetzen erlauben ...!“

Nach hitzigen Diskussionen beschloss die Runde einstimmig – selbst Willi hob schüchtern die Hand –, in die Öffentlichkeit zu gehen. Schließlich zählten zu ihrem Kreis ja Journalisten und Redakteure. Und: Der 1. Mai stand bevor, an dem die Gewerkschaften mittels Pflichtgefühl sowie einschläfernden Losungen („Das ist das Mindeste“) vormittags schlappe Demonstrationen und nachmittags Würstchen anboten. Das einzig Kämpferische waren die Phrasen der Redner und das Gerangel an den Bierständen. Immerhin war zu erwarten, dass sich einige hundert Menschen versammelten, unter ihnen Lokalpolitiker, die wiedergewählt werden wollten und daher an einem Tag im Jahr ihre Verbundenheit zur Arbeiterklasse demonstrierten – um am Folgetag wie gewohnt Gebühren zu erhöhen und Sozialleistungen zu streichen. Hier konnte jedenfalls in kurzer Zeit die Aufmerksamkeit all derer gewonnen werden, die noch nicht zugehopft waren.

Die Aufgaben wurden verteilt, und drei aufgebrachte Rentner übernahmen die Gestaltung von Flugblättern und kleinen Plakaten.

***

Arno Leibrand, sechsunddreißig Jahre alt, deutscher Staatsbürger."

„Du bist dir sicher?" Zweifelnd schaute Kriminalhauptkommissarin Lene Laubach ihren Kollegen von der Kriminaltechnischen Untersuchungsstelle an.

„Die Fingerabdrücke stimmen zu neunundneunzig Prozent überein. Der Mann war Chemielaborant und wurde vor Jahren auffällig, weil er synthetische Drogen hergestellt und gedealt hat. Bewährungsstrafe."

Doktor Schaller hatte schneller als erwartet Ergebnisse seiner Analyse geliefert. Viel hatte er allerdings nicht an den atomisierten Leichenteilen feststellen können, die ihm zur Verfügung standen. Immerhin war eine Hand vollständig erhalten, und, seltenes Glück, der Fingerabdruck hatte sich im Polizeicomputer wiedergefunden. Die Leiche aus dem unterirdischen Tiergarten-Labor schien also identifiziert zu sein.

„Wie lange ist diese Drogengeschichte her?", fragte die Kommissarin.

„Sieben Jahre. Vorher hat er häufig den Job gewechselt, aber seitdem scheint er solide geworden zu sein. Er wurde jedenfalls nicht mehr aktenkundig."

„Adresse, Arbeitsstelle?"

„Nicht bekannt. Das darfst du in Erfahrung bringen."

Lene Laubach bedankte sich und ging in ihr Arbeitszimmer zurück. Die Chemikalienrückstände, die Schaller an dem gefunden hatte, was einmal Arno Leibrand gewesen war, hatten keine Überraschung dargestellt. Sie stimmten überein mit den Ergebnissen der Spurensicherung in dem zerstörten Labor. Woran hatte der Mann dort experimentiert? War es eine Drogenküche gewesen? Möglich war auch, dass er wie manche seiner Zeitgenossen zum Islam konvertiert war, sich radikalisiert und in religiösem Wahn mit Sprengstoff hantiert hatte. Schwefel und Natrium waren gefunden worden.

Lene Laubach blickte zur Uhr und griff zum Telefon. Wenn sie Glück hatte, war Kurt noch am Arbeitsplatz.

„Lene? Schön, dass es dich noch gibt. Was machen die Verbrechen?"

Kurt Bruchmann, Doktor der Chemie, war es gewohnt, dass sich seine alte Schulfreundin nur meldete, wenn sie wieder etwas aus seinem Wissensgebiet erfahren wollte. Immer wenn er dann vorschlug, dass sie sich doch einmal zu einem gemütlichen Essen treffen könnten, hatte sie keine Zeit, musste zu Besprechungen oder auf Fortbildungen, war gesundheitlich angeschlagen oder wollte sich um ihre Tochter kümmern. Natürlich waren das Vorwände, das war Kurt klar. Doch ein Kerl schien nicht dahinter zu stecken. Seines Wissens war Lene seit ihrer Scheidung konsequent Single geblieben und wurde durch die Tochter alleinerzogen. Er seufzte.

„Kurt, kannst du mir einen Tipp geben?"

„Eintracht."

„Bitte?" Lene Laubach kam aus dem Konzept.

„Die Eintracht Frankfurt wird Deutscher Meister. Du wolltest doch einen Tipp haben."

Lene Laubach musste grinsen. „Seit wann interessierst du dich für Fußball?"

„Seit die Hoffnung keimt, dass vielbeschäftigte Kriminalkommissarinnen vielleicht über diese Schiene endlich einmal zu einem Treffen zu bewegen sind. Dann kann ich mich sogar für die ödeste Sportart des Universums begeistern."

„Kurt ..."

„Ich weiß, ich weiß", unterbrach er resignierend. „Du hast gerade keine Zeit, aber demnächst einmal sollten wir, das wäre längst schon fällig, aber der Job und deine Tochter ..."

Lene Laubach spürte einen Stich, den sie kannte – ihr schlechtes Gewissen. Sie gab sich einen Ruck. „Heute Abend!"

„Bitte? Was ist heute Abend?"

„Heute Abend gehen wir miteinander essen. Schlag ein Restaurant vor!"

Nun war es Doktor Kurt Bruchmann, der aus dem Konzept kam. So plötzlich? Was war in seine Lene gefahren? Heute Abend? Doch warum nicht – seine Frau ging ohnehin zu ihrer Sportgruppe, und darüber würde es spät werden. Er fing sich. „Persisch? In Schriesheim?"

Die Vorspeise war scharf gewesen, und Lene Laubach orderte ein weiteres Glas ***Dugh***. Als die Hauptgänge kamen, ***Rolloh Korma*** und ***Tanuri Zereshki***, fragte ihr alter Schulfreund: „Was wolltest du eigentlich wissen? Oder hast du mich nur angerufen, um endlich ein Versprechen zu erfüllen, bevor die Sonne unseres Planetensystems verglüht?"

Die Kommissarin lächelte. „Wo wird Schwefel eingesetzt?"

„Zum Beispiel bei Teufelinnen wie dir."

„Nein, im Ernst. Du hast von der Explosion in dem Geheimlabor am Neckar gehört?"

„Natürlich, das ist ja ganz in der Nähe vom chemischen Institut. Da habt ihr also Schwefel gefunden?"

„In gehöriger Menge. Und Natrium, neben verschiedenen Metalloxiden. Wozu braucht man Schwefel?"

Bruchmann überlegte. „Düngemittel, Kraftstoffe, Stahl-Legierungen, Sprengstoff, Autoreifen. Trockenobst wird geschwefelt und manche Weine. Ich meine, es wird auch in der Medizin als Fungizid eingesetzt."

„Fungi… was?"

„Anti-Pilz-Mittel. Vergleiche auch *Pizza Funghi*."

„Geschwefelte Pizza?"

Kurt Bruchmann blickte seine Gesprächspartnerin an, als ob sie in eine beschützende Werkstätte gehörte. „Pizza mit Pilzen, Lene!", sagte er tadelnd.

Die Kommissarin überlegte. „Vielseitige Anwendungen also. Und im Zusammenhang mit Natrium?"

„Als Katalysatorelement von Autos. In Straßenlaternen. In Form von Natriumperoxid als Bleichmittel. Und bei der Herstellung von Autoreifen."

„Autoreifen? Wo also auch Schwefel eingesetzt wird?"

„Ja, da könnte der Zusammenhang bestehen. Aber natürlich auch bei Lebensmitteln, wenn sie geschwefelt und gesalzen sind. Natriumchlorid, Kochsalz."

Lene Laubach hatte mitgeschrieben und überlegte. „Wenn es nun tatsächlich um Lebensmittelchemie ging?"

„Dann hätte der gesprengte Alchimist Natrium sicherlich nicht in reiner Form verwendet. Er wollte wohl kaum eine Pizza flambieren. Aber ich mache dir einen Vorschlag: Du schreibst mir sämtliche Chemikalien auf, die ihr in dem Labor gefunden habt, und ich mache mir mal Gedanken dazu."

„Dafür wäre ich dir dankbar."

„Mit irgendetwas muss ich mir ja die Ehre dieses seltenen Abends verdienen."

Die Schulfreundin lächelte ihn warm an.

Noch als sie in ihre Wohnung in der Heidelberger Weststadt zurückgekehrt war und im Bett lag, grübelte sie über den Fall. Wo hatte Arno Leibrand gewohnt? Gab es Angehörige? In den Vermisstenmeldungen war er nicht aufgetaucht. Hatte er Arbeitskollegen gehabt? Wo waren die? Oder war er erwerbslos gewesen?

Die Kommissarin gestand sich ein, dass sie fast nichts über den Mann wusste, der sich absichtlich oder aus Versehen in die Luft gesprengt hatte. Gleich morgen früh würde sie die Rechercheaufgaben unter den vier Kolleginnen und Kollegen ihres Teams verteilen.

***

Irene Falter schien Jojo gegenüber nach wie vor zugeknöpft. Am Telefon berichtete sie lediglich, dass ihr Kommissariat nun eng mit dem Landeskriminalamt zusammenarbeite. Bedrückt legte er auf. Sollte das hinter ihrer verminderten Auskunftsfreudigkeit stecken? Hatte sein Patzer, sein Alleingang am Bodensee, das LKA veranlasst, dem Zitronenfalter Schweigen zu verordnen? Vermutlich verhielt es sich so, und er überlegte zerknirscht, ob er sich nicht ganz aus dem Fall heraushalten sollte. Was gingen ihn als Motorrad-Journalisten säbel- und bierkrugschwingende Studenten an, die die Zeit der Befreiungskriege mit dem 21. Jahrhundert verwechselten? Besser war es wohl, er sorgte dafür, dass sich sein strapaziertes Konto wieder etwas füllte.

Er nahm vor seinem Computer Platz und begann, Notizen und Fotos für den Bericht über Brennstoffzellen zu ordnen. Bevor er mit dem Text loslegte, dachte er noch kurz über die kommenden Tage nach. Für Montag, den Vormaitag, war gutes Wetter angekündigt. Das wäre ein Anlass, sich das Clubhaus der Wibelingia-Biker bei Brombach anzuschauen. Danach würde er sich entscheiden, ob ihn die Geschichte noch etwas anginge. Doch nun kümmerte er sich um CCD und deren Entwicklung.

Der Journalist hackte im Zwei-Finger-System auf seine Tastatur ein.

***

Zweiundfünfzig Stunden später und achtzehn Kilometer entfernt öffnete sich für Rübe die Zellentür, hinter die er vor kurzem genötigt worden war.

„Guten Tag", grüßte der Wachpolizist und blickte auf den Junkie hinab, der auf seiner Pritsche lag. „Kommen Sie bitte mit."

„Wohin?"

„Ich bringe Sie in den Vernehmungsraum."

Gemeinsam gingen sie durch die Flure des Präsidiums. Am Ziel stellte sich heraus, dass das Vernehmungszimmer noch belegt war. So wies der Beamte Rübe an, auf einem der Gangstühle Platz zu nehmen. Sie warteten.

Auf dem Flur herrschte ein Kommen und Gehen. Zwei Männer blieben in der Nähe stehen, ein uniformierter Polizist und ein kleiner Dicker in Zivil. Rübe schnappte Gesprächsfetzen auf und begann angestrengt zu lauschen, als er das Wort *Uniklinik* hörte. Wussten sie, dass er Kontakte dorthin hatte? War ihnen gar Jule bekannt, war sie verdächtig? Jule hatte sich um ihn gekümmert, hatte geklaut, um ihm zu helfen. Ihr durfte nichts geschehen. Er nahm sich vor, kein Wort über sie zu verlieren, und horchte weiter. Was er hörte, war interessant.

Schließlich wurde er in den Vernehmungsraum gerufen. Zwei müde Beamte mit Augenringen empfingen ihn und baten ihn, sich zu setzen. Einer der Polizisten zögerte und musste in seine Unterlagen schauen, bevor er aufblickte und begann: „Herr Frauenschuh." So hatte Rübe schon seit Jahren niemand mehr genannt. „Sie sind heroinabhängig. Wir haben Besteck bei Ihnen gefunden und vor allem eine Methadonampulle. Sie sind aber in keinem Methadonprogramm registriert. Woher bekommen Sie es?"

„Gefunden."

„Natürlich. Methadon liegt ja überall herum." Der Mann fuhr sich erschöpft über die Augen. „Herr Frauenschuh, wenn Sie nicht mit uns zusammenarbeiten, können wir Ihnen nicht helfen."

„Helfen?" Rübe stieß einen Lacher aus.

„Ja, helfen. Wie Sie sicherlich wissen, sind die Wartelisten für Substitutionsprogramme lang. Wir könnten diese Listen für Sie umgehen."

Das war durchaus verlockend. Doch nein, er würde Jule nicht verraten. Aber vielleicht war der Polizist zu einem Handel bereit? „Sie helfen mir, ich helfe Ihnen."

„Ja? Sie wollen aussagen?" Der Beamte richtete sich auf.

„Sagen wir so", Rübe leckte sich die Lippen und knetete seine mageren Hände. „Ich habe gerade auf dem Flur gehört, dass Sie eine Person suchen, die sich vor zwei Wochen nachts in die Uniklinik geschlichen hat. Da könnte ich vielleicht mit Informationen dienen."

Sein Gegenüber war irritiert. Natürlich, auch die Drogenfahndung wusste von dem Fall, um den sich die Kollegen von der Mordkommission kümmerten. Doch ausgerechnet dieser Junkie wollte etwas darüber wissen? Er klopfte Rübe ab: „Das soll ich Ihnen glauben? Wissen Sie überhaupt, um welchen Tag es sich gehandelt hat?"

„Es war Freitag, der Dreizehnte. So etwas merkt man sich."

„Dann rücken Sie mal raus mit Ihrem Insiderwissen."

„Nein, so läuft das nicht. Sie besorgen mir erst einmal einen Platz bei der Meth-Sub. Erst dann wird geplaudert."

Der Ermittler stierte Rübe an. Für eine zweifelhafte, wahrscheinlich ersponnene Geschichte dieses Heroin-Wracks sollte er Klimmzüge machen? Das war ja lächerlich. Andererseits konnte er Frauenschuh nur noch ein paar Stunden festhalten, dann wäre die Gewahrsamsfrist vorbei, und kein Richter würde eine Untersuchungshaft für jemanden genehmigen, der an der Nadel hing, selbst wenn er ein Kleindealer wäre. Es war ein Spiel mit der Zeit. Für Frauenschuh lag der letzte Schuss schon länger zurück. Er zitterte bereits. Vier Stunden blieben noch. Dann könnte er reif sein und plaudern. Ohne Handel.

„Überlegen Sie sich's", fertigte ihn der Beamte kurz angebunden ab. Er rief den Wachpolizisten herein und ließ Rübe abführen.

Damit hatte dieser nicht gerechnet. Das durfte ja nicht wahr sein: Wegen ein paar Drogen verzichteten diese Bullenschädel auf wichtige Tipps zu Mordfällen? Er war enttäuscht.

„Hi Gerd!" Die schlanke junge Frau in Uniform lächelte den Wachpolizisten an Rübes Seite an, als sie sich auf dem langen Flur begegneten. Der grinste zurück.

„Hosch bal Feierowed?" Ihr breiter Mannheimer Dialekt trug mit ihrer bodygeshapten Figur dazu bei, dass sich jeder zweite Kollege im Präsidium in sie verguckt hatte. Rübes Bewacher machte da keine Ausnahme.

„Ä Schtund muss isch noch", gab er zurück und lockerte seinen Griff um Rübes Oberarm. „Bis de väddel finfe." Ein hochdeutsch sozialisiertes Nordlicht hätte, selbst wenn es Linguistik-Professor gewesen wäre, kein Wort verstanden. Wo nördlich des Gotengürtels von der Uhrzeit-Bezeichnung „viertel nach vier“ die Rede ist, spricht die Mehrheit der süddeutschen Eingeborenen von „viertel fünf“, analog einem zu einem Viertel gefüllten Glas. In kurpfälzischem Idiom wird daraus eben „väddel finfe“, was „Zuugloffene“ vollends vom Verständnis ausgrenzt.

Augenklimpernd blieb die junge Polizistin vor Gerd stehen. „Hättsch Luscht, dodenooch ooner zu petze?“ (Zum Verständnis des norddeutschen Lesers: Hier ging es nicht um petzen, also Denunziation, sondern um die Einnahme eines oder mehrerer Gläser Wein. Aber Achtung: Im Kurpfälzischen bedeutet „petze“ auch noch „kneifen“. Oh, Dialekte!)

Bevor der Beamte auf das Angebot zu alkoholgeschwängertem Dienstschluss reagieren konnte, riss sich Rübe los und sprintete zur Ausgangstür. Er war bereits auf der Straße, als sich der Wachmann noch fluchend aufrappelte, weil ihm ein zerstreuter Kollege in den Weg gelaufen war und ihn zu Fall gebracht hatte.

Rübe war in Freiheit und auf der Flucht. Und er wusste auch schon, wohin.

Als Günter Ronellenfitsch auf den Flur trat, bereit zum Feierabend, wuselte es um ihn herum. Ein Junkie, so erfuhr er, war aus dem Gewahrsam entwischt, und nun war alles hinterher, was Zeit, Beine und Räder besaß. Der Kollege von der Drogenfahndung kam auf ihn zu. „Der Kerl ist abgehauen. Er meinte, er wisse, wer in der Nacht von eurem Krankenhaus-Mord in die Klinik geschlichen sei."

„Und den lasst ihr laufen?" Der Kommissar lief gefährlich schnell rot an.

„Vier Stunden wollten wir ihn noch schmoren lassen. Dann hätte er gesungen. Er brauchte 'nen Schuss."

Die Abteilung Drogendelikte war auf Ronellenfitschs nach unten offener Achtungsskala ohnehin kaum sichtbar. Nun rutschte sie noch ein paar Teilstriche tiefer. Die ersten Verfolger kehrten mit leeren Händen zurück – Mannheim war groß und voller heimlicher Verstecke. Doch es ging um Mord. So leitete Kriminaloberkommissar Günter Ronellenfitsch persönlich die Fahndung nach Tobias Frauenschuh alias Rübe ein und ließ sich dessen Akte bringen. Irene Falter, die sich bereits ins Wochenende verabschiedet hatte, erwischte er auf ihrem Handy. Er brachte sie auf den neuesten Stand, und sie bat darum, schnell informiert zu werden, sobald die Fahndung Erfolg hätte.

***

Eine Singdrossel weckte Jojo auf. Sie saß auf einem Ast vor seinem Fenster und strengte sich an, aus voller Kehle ihr Revier zu markieren. Er liebte den Gesang, der aus unendlichen Varianten bestand, wobei der Vogel jede einzelne zweimal wiederholte. Der Journalist hatte nie verstanden, was die Leute an Nachtigallen fanden – der Gesang von Singdrosseln konnte in Mitteleuropa nicht übertroffen werden. Und auf dem restlichen Planeten höchstens von Norah Jones.

Ein lauer Südwind schob die letzten Schäfchenwolken beiseite, und das Zentralgestirn krempelte die Ärmel hoch. „D'Sunnscheintschunnschee" lautete dazu der Kommentar in Kurpfälzer Dialekt, aus den Sprachen aller Völkerscharen zusammengesintert, die hier jahrhundertelang durchgezogen waren. „Die Sonne scheint durchaus schön" war die hochdeutsche Übersetzung.

Wäre seine Montesa ein Pferd gewesen, es hätte mit den Hufen gescharrt. Als Motorrad musste sie sich dagegen auf augenblickliches Anspringen beschränken, als er auf ihrem Rücken Platz nahm und den Startknopf drückte.

Jojo liebte die versteckten Sträßchen des Odenwalds, die von Durchgangsverkehr und Touristenfahrern weitgehend verschont blieben. Hier konnte er, wenn Zeit war, entlangtuckern und rasten, wenn der Wald oder eine Hügelkuppe unerwartet einen Blick über Weiden, Höhenzüge und Dörfer freigab, die sich in die Senken der Landschaft schmiegten. So bog er in Heiligkreuzsteinach links ab. Dem Ortsunkundigen schien dies eine Sackgasse zu sein, doch nur an Wochenenden war der weitere Schotterweg von Eiterbach nach Siedelsbrunn für Kraftfahrzeuge gesperrt.

Auf der Höhe, nahe dem Sendeturm des Hessischen Rundfunks, stieß er wieder auf die Landstraße Richtung Wald-Michelbach. Auch hier bog er erneut ab, um über Hartenrod und Kocherbach nach Grasellenbach zu gelangen, der Ort, der sich mit dem bekanntesten der insgesamt sieben Siegfriedsbrunnen schmückte. Inzwischen, das wusste Jojo, stand fest: Wenn es denn je eine Quelle gegeben hatte, an der ein fiktiver oder realer Nibelungen-Siegfried ermordet worden war, so hatte sich diese auf der linken Rheinseite bei Ludwigshafen befunden, wahrscheinlich in dem Gebiet, das heute von einer riesigen Chemiefabrik überwuchert wird. Romantisch war anders.

Das lange Mossautal führte Jojo auf die „Spreng", eine Passhöhe, deren lokaler Name auf keiner Karte eingezeichnet war, geschweige denn in irgendeinem Navigationsgerät. Von hier waren es nur noch wenige hundert Meter zu dem Golfplatz, den Theodor von Sicken genannt hatte. Irgendwo dort musste das Clubhaus der narbentragenden Biersäufer liegen.

Dem Feldweg sah man an, dass er oft befahren wurde. Er führte in ein Buchenwäldchen, und hinter einer Kurve tauchte zwischen den Bäumen eine stattliche Holzhütte auf. In eingeschossiger Blockbauweise errichtet, besaß sie zwei garagenähnliche Anbauten. Eine Satellitenschüssel auf dem Dach wies darauf hin, dass die Blockhütte mit einem Stromanschluss versorgt war.

Jojo parkte und stieg ab. Die Fensterläden waren verschlossen, und bis auf einen langsam tropfenden Außenwasserhahn herrschte Stille. Über der Eingangstür prangte, in ein großes Holzbrett geschnitzt und coloriert, das verschnörkelte *W!*, Zeichen der Wibelingia-Verbindung. Er umrundete das Haus. An der Rückseite, sauber geordnet und überdacht, stapelten sich mehrere Biertisch-Garnituren neben zwei, drei Ster aufgesetzter Kaminholzscheite.

Erschrocken fuhr er zusammen, als es hinter ihm schrie. Ein Eichelhäher flog auf und schimpfte lauthals über den Fremdling. Ein Zaunkönig fiel mit seinem „Keck, keck!" ein, in der Ferne bellte ein Hund. Neben Jojos Füßen raschelte ein kleines Tier, am Haus knackte es, und im aufkommenden Wind rieben sich zwei Bäume quietschend aneinander. Es war vorbei mit der Stille des Waldes.

Es gab nichts weiter zu sehen. Was hatte er sich erhofft? Hinweise auf den Tod Wienhausens? Aufgeschichtete Leichen hinter der Hütte? Er schüttelte den Kopf und schalt sich einen Narren. Was wollte er hier?

Bevor er wieder seine Montesa sattelte, prüfte er die Tore der beiden Anbauten. Er rüttelte an den

Klinken, doch natürlich waren sie verschlossen. Wenn, dann trafen sich die motorradfahrenden Studenten höchstens an Wochenenden hier, und heute war Montag.

Als er den Einzylinder startete und zurück auf den Waldweg bog, wurde er beobachtet. Und das nicht nur von einem Eichelhäher.

***

Wir sind zäh und wir sind laut – Bleistrom wird nicht abgebaut!" Der Kerl mit einem Kreuz in Schrankwandbreite, über das sich mühsam eine Warnweste mit „IG Metall"-Aufdruck spannte, schrie dermaßen in sein übersteuerndes Megaphon, dass dessen Benutzung nicht nötig gewesen wäre. Eine unisex gekleidete Truppe um ihn herum wiederholte brüllend den Knittelreim, seit gefühlten Jahrmillionen so oder ähnlich fester Bestandteil jeder Gewerkschaftsdemonstration. Vermutlich fühlten sich die Manager des Bleistrom-Konzerns durch dieses Ritual noch nicht einmal peripher tangiert, wenn sie Pläne zu Verlagerung oder Verkauf des großen Mannheimer Werks schmiedeten. Die ohnehin hohe Arbeitslosigkeit der Stadt würde weiter steigen, über weiteren Familien würde die Schuldenfalle zuschnappen, Reihenhäuser würden zwangsversteigert werden, Familien würden zerbrechen und Hoffnungen auf den Fluren von Arbeitsagenturen versickern. Müde Gewerkschaftsdemonstrationen waren schon lange kein Gegenmittel mehr.

Von zwei dienstverpflichteten Beamten in ihrem Streifenwagen angeführt, wälzte sich an diesem Maifeiertag der Zug mit blauen und roten Transparenten zäh über die „Planken", die zentrale Mannheimer Fußgängerzone, beachtet lediglich von einigen Obdachlosen und versprengten Touristen.

Der Tag war sonnig, und am Marktplatz, dem Ziel des Demozugs, zapften die Helfer hinter den Bierständen bereits im Akkord, denn einige Dutzend Gewerkschafter hatten auf die Latscherei verzichtet und sich lieber gleich an die Biertische begeben, unterstützt von zahlreichen eingeborenen Gerstenfreunden, die überall auftauchten, wo es preiswert etwas zu schlucken gab. Und die, angesprochen auf den Begriff „Gewerkschaft", bestenfalls geantwortet hätten: „Gewehrschaft? Is des net de Griff vunnere Knarre? Kummt do jetzat de Schützeverein?"

Neben der Rednertribüne, auf der eine unbekannte Coverband versuchte, bis zum Eintreffen des Zuges sämtliche Gespräche auf dem Platz durch Lautstärke zu verhindern, lauerte Jojo, bewaffnet mit Fotoausrüstung und Diktaphon. Seinen Bericht über Brennstoffzellen wollte er mit Interviews von zwei, drei Lokalpolitikern würzen – immerhin war Mannheim Geburtsstadt des Fahrrads, des Automobils, Sitz eines berühmten Traktorenwerks und einer großen Motorenfabrik, kurz: Brennpunkt der Geschichte der Mobilität. Dazu sollten doch die Politnasen etwas zu sagen haben, wenn sie sich schon ihren Stammwählern zeigen mussten.

Da erschien die Demokolonne und bog auf den Platz ein. Der Schrank hinter dem Megaphon war mittlerweile ebenso verstummt wie seine Skandierer – es ging nun zum gemütlichen Teil. Jojo erspähte Stefan Windig, den Heidelberger Abgeordneten, und kämpfte sich zu dem Biertisch vor, der für jenen und weitere VIPs reserviert worden war. Doch heute sollte er nicht zu seinem Interview kommen.

Noch war der Zug nicht vollständig auf dem Platz eingetroffen, da entstand Unruhe. Aus einem Knäuel von Menschen ragten erhobene Arme heraus, Rufe wurden laut, es schien eine Rangelei zu geben. Die Streifenwagenbesatzung hatte angehalten, und die Beamten stiegen aus, um zu sehen, was los war. Auch Jojo kämpfte sich mit gezückter Kamera zum Ort des Geschehens, von dickbäuchigen Schaulustigen behindert.

Der Menschenpulk formte sich nun zu einer Träne, an deren Spitze zwei junge Männer drei alte mit festen Griffen hinter sich herzogen. „Was soll das?“, rief einer der Alten und wedelte mit einem Packen Papier, von dem sich etliche Blätter lösten und auf den Boden flatterten. Unbeeindruckt und schweigend wurden sie zu einem dunkelgrauen PKW gezogen, der in der Nähe parkte. Die beiden Streifenbeamten waren jetzt hinzugekommen, wechselten einige Worte mit den Entführern und gingen dann zu ihrem Einsatzfahrzeug zurück. Mit Nachdruck wurden nun die drei Alten in den Fond des grauen Autos bugsiert, begleitet von empörten Rufen aus dem Pulk der Kollegen, die sich bedrohlich um das Auto versammelten, um es am Fortfahren zu hindern.

Jojo hatte seine Kamera auf Dauerfeuer gestellt und hielt das Geschehen fest. Kein Gesicht und keine Bewegung entging ihm.

Jetzt wurden die beiden Uniformierten wieder aktiv. Sie kamen zu dem PKW zurück, in dem Entführer und Entführte saßen, drängten die Menschen von der Motorhaube weg und sorgten dafür, dass das Auto entschwinden konnte. Blitzschnell fotografierte der Journalist das Kennzeichen und hob eines der Blätter, das der Alte verloren hatte, vom Boden auf. Porträts mit den Namen der drei Entführten schauten ihm entgegen. Das Flugblatt war betitelt: „Gewerkschafter unter Mordverdacht? Wir lassen uns nicht kriminalisieren!“ Es folgte eine Bleiwüste, die mit einem Aufruf zu tätiger Solidarität endete. Jojo fiel im Text ein Name auf: Steffen Wienhausen. Nun konnte er sich einen Reim auf die polizeigeschützte Entführung machen. Die drei Rentner – Bauhs, Picard und Kuppert – waren von Zivilbeamten verhaftet worden. Wusste Irene Falter davon, steckte sie gar dahinter?

„Verhaftet? Nein, davon weiß ich nichts." Die Kriminalhauptkommissarin war verwirrt. Wer hatte das angeordnet?

Gerade war sie mit dem Abschleifen ihrer Treppe fertig geworden und räumte das Werkzeug auf, als Jojo sie auf dem Mobiltelefon mitten am Feiertag anklingelte. Ja, gab sie zu, Kuppert, Bauhs und Picard zählten in der Tat zum Kreis der Verdächtigen, doch für eine Ingewahrsamnahme gab es keinerlei handfeste Gründe. Sollte Ronellenfitsch …?

„Ich rufe dich zurück, wenn ich mehr weiß", fertigte sie Jojo ab. „Halt, noch eins: Kein Wort an die Öffentlichkeit, bevor ich nicht grünes Licht gebe!"

Jojo versprach es, er hatte aus seinem Bodensee-Patzer gelernt.

Noch im holzstaubgesprenkelten Blaumann wählte Irene Falter Ronellenfitschs Handynummer. Ständig war besetzt, und als sie es auf seinem Diensttelefon probierte, erfuhr sie lediglich von der Zentrale, dass er momentan nicht zu sprechen sei, da er unausgesetzt telefoniere. Was war da los? Musste denn ständig etwas schiefgehen? Sie war sauer, und als sie schnell in ihre Motorradmontur stieg, blickte ihr im Spiegel der Zitronenfalter entgegen.

Die Aprilia lehnte kaum auf dem Seitenständer vor dem Präsidium, als die Kriminalhauptkommissarin bereits die Treppe zu Günter Ronellenfitschs Dienstzimmer hinaufstürmte. Ohne anzuklopfen riss sie die Tür auf. Der Oberkommissar schrie gerade in den Hörer seines Festnetztelefons, während sein Handy erneut schrillte.

Günter Ronellenfitsch hatte Dienstbereitschaft. Sein Ärger über den unfreien Feiertag wurde verdrängt von der Fahndung nach Tobias „Rübe" Frauenschuh, und selbst die trat zurück vor der Information, die er soeben den Kollegen vom Stuttgarter Landeskriminalamt mit Mühe entrissen hatte: Die drei ehrenamtlichen Helfer der Museums-Druckwerkstatt waren verhaftet und nach Stuttgart verbracht worden. Hansjörg Brauko hatte dies angeordnet, denn während die drei Alten auf dem Mai-Zug des Gewerkschaftsbundes Flugblätter verteilten, hatte das LKA bei Bauhs eine unangekündigte Hausdurchsuchung vorgenommen. Man hatte den Notarzt rufen müssen, denn Bauhs' Ehefrau, an der vorbei die Beamten ins Haus gestürmt waren, war vor Aufregung zusammengebrochen. Man habe, erfuhr Günter Ronellenfitsch, im Schreibtisch des Rentners ein großes Abzeichen der Wibelingia-Verbindung gefunden, was zusammen mit den bekannten Indizien – politische Vergangenheit und Anwesenheit am Tatort – Anlass zu der Verhaftung gegeben habe.

In einer raren Telefonpause brachte der Oberkommissar seine Vorgesetzte auf den neuesten Stand. Die schüttelte ungläubig den Kopf: „Brauko? Ohne mich zu informieren?"

„Du hattest dienstfrei, hieß es, und mich habe er angeblich nicht erwischt." Günter Ronellenfitsch zuckte ratlos die fleischigen Schultern.

„Und warum haben die die drei Alten nicht hierher ins Präsidium gebracht, sondern nach Stuttgart?"

„Keine Ahnung. Wahrscheinlich erfahren wir erst morgen mehr, heute am Feiertag ist auch im LKA kaum jemand zu erreichen. Brauko sei nicht im Dienst, heißt es."

„Was ihn offenbar nicht daran gehindert hat, die Verhaftung anzuordnen", stellte der Zitronenfalter verärgert fest. „Wir beide werden gleich morgen früh nach Stuttgart fahren und den Kollegen auf den Zahn fühlen!"

Günter Ronellenfitsch setzte einen gequälten Hundeblick auf. „Ich muss mich doch um die Fahndung nach Frauenschuh kümmern", wandte er ein. „Nimm doch jemand anderen mit!"

Bevor die Kommissarin widersprechen konnte, läutete erneut das Telefon. Der Kommissar hob ab, meldete sich und lauschte konzentriert. „Ja, machen wir!" Er legte auf und blickte Irene Falter an.

„Das waren Kollegen aus Rosenheim. Sie haben den Junkie!"

Acht

Rübe kannte die Wege über die Hinterhöfe der Quadratestadt. Zum Mannheimer Hauptbahnhof war es nicht weit, und da er sich im Polizeigewahrsam hatte waschen und ein wenig herrichten können, lief er nicht Gefahr, von der Bahnpolizei in die Kategorie der Obdachlosen eingeordnet zu werden, die stets notorisch genau unter die Lupe genommen wurden. Verstecken durfte er sich nicht, da wäre er bald entdeckt. Am unauffälligsten wäre er als harmloser Spaziergänger unterwegs. Er marschierte durch die Unterführung unter den Gleisen hindurch und schlenderte auf der Seite des Lindenhofs entlang, bis sein Zug fuhr.

Ja, sein Zug: Manchmal hatte er weite Fahrten unternehmen müssen, um an Stoff zu gelangen. Am häufigsten hatte er dabei die Grenzregionen zu Italien und Tschechien aufgesucht. Sein Transportmittel waren oft Güterzüge gewesen. Als blinder Passagier. Was die meisten Normalbürger nicht für möglich hielten und höchstens aus Filmen über die Frühzeit der USA kannten – Rübe beherrschte das Einschmuggeln in nachlässig verschlossene Güterwaggons und das Verstecken unter Planen auf Plattformwagen. Voraussetzung war die genaue Kenntnis aller Zugverbindungen, auch der Personenzüge, von denen er wusste, dass in ihnen nicht kontrolliert wurde. Was den normalen Fahrgast nervte, der ständige Personalabbau bei der Bahn, kam Rübe zugute. Er war ein wandelndes Kursbuch.

Das bayerische Rosenheim unweit der österreichischen Grenze lag auf vielen von Rübes Beschaffungsfahrten. Das war praktisch, denn dort lebte eine alleinstehende Cousine von ihm, bei der er für ein oder zwei Nächte unterschlüpfen konnte, und die so weich war, dass sie ihn nie verriet. Dort sollte auch diesmal sein vorläufiges Fluchtziel sein.

Allerdings gab es nun ein Problem: Der letzte Schuss lag eine Weile zurück, und Rübe besaß keinen Stoff mehr. Er zitterte bereits wie ein Parkinson-Kranker. Für solche Fälle hatte er einst vorausschauend eine kleine Ration in der Wohnung seiner Cousine versteckt. Bis Rosenheim musste er also durchhalten, auch wenn das verdammt schwer wurde.

Rübe nahm die S-Bahn bis Mannheim-Friedrichsfeld. Auf der Strecke wurde garantiert nicht kontrolliert. Dort kannte er das Gleis, auf dem sein Güterzug in nahezu Schrittgeschwindigkeit vorbeirollen würde. Auch diesmal gelang ihm das Aufspringen in der einsetzenden Dämmerung, wenngleich sein Herz schneller schlug als der Rhythmus der Räder auf den Schienen. Entzugserscheinungen.

Der lange Güterzug brachte ihn nach Rosenheim.

Als in den sonnigen Vormittagsstunden des ersten Mai ein bayerischer Bahnmitarbeiter, unfroh über den versauten Feiertag, routinemäßig die Waggons des Zuges kontrollierte, bemerkte er Bewegung unter einer Plane. Er hob einen Zipfel an und schaute darunter. „Jo, leckts mi am Oarsch“, entfuhr es ihm, als er in ein zuckendes Gesicht blickte, in dessen Augen nur noch das Weiße zu sehen war.

***

Jojo hatte die Fotos in Dateien sortiert, beschriftet und archiviert. Er war ein wenig stolz auf sein System, mit dem er unter Tausenden von Bildern mittels Stichworten passende Exemplare zu einem Technikbericht, einer Reportage finden konnte. Die Arbeit des Einpflegens von neuen Fotos machte er gern, denn sie ersparte ihm das Zigfache an Zeit für Bildersuche.

Es hieß zwar, dass Bilder mehr sagten als tausend Worte. Doch Jojo wusste, dass man mit ihnen auch eindrucksvoller lügen konnte als mit einem Text, und das nicht nur in der Werbung. Natürlich gab es plumpe Fälschungen wie etwa die von einer Ehrung Max Plancks, wo aus dem Foto alle Nazigrößen hinausretuschiert worden waren, da deren Darstellung an der Seite des Wissenschaftlers nach 1945 politisch nicht mehr opportun war. Man wollte ihn eben weißwaschen.

Subtiler waren demgegenüber Bilder, die so beschnitten wurden, dass sie logen. So stammte etwa aus dem Jugoslawienkrieg ein Foto von Männern in abgerissenen kroatischen Uniformen, die traurig durch einen Stacheldrahtzaun blickten: Bilder aus einem serbischen KZ. Es stellte sich später heraus, dass ein Journalist die Männer hinter den Zaun einer Viehweide gebeten und fotografiert hatte – freie Männer, durchaus keine Gefangenen. Das Bild hatte der Fotograf so beschnitten, dass das Weidezauntor nicht zu sehen war.

Zwei große Hamburger Wochenmagazine sowie alle führenden überregionalen Zeitungen waren für solche Propaganda bekannt, mit der Politik betrieben wurde. Hinzu kam ein bekannter Spruch des *Stern*-Gründers und ehemaligen Nazi-Journalisten Henri Nannen: Kein Foto spreche für sich, man müsse es den Lesern vielmehr erklären. So wurden dann schon mal aus der Aufnahme von Kleinkindern in gestreiften Bademänteln, fotografiert in einem DDR-Hort, durch eine Bildunterschrift „Kinder in einem sowjetischen Kinder-KZ". Die bekannt gewordenen Fälschungen waren vermutlich nur die Spitze des Lügenbergs.

In die Arbeit hinein läutete Jojos Telefon und hielt ihn davon ab, die letzten Bilder der geplatzten Wankelkolben-Übergabe an das Mannheimer Museum einzupflegen.

„Irene hier, ich grüße dich. Ich hatte versprochen, zurückzurufen."

„Ja", Jojo war noch von seiner Arbeit gefangen, „ich sortiere gerade die Fotos von der gestrigen Verhaftung. Möchtest du sie haben? Gegen eine kleine Aufwandsentschädigung", scherzte er.

„Lass die Fotos bloß verschlossen!", warnte die Kommissarin. „Die Aktion hat das LKA durchgeführt, und die sind sicherlich *not amused*, wenn ihre Gesichter und Autokennzeichen in den Medien auftauchen."

„Ihr Mannheimer hattet nichts damit zu tun?"

„Leider nicht, sonst wäre die Geschichte wohl anders verlaufen, vor allem nicht unter den Augen hunderter Menschen." Jojo hörte aus Irene Falters Tonfall, dass sie keine hohe Meinung von den polizeilichen Fähigkeiten der Landesbehörde besaß. „Aber ich rufe aus einem anderen Grund an", fuhr sie fort. „Es gibt einen Mann, der in Wienhausens Mordnacht eine mögliche verdächtige Person in der Klinik gesehen haben will. Der Mann liegt derzeit selber im Krankenhaus in Rosenheim. Wenn wir ihn befragen wollen, müssen wir hinfahren, er ist nicht transportfähig. Günter ist verhindert ..."

„Günter?", unterbrach Jojo.

„Günter Ronellenfitsch."

„Ah, ja."

„Ich werde also übermorgen alleine nach Rosenheim fahren und die Befragung mit einem dortigen Kollegen vornehmen. Hättest du Lust auf eine gemeinsame Motorradtour?"

„Aber hallo!" In Jojo begannen die Endorphine zu tanzen. „Meinen CCD-Bericht habe ich morgen Abend fertig ..." – auf das ergänzende Windig-Interview musste er nun verzichten, es hätte vermutlich ohnehin nur aus Allgemeinplätzen bestanden – „... und ab dann habe ich frei."

„Dass wir uns richtig verstehen", bremste ihn die Polizistin aus, „bei der Befragung kannst du natürlich nicht dabei sein."

„Aber ich erfahre die Ergebnisse?"

„Schau'n wir mal", legte sich Irene Falter nicht fest. Sie verabredeten sich für den frühen Freitagmorgen.

***

Bitte Vorsicht!"

Jojo hatte gerade die Station betreten, als er zur Seite gebeten wurde. Der Pfleger schob ein Bett vorbei. Darauf lag Markus.

„Mensch, zu dir wollte ich gerade!"

Markus lächelte schwach dem Freund zu. Es dauerte eine Weile, bis das Bett wieder im Zimmer stand und die Schwester den Patienten an Infusion und Sauerstoff angeschlossen hatte.

Schließlich konnte sich Jojo auf die Bettkante setzen. Er betrachtete Markus' eingefallenes Gesicht. Das war einmal der quirlige, kraftstrotzende Motorradfahrer gewesen, mit dem er an Lagerfeuern geblödelt hatte?

„Was haben sie mit dir gemacht?"

Markus winkte ab. „Ich komme gerade von einer erneuten Ultraschall-Untersuchung. Das Herz scheint schlechter zu werden anstatt besser. Wahrscheinlich werden sie jetzt die Medikamente umstellen. Mal wieder."

„Verstehe ich nicht. Die Kardiologie hier hat doch einen hervorragenden Ruf."

„Ja. Vielleicht brauche ich einfach mehr Geduld", meinte Markus. „Aber reden wir von dir. Was macht die Arbeit?"

Jojo brachte den Freund auf den neuesten Stand zum Fall Wienhausen und zeigte ihm das Flugblatt, das die alten Jünger der Schwarzen Kunst verteilt hatten.

Markus las. „Angriff ist wohl die beste Verteidigung."

„Du meinst", fragte Jojo, „die Wutrentner könnten wirklich etwas damit zu tun haben?"

„Na, ausgeschlossen ist das wohl nicht. Denk doch nur an die alten Leutchen, die neulich einen Banker entführt und gefoltert haben, der sie um ihr Erspartes gebracht hat. Unterschätze die Senioren nicht! Der Fall ist ja interessant, aber darfst du darüber schreiben? Das ist doch nichts zum Geldverdienen, oder?"

So berichtete Jojo vom Ausflug nach Nürnberg und von dem Bericht über Brennstoffzellen. „Das Nadelöhr für Elektrofahrzeuge ist doch nach wie vor die Unmöglichkeit, elektrische Energie effektiv und verlustarm zu speichern. Und gerade an dem Punkt wurden die Herren von CCD schweigsam. Der Oberingenieur erwähnte nur am Rande, sie hätten in der Vergangenheit etwas dazu entwickelt, wollte aber nicht weiter darüber sprechen. Das hat mich neugierig gemacht. Ich wüsste nicht, wen ich dazu befragen sollte. In Internet-Suchmaschinen gibt es tausende Einträge zu CCD, die mir aber nicht weiterhelfen."

Markus horchte auf. „Vielleicht würden wir außerhalb des Webs fündig."

„Wie meinst du das?"

„Das Internet besteht ja nicht nur aus www. Es gibt Möglichkeiten, an die der Normalnutzer gar nicht herankommt. Stell mir mal das Kopfende hoch und reich mir meinen Laptop rüber!"

Mit flinken Fingern tippte Markus auf der Tastatur herum. Zahlenkolonnen erschienen und kryptische Buchstabenkombinationen, die Jojo an längst vergangene DOS-Zeiten erinnerten. Der kranke Freund schien konzentriert und vertieft.

Jojo wollte ihn nicht stören und griff sich ein Buch von Markus' Nachttisch. „Bergfriedhof" las er, einen Krimi des Heidelberger Autors Marcus Imbsweiler. Na, dankeschön! War das die richtige

Lektüre für einen Kranken? Der Bergfriedhof lag im Heidelberger Süden und barg berühmte und berüchtigte Tote. Friedrich Ebert lag dort, der erste Reichskanzler der Weimarer Republik, der der Blutorgie seines Parteifreundes Noske zugestimmt hatte; der Kriegsverbrecher Albert Speer; Felix Wankel und die Lyrikerin Hilde Domin. Doch auch die Überreste eines Teils der Lechleiter-Gruppe ruhten dort – Widerstandskämpfer, Frauen und Männer aus Heidelberg und Mannheim, die von den Faschisten gefoltert und mit dem Fallbeil geköpft worden waren. Nach ihrer Ermordung hatten die Nazis die Leichen der Heidelberger Uniklinik-Anatomie übergeben – groteskes Material zur Anschauung von „Volksschädlingen". Erst nach der Befreiung hatte man sie bestatten können.

„Na bitte!" Markus blickte triumphierend auf, und Jojo klappte das Buch nach den ersten Seiten zu. „Wir haben's!"

„Was hast du gefunden?"

„Ich hab mich ein wenig ins Archiv von CCD gehackt", berichtete der Freund mit kaum verhohlenem Stolz. „Die hießen ja nicht immer so."

„Nein? *Crown Current Division* hatte mal einen anderen Namen?"

„Einen ähnlichen – *Crohn und Compagnie.* Ich erinnere mich: Der Gründer Crohn war angeblich jüdischen Glaubens. Zumindest meinten das die Nazis. Sie arisierten den Betrieb, stahlen ihn also, und ein strammer Wehrwirtschaftsführer konnte sich ihn aneignen. Um Kunden nicht zu verlieren, behielt man jedoch den Firmennamen bei. Erst in den 1980er Jahren wollte man sich von dem belasteten Namen trennen, änderte die juristische Form und auch die Unternehmensbezeichnung. *Crohn & Cie.* ist der Vorläufer von CCD."

„Na schön, aber mit einer Entwicklung von Energiespeichern hat das nichts zu tun."

„Moment!" Markus drehte den Laptop, damit Jojo auf den Bildschirm schauen konnte. Dort sah er Tabellen, gefüllt mit Zahlen und chemischen Begriffen.

„Du wirst mir das sicherlich übersetzen, Markus Gates!"

„Gerne. Hier ist die Rede von einer Hochenergiebatterie, die in den Siebzigerjahren entwickelt wurde, als das Unternehmen noch *Crohn* hieß. Sie wies angeblich kaum Verluste auf und kam mit billigsten Materialien aus: Natrium, Schwefel und den Oxiden von Magnesium, Aluminium und Natrium. Man konnte sie fast unbegrenzt wieder aufladen."

„Und warum wurde diese Wunderbatterie nicht hergestellt?"

„Warte." Markus tippte erneut auf die Tastatur ein, fingerfertig wie ein Klavierspieler. „Hier ist ein Pressebericht archiviert. Der Akku musste auf über dreihundert Grad Celsius aufgeheizt und die Temperatur beibehalten werden, damit er funktionierte."

„Dreihundert Grad? Auweia“, meinte Jojo, „eine heiße Sache!“

„Ja, doch das hätte man in den Griff bekommen. Aber das Problem war wohl, dass es an geeigneter Wärmeisolation fehlte. Die Temperatur sank zu schnell ab. Die Ingenieure experimentierten mit Vakuumhüllen wie bei einer Thermoskanne, doch das klappte nicht. So verschwand die Entwicklung in der Schublade.“

„Schade, das hätte viele Probleme gelöst. Ich frage mich, warum CCD heute davon nichts mehr wissen will. Denen bricht doch kein Zacken aus der Krone, wenn sie dazu stünden? Entwicklungen, die in Sackgassen enden, sind doch Alltagsgeschäft großer Konzerne.“

„Wenn es um Geld geht, hört Mitteilungsfreudigkeit schon mal auf“, vermutete Markus, und Jojo musste ihm zustimmen. Wer wusste schon, welche Patentstreitigkeiten, gegenseitige Werkspionage und Kämpfe um Vorherrschaft und Absatzmärkte die Wirtschaft bestimmten – und Entwicklungen hemmten? „Profit“ war kein Name einer Muckibude, sondern Motor und Zweck des derzeitigen Wirtschaftssystems.

Jojo hatte mitgeschrieben. Sicherlich konnte er die Informationen nicht in seinem Bericht über Brennstoffzellen unterbringen. Aber vielleicht in einer separaten Reportage über den Stand der Technik bei Energiespeichern? CCD musste ja nicht unbedingt erwähnt werden.

Er bedankte sich bei dem Freund für die Hilfe, wünschte ihm gute Besserung und versprach, ihn bald wieder zu besuchen. Sie gaben sich die Hände.

***

Kriminalhauptkommissarin Lene Laubach war so schlau wie zuvor. Nun ja, gab sie zu, vielleicht doch ein wenig klüger. Daten zu Arno Leibrand herauszufinden, der sich selbst in die Luft gesprengt hatte, hatte die Routine erledigt. Leibrand war alleinstehend gewesen, seit geraumer Zeit erwerbslos, und hatte in einer kleinen Wohnung auf dem Emmertsgrund gelebt. Angehörige gab es offenbar keine. Seine letzte Arbeitsstelle als Chemielaborant hatte er in der Nähe des Grenzhofs gehabt, in einer Zweigstelle der *Crown Current Division.* Dort würde Lene Laubach versuchen, ehemalige Kollegen von ihm zu befragen.

Doch was nun ihren Schreibtisch bedeckte, erinnerte sie an eine Gruppe aufgeregter japanischer Touristen vor zwei Jahren. Die hatten sämtlich durcheinander geplappert in einer Mischung aus Englisch und Japanisch, und Lene Laubach hatte kein Wort verstanden, bis sie begriff, dass wieder einmal Touristen bestohlen worden waren. Heidelberg galt als deutsche Diebstahl-Hauptstadt, was den Fremdenverkehr betraf. Die Einheimischen merkten davon nichts.

Vor ihr lag eine drei Seiten lange Liste voller technischer Begriffe. Von vielen hatte sie noch nie im Leben etwas gehört, geschweige, dass sie sich etwas darunter vorstellen konnte: Vulkanisation, Supra-Leitungen, Metallurgie, Reinraum-Vakuumierung, Impedanzunterdrückung, Sintern, Halbleiter-Herstellung, Ionen-Austauschverfahren, Aufschwefelung, Intoxikationsverhinderung, Oxidisolation – die Wörter verschwammen vor ihren Augen.

Eine schöne Hilfe von Doktor Kurt Bruchmann, ihrem Jugendfreund! Die hätte er sich sparen können. Wie vereinbart hatte sie ihm alle chemischen Verbindungen mitgeteilt, die die Kollegen der Spurensicherung im detonierten unterirdischen Labor am Neckar gefunden hatten. Er hatte versprochen, sich zu deren möglicher technischen Verwendung Gedanken zu machen. Schließlich hatte er ihr diese Liste zugefaxt, bei deren Lektüre sie nur Bahnhof verstand. Sie griff zum Telefon.

„Es tut mir leid, Doktor Bruchmann ist diese Woche auf einem Kongress", flötete seine Sekretärin in die Leitung. „Kann ich etwas notieren? Soll er Sie zurückrufen, wenn er wieder hier ist?"

„Danke, ich bemühe mich selber." Lene Laubachs Antwort klang schärfer, als sie beabsichtigt hatte. Sie schickte einen hilflosen Versöhnungsversuch hinterher: „Vielen Dank für Ihre Information!"

Sie legte Bruchmanns Liste auf die Seite. Warum hatte er sie nicht gleich auf Chinesisch geschrieben? Dann hätte sie zumindest einen triftigen Grund gehabt, nichts zu verstehen. So aber blieb ein Gefühl eigener Dummheit, als hätte sie die gesamte Schulzeit über alle naturwissenschaftlichen Fächer geschwänzt.

Wen sollte sie fragen? Unvermittelt fiel ihr Günter Ronellenfitsch ein, der Mannheimer Kollege, der sie gebeten hatte, mit ihm diese Heidelberger Verbindungsbrüder aufzusuchen. Sollte sie ihn mit eigenen Fällen belasten? Ihm offenbaren, dass sie nichts verstand? Augenblick mal – *Crown Current Division*? Hatte dieser *Wibelingia*-Schnösel nicht behauptet, sein Vater leite das Unternehmen? Das konnte natürlich Zufall sein, aber damit hätte sie immerhin einen Grund, sich an den Mannheimer Kollegen zu wenden.

Sie griff erneut zum Telefonhörer.

Im gleichen Augenblick, da sich Ronellenfitsch mit seinem Namen meldete, klopfte jemand an seine Tür. „Ja, bitte!“, rief er durch den Raum, und Lene Laubach am Telefon bezog dies auf sich. So begann sie zu reden, und der Oberkommissar musste sie unterbrechen, denn Jojo war eingetreten.

„Einen Augenblick, Frau Laubach. Ich habe gerade Besuch bekommen. Bin sofort für Sie da.“ Er winkte Jojo herbei und bot ihm handwedelnd einen Stuhl an, bevor er sich wieder dem Telefon zuwandte.

Nun konnte die Kommissarin reden. Sie hatte sich überlegt, Günter Ronellenfitsch um eine kleine

Amtshilfe zu bitten, als Gegenleistung für ihre Begleitung zu den Wibelingia-Studenten. Sie vereinbarten, dass sie ihm Bruchmanns Liste ebenso wie die der Spurensicherung zufaxte – er würde kompetente Kollegen aus dem Präsidium einmal darüberschauen lassen.

„Jetzt zu Ihnen", wandte er sich an Jojo, nachdem er aufgelegt hatte. „Was kann ich für Sie tun?"

„Ich war als Journalist zufällig Zeuge bei der Verhaftung der drei Gewerkschafter", begann Jojo.

Günter Ronellenfitsch zog die Stirn kraus. Eine unangenehme Geschichte – und nun fiel auch noch die Presse darüber her! Er unterbrach Jojo. „Es wäre wenig hilfreich, wenn Sie jetzt darüber berichten würden."

„Das ist mir schon klar. Irene – ich meine: Frau Falter – hat mich schon ausgebremst."

Der Kommissar schien sich zu entspannen.

„Ich wollte lediglich wissen, wie weit die Sache gediehen ist. Sind die drei Männer überführt?"

Günter Ronellenfitsch lehnte sich zurück und drehte einen Kuli in der Hand. „Dazu kann und darf ich Ihnen nichts sagen. Vielleicht nur so viel: Sie sitzen nicht in Untersuchungshaft." Mit Unbehagen erinnerte sich der Kommissar an seine Reise am Vortag nach Stuttgart. Es hatte ihn viel Überredungskunst und einige laute Worte gekostet, Hansjörg Brauko davon zu überzeugen, die Rentner gehen zu lassen. Das LKA bestand jedoch darauf, dass sie die Hauptverdächtigen in dem Mordfall seien. Erst als er versichert hatte, dass die Mannheimer Sonderkommission dafür bürge, dass Fluchtgefahr ausgeschlossen sei, konnte er die drei Alten mitnehmen, die mittlerweile weniger aufgebracht als vielmehr übermüdet waren.

Günter Ronellenfitsch dachte nicht daran, dies dem Journalisten auf die Nase zu binden. Er war ohnehin der Ansicht, dass sich seine Vorgesetzte viel zu sehr mit dem Schreiberling eingelassen hatte. Das widersprach nicht nur den Vorschriften, sondern konnte die eigene Arbeit erschweren, wenn nicht durchkreuzen. Ein Beispiel hatte dieser Jonas Jordan ja bei dem eigenmächtigen Kontakt zu Wienhausens Familie geliefert.

„Würden Sie mich …", begann Jojo, wurde jedoch durch das Summen des Faxgeräts unterbrochen.

„Sie entschuldigen", meinte Günter Ronellenfitsch und wandte sich dem Gerät zu. Er würde den Journalisten gleich hinauskomplimentieren, mehr oder minder höflich.

Das Fax spuckte eine Reihe von Blättern aus. Der Kommissar überflog sie und blieb an dem Bericht der Heidelberger Spurensicherung hängen. Chemikalien? Unbekannte Keramik? Ihm kam die Malscher Dachziegelfabrik in den Sinn, unweit seines Heimatortes, in der er als Schüler in den Ferien gejobbt hatte.

Jojo betrachtete sein Gegenüber. Der Kommissar war in die Unterlagen vertieft und hatte seine Anwesenheit offenbar vergessen. Zwar stand für den Journalisten die Schrift auf dem Kopf, dennoch konnte er einige Begriffe entziffern: Natrium, Schwefel, Aluminiumoxid ... Hatte er das nicht kürzlich notiert? Er zog seinen Block heraus, schaute darauf und rutschte vor auf die Stuhlkante.

Günter Ronellenfitsch schrak hoch. „Äh – wir waren soweit fertig, oder?"

„Vielleicht noch nicht ganz", meinte Jojo betont und deutete zu den Blättern auf dem Schreibtisch. „Möglicherweise könnte ich Ihnen etwas dazu sagen."

Neun

Die Straße wand sich in vielen Kurven, als wollte sie die Ankunft ihrer Benutzer verzögern. Als Irene Falter und Jojo das Hochplateau der Schwäbischen Alb erreicht hatten, stoppte die vorausfahrende Kommissarin ihre Moto 6.5. Jojo hielt neben ihr. In der Sonne des späten Vormittags breiteten sich vor ihnen Wiesen aus, Äcker und sanfte Hügel bis zum Horizont, übertupft von ein paar flockigen Wolken.

Sie waren früh aufgebrochen, und nach Stunden durchaus beruhigenden Motorengeräuschs umfing sie jetzt Stille. Wie eine graue Schlange lag die Straße leer vor ihnen, nur in der Ferne zog ein Traktor seine Egge über das Feld. Hoch am Himmel flatterte eine Lerche, drei Tauben zogen darunter hinweg.

Ruhe. Jojo hätte es als unpassend gefunden, Irene jetzt mit Fragen zu löchern, die ihm auf der Seele brannten. Dazu würde später noch immer Zeit genug sein. Auch die Polizistin wollte die Stille nicht mit Reden zerknittern. Lange schauten beide stumm in die Weite. Hier konnten die Augen entspannen im Gegensatz zu den engen Schluchten der Städte. Es grenzte an Meditation.

Als ein einsamer PKW von hinten nahte und an ihnen vorbeizog, zerstob der Zauber. Irene und Jojo sahen sich an, lächelten und nickten. Es bedurfte keiner Worte, ihre Gedanken zu synchronisieren. Sie starteten die Maschinen und fuhren weiter, hinab nach Blaubeuren.

Jojo hatte der Kommissarin die Führung überlassen, schließlich war es ihre Dienstfahrt. Er war darauf eingestellt, sich ihrem Fahrstil anzupassen – was nicht schwerfiel, denn bereits bei der Orientierungsfahrt durch Hohenlohe hatten sie beide gut harmoniert.

Ulm, die Großstadt, wollten sie umfahren. Über die Autobahn wäre das leicht möglich, doch sie hatten beide wenig Lust, in die Hetze und Aggressivität der A8 einzutauchen. Landstraßen waren eher ihr Element, Nebenstrecken, auf denen keine Hektiker unterwegs waren.

Jojo hielt Abstand. Er spürte wenig Lust auf schrille Bremsmanöver vor Kurven, Abzweigungen oder plötzlichen Hindernissen. So musste er auch nicht in die Eisen hacken, als weit vor ihm aus einer Dorfstraße unvermittelt eine tiefergelegte Discoschachtel herausschoss. Irene Falter konnte gerade noch auf die Gegenfahrbahn ausweichen, auf der ihr glücklicherweise kein Verkehr entgegenkam. Der Kleinwagen mit geschwärzten Scheiben und Ofenrohrauspuff sprintete auf seinen Prollreifen davon. Jojo vermutete, dass seine Begleiterin anhalten und den Adrenalinschub abwarten würde, doch da hatte er sich getäuscht. Offenbar angefüllt mit Zorn, schaltete sie zwei Gänge hinunter und nahm die Verfolgung auf. Jojo drehte am Quirl, doch er kam nicht hinterher, Auto und Aprilia verschwanden hinter der übernächsten Kurve.

Nach mehreren Kilometern tauchte eine Ortschaft auf. Direkt hinter dem Eingangsschild stand eine Tankstelle. Irene Falter hatte offensichtlich den Verkehrssünder überholt und in die dortige Einfahrt abgedrängt. Jojo bog ein. Die Polizistin und der Einzeller hatten ihre Fahrzeuge verlassen und standen sich schimpfend gegenüber – hier das gegelte Kleinhirn in Metzgerkappe, Muskelshirt und wadenfreier Brechreizhose, dort der zierliche Zitronenfalter, lebendes Symbol der KdW-Bewegung: Kraft durch Wut.

Jojo hatte noch nicht den Seitenständer ausgeklappt, als er aus dem Augenwinkel bemerkte, wie die testosteröse Mützenstütze mit geballten Fäusten auf Irene losging. Mist, schoss es ihm durch den Kopf, ich muss der Frau helfen! Doch schon hatte der Jahrmarktprotz die Kommissarin erreicht. Als Jojo endlich losrennen konnte, stoppte er nach wenigen Schritten und riss die Augen auf: Mister Haut-den-Lukas lag auf dem Bauch, winselte und strampelte mit den Stachelbeerschenkeln, während der Zitronenfalter dessen Handgelenk gepackt und ihm den Arm auf den Rücken gedreht hatte. Jojos nur scheinbar unterlegene Begleiterin beugte sich zu dem überwältigten Einfaltspinsel hinunter und raunte ihm ins leicht verschrammte Ohr: „Gestatten, Kriminalhauptkommissarin Falter, Judoka mit schwarzem Gürtel." Dem auf den Boden gepresst liegenden Intelligenzmangelgesicht sah Jojo an, dass es nichts begriff.

Die Polizistin fuhr fort. „Wollen wir uns jetzt benehmen?" Wenigstens diesen Hauptsatz in Frageform schien er verstanden zu haben und versuchte zu nicken, was auf dem rauen Tankstellenasphalt nicht ganz schmerzfrei gelang.

Irene Falter ließ los, und unsicher stand Freund Tieferlegung auf. Jojo stellte sich daneben und versuchte vergeblich, sich aufzupumpen und mit seiner Körpergröße von hundertfünfundsechzig Zentimetern den Beschützer zu markieren – eine lächerliche Bemühung, derer die Kommissarin ganz offensichtlich nicht bedurfte, zumal er ja ein wenig spät dran war.

Recht straßenverkehrsordnungskonform schlich der Delinquent in seiner gepimpten Tupperdose vom Schlachtfeld. Die beiden Motorradfahrer betraten den Kassenraum, lehnten sich an einen Stehtisch der Tankstelle und holten sich je einen Cappuccino. Die Kassiererin grinste zu ihnen herüber.

„Du hast den schwarzen Gürtel?" Jojo war beeindruckt.

„Natürlich nicht", lachte Irene. „Höchstens den in Backenaufblasen. Aber vielleicht erklärt jemand dem Schwachkopf, was Judo ist, und er hält sich in Zukunft zurück."

„Aber du hast sensationell pariert!"

„Das lernst du auf der Polizeischule, wenn du nicht völlig auf der Wurstsuppe dahergeschwommen bist. – Aber das hat mich hungrig gemacht. Lass uns irgendwo was kauen."

Kurz vor Langenau, wo sich A8 und A7 kreuzen, steht ein Gasthaus auf der Hügelkuppe. Hier verläuft die Grenze zwischen Baden-Württemberg und Bayern mitten durchs Lokal, und die Betreiber haben ein Alleinstellungsmerkmal daraus gemacht: Hüben kann der Gast schwäbische, drüben bayerische Spezialitäten ordern. Natürlich ist das Unsinn, denn das historische Schwaben hält sich nicht an diese Grenze und ist kulinarisch länderübergreifend. Irene und Jojo setzten sich dennoch an einen Tisch, durch den die Grenze verlief, und bestellten sich Saure Kutteln (schwäbisch) und Leberknödelsuppe (bayerisch).

Jojo rührte in seinem Tee. „Die drei Rentner sind wieder zuhause?“

„Unter unserer Aufsicht. Abhauen werden sie wohl nicht.“

„Du glaubst nicht an ihre Täterschaft?“

Irene Falter winkte ab. „In unserem Beruf wollen wir wissen, nicht glauben. Bisher haben wir keinerlei Beweise, höchstens Anhaltspunkte. Das reicht nicht aus, auch wenn das LKA das meint.“

„Zumal die Geschichte nun weitere Kreise zieht. Meinst du, die Explosion des geheimen Labors in Heidelberg hängt damit zusammen?“

„Unwahrscheinlich.“ Die Kommissarin schüttelte den Kopf. „Ich habe eher den Verdacht, dass uns diese Studenten etwas verschweigen. Wir hätten da schon viel früher nachbohren müssen.“

„Ich war am Montag an ihrem Motorrad-Clubhaus.“

Die Kommissarin blickte ihn an und fuhr dann auf: „Unternimmst du schon wieder Alleingänge? Ich glaub’s ja nicht!“

Jojo wollte etwas erwidern, doch der Zitronenfalter geriet in Rage: „Hat es nicht gereicht, was du in Meersburg angestellt hast? Du hast mir versprochen, nichts ohne meine Einwilligung zu unternehmen! Meinst du, du bist der bessere Ermittler?“

„Nein, ich …“

„Ich nehme dich hier auf eine Dienstfahrt mit, was ich eigentlich nicht dürfte, und das ist der Dank?“

„Aber …"
„Willst du umdrehen und nach Hause fahren? Oder wär's dir lieber, wir nehmen dich in Unterbindungsgewahrsam, damit du uns nicht ständig dazwischenfunkst?" Sie war immer lauter geworden, andere Gäste drehten die Köpfe. „Jonas, ich verwarne dich hiermit zum letzten Mal!"
Jojo hatte den Kopf gesenkt und antwortete nicht.
Zornbebend winkte Irene der Kellnerin: „Zahlen!"
Als die Rechnung beglichen war, wollte Jojo seine Jacke nehmen und aufbrechen, doch die Kommissarin hielt ihn zurück. Sie hatte Dampf abgelassen und fragte nun in normalem Ton: „Wo steht denn dieses Clubhaus?"
Jojo beschrieb ihr die genaue Lage.
„Und hast du dort etwas erfahren?"
„Nein, dort war kein Mensch. Kunststück, es war ja auch Montag."
„Was hättest du denn gesagt, wenn die Studenten dort gewesen wären?"
„Ich weiß nicht. Mir wäre schon etwas eingefallen."
Irene Falter blickte flehentlich zur Decke und schüttelte den Kopf: „Er weiß es nicht! Ihm wäre etwas eingefallen! Oh Mann! – Na komm, du Improvisationsbulle. Rosenheim ist weit, das Gas ist rechts, und wer bremst, ist feige!"
Sie brachen auf.

Die Alpen erstrecken sich nicht weit entfernt von Rosenheim. Die Stadt selber jedoch liegt in einer Ebene und ist flach wie ein Pfannkuchen. Dennoch blüht der Tourismus, zum einen, weil der Ort durch eine Fernsehserie bekannt wurde, zum anderen wegen seiner Nähe zum Chiemsee. Anfang Mai ist allerdings noch Vorsaison. So fanden die beiden Motorradfahrer schnell einen Gasthof mit freien Betten. Es war spät geworden, und nach einem Absacker am Tresen verzogen sich Irene Falter und Jojo jeweils auf ihre Zimmer.

Das Rosenheimer Krankenhaus liegt am Rande der Stadt. Am Morgen war die Kommissarin dort mit einem Kollegen der örtlichen Kripo verabredet, um Tobias „Rübe" Frauenschuh aufzusuchen. Jojo nutzte die Zeit für eine kleine Tour. Bad Aibling war nicht weit entfernt, und den Journalisten juckte es in der Gashand, die dortige Spionage-Abhörstation aufzusuchen, mit der die US-Amerikaner Telefongespräche und Funksprüche aus ganz Europa abgefangen haben; mittlerweile hatte angeblich der Bundesnachrichtendienst die Anlage übernommen. Nach dem Ende der Blockkonfrontation wurde hier vermutlich hauptsächlich Wirtschaftsspionage betrieben.

Er zögerte. Wieder ein Alleingang? Sein Kopf brummte noch von der gestrigen Strafpredigt. Nein, er sollte es lieber bleiben lassen. Zwar hatte das Geheimdienstzentrum nichts mit Irene Falters Fall zu tun, doch wenn Jojo verhaftet werden sollte, weil er illegal Fotos schoss oder den Gebäuden zu nahe kam, würde ihn die Kommissarin wieder heraushauen müssen. Wenn sie es denn überhaupt noch tat.

„Let it be", sprach er zu sich selbst, in wörtlicher Verballhornung des Beatles-Titels: Lass es sein!

So tankte er voll und tuckerte Richtung Chiemsee. Auf der Karte hatte er sich wie gewohnt kleine Sträßchen herausgesucht. Er war noch nicht weit gekommen, als die Montesa zu spotzen begann. Nach ein paar Ruckern ging der Motor aus und ließ sich auch nicht mehr starten. Na toll, ausgerechnet hier in der Pampa!

Wenn ein anderer Motorradfahrer dagewesen wäre, hätte der nun große Augen gemacht. Jojo schraubte die Lenkerenden auf und zog links und rechts Werkzeug heraus. Das hatte er sich einst gebastelt – es sparte Platz und hielt Lenkervibrationen des Einzylinders in Grenzen. Vollgetankt hatte er gerade erst, doch bevor er den Vergaser demontierte, wollte er zunächst den Zündfunken prüfen.

Die Kerze saß tief im Kopf, doch Jojo hatte mit einem langen Schlüssel vorgesorgt. Als er sie entnommen hatte, roch er daran. Aha, Benzin bekam sie also. Gerade wollte er sie zum Funkentest in den Kerzenstecker setzen, da bemerkte er eine feine Brücke zwischen den Elektroden.

Ein Faden! Das hatte er noch nie erlebt. Er kannte die Berichte alter Fahrensleute aus den 1950er Jahren, dass Verunreinigungen im Sprit, manchmal lediglich Bleizusätze, zwischen den Elektroden eine elektrische Brücke bilden konnten und damit den Funken verhinderten. Sollte es das tatsächlich heute noch geben?

Mit dem Fingernagel stieß er den feinen Faden durch, der sofort zerbröselte. Test. Die Kerze funkte! Er setzte sie wieder ein, und die Montesa sprang an, als wäre nichts gewesen. Sollte es wirklich an schlechtem Benzin gelegen haben, das er morgens getankt hatte? Vielleicht war kurz zuvor der Nachschublaster dort gewesen und hatte den Schlamm vom Boden der unterirdischen Fässer aufgewühlt. Wenn man es vermeiden konnte, das wusste Jojo, sollte man nie an einer frisch befüllten Station tanken.

Sein Mobiltelefon wieherte – ein Klingelton, den ihm ein aufgeweckter Junge überspielt hatte. Er hatte Irene Falter versprechen müssen, es ausnahmsweise einzuschalten. Sie berichtete ihm, dass sie mit der Befragung von dem Junkie fertig seien. Der Rosenheimer Polizist hatte einen Kollegen mitgebracht, der nach Frauenschuhs Angaben das Phantombild der Person anfertigen sollte, die der Drogenabhängige in der Mordnacht bei der Mannheimer Klinik gesehen haben wollte. Gut, der Chiemsee musste warten. Jojo fuhr zurück.

Sie trafen sich im Gasthof.

Ihm war etwas eingefallen. „Bevor du von eurem Junkie berichtest, möchte ich dir etwas geben." Er hatte sich daran erinnert, dass er schon seit längerem eine Tüte mit sich herumfuhr, gefüllt mit Gebäck aus Langenburg, das Irene so gut geschmeckt hatte. „Bitte, für dich! Langenburger Wibele."

„Wib… was?"

„Diese Biskuitzungen, weißt du noch? Bei der Orientierungsfahrt. Sie heißen Wibele. Eine Langenburger Spezialität."

Skeptisch nahm die Polizistin die Tüte entgegen, in der zerbröselte Kekse von heftigem Packtaschentransport über viele hundert Kilometer kündeten.

„Danke. Die sahen damals aber irgendwie weniger amorph aus. Ist das Krümelmonster darüber hergefallen?"

Jojo entschuldigte sich unbeholfen und wechselte schnell das Thema. „Wie war's bei unserem Drogenfreund?", fragte er.

„Ich bin mir nicht sicher, ob der Kerl die Wahrheit sagt. Sie haben ihn aus dem Entzugskoma geholt und mit Ersatzstoff versorgt. Er schien nicht ganz bei sich zu sein. Immerhin konnte er genaue Angaben zu der Frau machen, die er angeblich aus der Mannheimer Klinik hat schleichen sehen."

„Eine Frau?"

„Ja, er war sich sicher und konnte ihr Gesicht beschreiben."

„Was hatte er denn vor dem Krankenhaus zu suchen?"

„Das wollte er uns nicht verraten. Er schwieg dazu konsequent, versicherte aber, dass das nichts mit dem Mord zu tun habe."

„Glaubst du, er könnte selber der Täter sein und hätte sich das Phantombild nur ausgedacht?"

„Wohl kaum. Welches Motiv hätte er? Im Übrigen werden wir ihn den Kollegen von der Drogenfahndung überlassen. Die werden schon herausbekommen, was er uns verschweigt."

„Kann ich das Porträt mal sehen?"

Irene Falter öffnete ihre Tasche und zog eine Zeichnung heraus.

Jojo riss die Augen auf und klappte die Kinnlade herunter.

„Was ist? Hast du die Frau schon mal gesehen?"

Jojo nickte. „Das ist die Imperia!"

***

Eine Batterie? Was für eine Batterie?" Lene Laubach war baff.

Günter Ronellenfitsch versuchte, es seiner Kollegin von der Heidelberger Kripo zu erklären. „Der Mann hat offenbar einen elektrischen Akku bauen wollen. Das war eine Entwicklung, die die *Crown Current Division* zu den Akten gelegt hatte, weil es an der Temperaturisolation mangelte."

„Dann hat er wohl die Forschungsergebnisse seines früheren Arbeitgebers CCD geklaut und damit herumdilettantiert. Aber warum bastelt jemand eine Batterie zusammen? Batterien und Akkus gibt es doch schon seit Jahrzehnten."

„Es könnte so sein, wie es mir dieser Journalist erklärt hat", gab Ronellenfitsch widerwillig zu. „Alles, was bisher auf dem Markt ist, scheint zu schwer oder zu ineffektiv. Dieser CCD-Akku wäre eine technische Revolution, weil er eine Energiedichte aufweisen würde, die Benzin nahekommt. Und weil er billig hergestellt werden könnte. Wenn es nicht dieses Wärmeproblem gäbe."

„Wenn ich das richtig verstehe, wäre das der ersehnte Durchbruch für Elektroautos."

„Genau. Damit wäre natürlich dieser, äh ..."

„... Leibrand ..."

„... damit wäre dieser Leibrand ein gemachter Mann gewesen. Aber warum meinte er schlauer zu sein als alle Ingenieure bei CCD?"

„Viele Menschen halten sich für klüger, als sie sind." Aus Lene Laubach sprach die Lebenserfahrung. „Heute Nachmittag habe ich einen Termin bei CCD. Ich bin gespannt, was die Ex-Kollegen von Leibrand dazu sagen."

***

„Ja, ich kann mich gut an Herrn Leibrand erinnern." Doktor Erika Asmus lehnte sich in ihrem Stuhl zurück.

Lene Laubach war von Pontius zu Pilatus geschickt worden. Der Pförtner hatte sie an den Pressesprecher verwiesen, dieser leitete an das Vorzimmer der Direktion weiter. Nach einigen Telefonaten aufgeregter Sekretärinnen war sie schließlich bei Doktor Asmus gelandet.

Die Ingenieurin war eine hagere Frau Ende fünfzig, die dunklen Haare hatte sie hochgesteckt. Ihr Gesicht schien blass, und viele Jahre Arbeitsstress hatten sich hineingegraben. Der Schreibtisch zwischen ihr und der Kommissarin bog sich unter Aktenstapeln.

„Wir hatten Arno Leibrand als Chemielaboranten eingestellt. Er erwies sich als geschickt und mit hoher Auffassungsgabe ausgestattet, sodass er bald einer meiner engsten Mitarbeiter in der Forschung wurde. Wir arbeiteten vor Jahren gemeinsam an einem vielversprechenden Projekt, das aber ..."

„... das aber aus thermischen Gründen abgebrochen wurde", unterbrach Lene Laubach.

„Woher wissen Sie ...?"

„Wir haben recherchiert", erklärte die Polizistin ausweichend. „Es ging um eine Batterie, nicht wahr?"

„Um einen Akkumulator, um genau zu sein", lächelte Asmus. „Darüber darf ich Ihnen nichts erzählen. Betriebsgeheimnis. Nur so viel: Es gab ein Problem, das sich nicht lösen ließ. Die Entwicklung wurde daraufhin eingestellt, ich erhielt andere Aufgaben, und Herr Leibrand musste gehen, weil sein Arbeitsplatz weggefallen ist."

„Haben Sie danach noch Kontakt zu ihm gehabt?"

„Einmal rief er mich im Büro an, ich glaube, es war ein Jahr nach seinem Weggang. Er brauchte eine Bezugsadresse für Halon-Löscher, keine Ahnung, warum. Ich konnte ihm aber nicht helfen."

„Kann es sein, dass er Unterlagen über Ihre Batterie-Forschung mitgenommen hat?"

„Warum hätte er das tun sollen? Um sie an die Konkurrenz zu verkaufen? So geheim war die Entwicklung nun auch wieder nicht."

„Arno Leibrand scheint allein daran weitergearbeitet zu haben."

Erika Asmus beugte sich vor und blickte verblüfft die Kommissarin an. „Bitte? Das kann ich mir nicht vorstellen. Dazu ist ein komplett ausgestattetes Labor nötig."

„Dem Anschein nach hat er sich das wohl zusammengebastelt."

„Und wie hätte er das Temperaturproblem lösen wollen? Das haben ja nicht mal wir geschafft – und wir hatten die ganzen Möglichkeiten von CCD im Rücken."

„Waren denn noch weitere Mitarbeiter an dem Projekt beteiligt?"

„Ja, noch ein Paar."
„Ein paar? Wie viele?"
„Ich meine ein *Paar*, großgeschrieben – ein Mann und eine Frau, die zusammenlebten. Sie waren beide Chemiker und haben nach der Einstellung der Entwicklung von sich aus gekündigt."
Lene Laubach bat die Ingenieurin um Namen und Adressen.

***

Viele Menschen besitzen ein schlechtes Namensgedächtnis. Es kann zu Dialogen kommen wie dem folgenden:
„Gestern im Kino habe ich mir einen faszinierenden französischen Film angesehen. Der Hauptdarsteller fährt auf seiner Münch Mammut zurück zu ..."
„Wie heißt denn der Schauspieler?"
„... zurück zu ... Was? Äh – das ist dieser bekannte ..., na, der mit der langen Nase ..."
„Lange Nase?"
„Ja, kennst du doch. Der hat doch auch in diesem Film mit den gereimten Dialogen mitgespielt. Irgendwas mit C ..."
„Mit Zehen? Ich dachte, mit Nase?"
„Nein, der Name beginnt mit C. Der ist doch kürzlich nach Russland ausgewandert, wegen der Steuern."
„Ach ja, du meinst den ... den ... Ivan Rebroff?"

„Unsinn. Der hat doch Werbung für Milch gemacht. Und ist gestorben."

„In Russland? Werbung für Milch? Nicht für Wodka? Und da stirbt man?"

„Nein, Wodka wurde doch nach, äh, Schostakowitsch benannt."

„Du meinst Chruschtschow! Der mit dem C."

„Nee, Chruschtschow war der mit dem Schuh."

„Mit dem Schuh? ‚Der große Blonde mit dem schwarzen Schuh'? Das war doch ein französischer Film."

„Sag ich doch, ein französischer Film. Mit der Münch Mammut. Herrgott, wie hieß denn nur der Schauspieler?"

„Ach ja, der! Der hieß ..., na, wie hieß der denn gleich?"

Demgegenüber stehen Menschen, die sich zwar an Namen mühelos erinnern, aber nicht an Gesichter. Zu denen gehörte Jojo. Einst war ihm in der Schlange an einer Supermarktkasse ein Mitwartender aufgefallen, der ihm bekannt vorkam, den er jedoch nicht zuordnen konnte. So etwas kann durchaus peinlich werden, etwa wenn man nicht weiß, ob derjenige zum Freundes- oder zum Feindeskreis zählt. Darf man ihn ansprechen? Oder schaut man besser in eine andere Richtung und tut, als ob man nichts gesehen hätte?

Erst zuhause, ein paar Tage später, war Jojo eingefallen, dass es sich um seinen Zahnarzt gehandelt hatte. Den hatte er immer nur von unten gesehen, in weißem Anzug. Die Supermarkt-Umgebung passte einfach nicht zu dessen Erscheinung, was das Erkennen verhindert hatte.

Auch diesmal wünschte sich Jojo einmal mehr das fotografische Gedächtnis von Beate Aschenbrenner, mit der er vor zwei Jahren einen Mord im nordhessischen Städtchen Spangenberg aufgeklärt hatte. Mit Beas Gedächtnis wüsste er, woher ihm das Gesicht der Imperia bekannt vorkam. Natürlich, das war die überlegen lächelnde Statue im Hafen von Konstanz. Doch welche lebende Person wies ähnliche Züge auf? Sie waren ihm bekannt, doch woher?

„Das wird reiner Zufall sein." Irene Falter winkte ab. „Vielleicht hat mal eine deiner Jugendlieben ähnlich ausgesehen, und du hast sie nur verdrängt."

Jugendlieben? Jojo erinnerte sich gut an Lara, Marion und Bruni, drei seiner Schulfreundinnen, die jedoch weder untereinander noch mit der Imperia Ähnlichkeiten gehabt hatten. Im Übrigen waren die Beziehungen höchst platonisch gewesen. Leider. Doch das verriet er nicht. Vielmehr stimmte er Irene Falter zu: „Ja, wahrscheinlich hast du recht."

Sie hatten sich für eine weitere Übernachtung in Rosenheim entschieden und saßen nun in einem indisch-thailändischen Restaurant über den Resten ihrer Abendmahlzeit. ***Tom-Kha-Gai*-Suppe** kannte Jojo, doch ***Aloo Amritsari*** war ein Zufallstreffer gewesen, denn eine deutsche Erklärung fand sich nicht auf der Speisekarte.

Zwei frische hellgrüne Cocktails bildeten den **thailändischen Digestiv**. Zugegeben, für die Frische war ein vermutlich italienischer Kühlschrank verantwortlich und für das Grün deutsche Lebensmittelfarbe.

Irene Falter sog genussvoll an ihrem Trinkhalm und blickte danach zufrieden, aber skeptisch in die Flüssigkeit: „Angenehm, aber sicherlich nicht bio."

„Wenn du willst, schreibe ich dir ‚bio' auf das Glas. Das ist doch alles Schwindel mit den Bio-Etiketten." Mit Jojo ging mal wieder der Klugscheißer durch.

„Wieso? Das Bio-Siegel unterliegt doch bestimmten Kontrollen."

„Ja, die führen die Produzenten selber durch, sogenannte Eigenkontrollen. Ab und zu wird auch extern geprüft – durch private Unternehmen. Die wiederum werden von Überwachungsbehörden der Bundesländer kontrolliert, die dazu aber weder genügend Personal noch Interesse haben."

„Du meint, es ist egal, was auf der Verpackung steht?"

„Nein, egal ist es nicht, sondern teurer, wenn ein Bio-Siegel aufgedruckt ist. Wenn vielleicht auch das gleiche drin ist."

„Na, toll!", meinte Irene und nahm erneut einen Schluck.

„Es soll jeder halten, wie er will. Ich für meinen Teil mache die Bio-Hysterie nicht mit."

Die Kommissarin war zu satt, um zu argumentieren. Sie schlürfte den Rest aus dem Glas und lehnte sich zurück. „Wie fahren wir morgen nach Mannheim?“

„Mit den Motorrädern.“ Wieder konnte Jojo die flapsige Bemerkung nicht lassen. Er hatte manchmal den Eindruck, sein Mundwerk mache sich selbstständig und plappere ohne sein Zutun los. So konnte das nicht weitergehen! „Entschuldigung!“, schob er deshalb hinterher. „Du meinst selbstverständlich die Strecke. Wie wär's mit einem Umweg übers Altmühltal?“

***

Sie fuhren getrennt. Irene Falter wollte schnellstens zurück. Am nächsten Tag musste sie wieder an ihrem Arbeitsplatz erscheinen, und das am besten ausgeruht. Eine Fahrt durch die fränkische Provinz, so idyllisch sie auch sein mochte, hätte zusätzlich mindestens einen halben Tag gekostet. So entschied sie sich wohl oder übel für die Autobahn.

Ihre Standpauke zwei Tage zuvor hatte Jojos Begeisterung für gemeinsames Fahren ohnehin abgekühlt. Er verfügte außerdem über mehr Zeit als die Kommissarin und wollte nur im äußersten Notfall die Autobahn benutzen. So trennten sie sich noch vor München.

Dass Aurach auf Jojos Strecke lag, hatte sein Unterbewusstsein geschickt eingefädelt, und erst in der Nähe von Ingolstadt enthüllte es die Idee, dass er doch Claudia besuchen könne, die vulkanische Lavendel-Fahrerin, wenn er schon zufällig bei ihr vorbeikam. Vorausgesetzt, sie war überhaupt zuhause.

„Dunkmann?"

Er erkannte sie sofort an ihrer dunklen Stimme, obwohl ihm ihr Nachname nicht geläufig war.

„Jojo hier, du weißt, der mit dem gelben Endurogespann."

„Ach ja, grüß' dich! Haben die Speichen gehalten?"

„Bis nach Hause ja. Derzeit bin ich aber auf der Solo unterwegs. Ich komme am frühen Nachmittag über Aurach und hätte Lust auf einen vulkanischen Kaffee."

Claudia lachte. „Ich bin noch nicht zuhause, aber auf dem Weg. Könnte passen. Klingel mal bei mir oder ruf mich nochmal an."

Die B13 führt an Solnhofen vorbei. Wurde hier nicht jener Kalkstein abgebaut, der zu Lithografie verwendet wurde? Heute nur noch von Künstlern benutzt, war die Kunst des Steindrucks vor über hundert Jahren der Vorläufer des heutigen Offsetdrucks gewesen.

Druck? Jojo kamen die drei Rentner der Schwarzen Kunst in den Sinn, die derzeit mehr oder minder unter Hausarrest standen, da sie vom Landeskriminalamt der Körperverletzung – oder gar Schlimmerem – an Steffen Wienhausen verdächtigt wurden. Konnte es sein, dass sie über einen politischen Gegner hergefallen waren? Doch wo war der Zusammenhang? Wienhausen hätte ihr Enkel sein können. War eine Auseinandersetzung eskaliert? Was hatte der Student ausgerechnet in der Druckabteilung des Museums zu suchen gehabt? Oder war er dort hingelockt worden? Und wann war es geschehen? Nach allen Auskünften musste Wienhausen nachts das Museum betreten haben. Warum hatte die Alarmanlage nicht angeschlagen? Hatten die drei Alten als Quasi-Insider Kenntnisse von der Gebäudesicherung gehabt?

Doch selbst wenn sie den jungen Mann in die Druckmaschine eingeklemmt hatten – wer hatte ihn dann im Krankenhaus vergiftet? Hatten die Rentner zu Ende gebracht, was ihnen zuvor nicht gelungen war? War es also doch Mordabsicht gewesen? Aber wer war die Frau, die der Fixer gesehen haben wollte? Hatte sie – wenn es sie denn gab – überhaupt etwas mit Wienhausen zu tun? Und warum sah sie der Imperia des Bildhauers Peter Lenk so ähnlich?

Vor lauter Grübelei war Jojo unaufmerksam geworden. So musste er heftig in die Eisen steigen, um vor einer roten Ampel zu halten, die er fast übersehen hätte. Im Spiegel erkannte er, wie die Fahrerin des PKW hinter ihm missbilligend den Kopf schüttelte. Sicherlich hatte er mit seinem Manöver das Klischee vom verantwortungslos rasenden Motorradfahrer bedient. Nun, sei's drum. Einem Wiedehopf das Gitarrespielen beizubringen war einfacher, als der ignoranten Blechbüchsenarmee auf Deutschlands Straßen eine Vorstellung vom Motorradfahren zu vermitteln.

Hatten sich die Wolken zunächst immer dunkler zusammengezogen, begann es nun zu nieseln. Angenehm war das nicht, doch Jojo hoffte, dass seine Kleidung bis Aurach dichthalten würde. Das Werbeversprechen aller Hersteller von Textilkombis, mit sogenannten „atmungsaktiven“ Membranen den Regen draußen zu halten, hatte sich von Beginn an als Luftnummer erwiesen. Nicht dass Jojo die Nässe fürchtete – damit lebten Motorradfahrer seit hundert Jahren. Ihn ärgerte vielmehr, dass ihnen mit dem Schwindel viele hundert Euro aus den Taschen gezogen wurden.

„Burg Pappenheim“ las Jojo auf einem Wegweiser. Ihm fiel Beate Aschenbrenner ein, die junge Frau, mit der zusammen er den Mord an einem Schulmädchen aufgeklärt hatte. Ich kenne meine Pappenheimer – mit der Geschichte hinter dem Spruch hatte er ihren christlichen Glauben erschüttert. Nein, er korrigierte sich: nicht ihren Glauben, sondern wohl nur ihre Bindung an die Kirche.

War sie das Abbild der Imperia? Er versuchte, sich ihr Gesicht in Erinnerung zu rufen. Es gelang ihm nur unvollständig, sein Gesichtergedächtnis war unterirdisch. Doch was hätte Bea im Mannheimer Klinikum zu suchen gehabt? Immerhin wohnte und arbeitete sie im dreihundert Kilometer entfernten Nordhessen. Jojo kam nicht weiter mit seinen Spekulationen und entschloss sich, seine Aufmerksamkeit lieber dem Verkehr zu widmen.

Er lief auf eine Schlange von fünf PKWs auf, die hinter einem Traktor herkrochen. Es regnete mittlerweile stärker. Die Bundesstraße war breit und gut einsehbar, der Schlepper blinkte nicht, und ein abzweigender Feldweg war auch nicht zu erkennen. Warum überholte das erste Auto nicht? Wollte dessen Fahrer den Landwirt bis Würzburg begleiten? Auch die anderen vier PKWs zockelten brav hinterher. Jojo setzte den Blinker zum Überholen.

Einen Gang runter, Schulterblick, Gas, Gegenfahrbahn. Die leichte Maschine schoss voran, vorbei an ein, zwei Kullerbüchsen. Vorne war alles frei, doch als Jojo auf gleicher Höhe mit dem vierten Auto war, nahm er das Gas zurück und schwang den rechten Fuß über den Bremshebel. Später hätte er nicht sagen können, warum er das getan hatte.

Urplötzlich riss der Fahrer des PKW hinter dem Traktor ohne zu blinken das Steuer nach links, scherte unmittelbar vor Jojo aus und setzte zum Überholen an. Jojo trat in die Bremse und quetschte die Lenkerhebel. Adrenalin schoss ihm in die Adern, und sein Puls beschleunigte. „Hirnamputierter Blindgänger!“, schrie er in den Helm.

Er folgte der Verkehrszeitbombe und überholte sie, sobald sie wieder nach rechts einscherte. Gas! Bloß weg von der rollenden Dumpfbacke!

So funktioniert Liebe auf den ersten Blick", meinte Claudia.

Schau, dachte Jojo, auch andere können ironisch sein, nicht nur du. Er grinste. Doch Claudia blieb ernst: „Das ist tatsächlich so. Ich erklär's dir."

„Hä? Du meinst, wenn einer jemanden über den Haufen fährt, folgt bald die Hochzeit, sofern der überlebt? Gewagte These."

Nun lachte auch Claudia. „Pass auf. Als noch die Säbelzahntiger hinter uns her waren, blieb keine Zeit, die Situation in Ruhe zu analysieren. Es ging darum, sofort loszurennen. Das ist der große Vorteil des Unterbewusstseins: Es erkennt zwar die Umgebung nur verschwommen, etwa den Umriss des Tigers, kann uns aber zu sofortigem Handeln bewegen. Unser Bewusstsein wäre viel zu langsam. Bis dieses alle Einzelheiten betrachtet und seine Schlüsse gezogen hat, hätte uns die Katze längst gefrühstückt."

„In dem Auto saß aber kein Tiger, eher ein geistig behindertes Schaf."

„Wie lange fährst du schon Motorrad?"

Jojo dachte kurz nach. „So um die fünfunddreißig Jahre." Er wunderte sich: So lange saß er schon im Sattel?

„Aha. In dieser langen Zeit hat dein Unterbewusstsein genügend Erfahrung gesammelt. Es weiß kleinste Bewegungen zu deuten, Wetterverhältnisse, Umgebungsbilder. Wahrscheinlich hat das Schaf in dem Auto eine Kopf- oder Lenkradbewegung getan oder hat unmerklich beschleunigt, was du bewusst gar nicht wahrgenommen hast, wohl aber dein Unterbewusstsein. Und das hat sofort reagiert und dich bremsen lassen. Manche nennen das den sechsten Sinn."

„Hm, mag sein. Allerdings konnte ich nicht feststellen, dass ich mich spontan in die Gehirnamöbe verliebt hätte."

Claudia lachte. „Natürlich nicht. Aber eine spontane Verliebtheit wird ebenfalls vom Unterbewusstsein gesteuert. Es erkennt sofort: Der- oder diejenige gegenüber passt genau zu meiner genetischen Konfiguration, der oder die ist es! Das Bewusstsein wäre dazu viel zu träge."

„Das verstehe ich. Bewusst würde ich mich erst einmal fragen: Fährt die Frau denn auch Motorrad? Weiß sie gutes Essen zu schätzen? Ist sie selbstständig? Räumt sie auf, wenn sie Chaos verbreitet hat? Kann sie mit Geld umgehen? Verzichtet sie auf Fratzenmatsch und Krallentinte? Das wäre mir wichtiger als ein spontaner Blitzeinschlag."

„Eben. Bis du all diese Antworten gefunden hast, ist die Gute über alle Berge."

... über alle Vulkane, dachte Jojo, behielt dies aber für sich. Er kam sich vor wie in der Therapiestunde einer Lebensberatung und lächelte unsicher. „Das könnte natürlich der Grund sein, warum ich seit langer Zeit Single bin. Spontane Liebe hält nicht lange. Auf die Dauer kommt es vielmehr darauf an, ob man den Partner mit all seinen Macken erträgt. Und das ist meist nicht der Fall."

Claudia sah Jojo nachdenklich an. Schließlich meinte sie: „Du scheinst ziemlich enttäuscht zu sein. Na, das geht mich nichts an. Ich wollte dir bloß erklären, warum wir manchmal Gefahren riechen, bevor wir sie erkennen."

„Bringt der Beruf der Vulkanomadin solche Erkenntnisse mit sich?"

„Vielleicht. Ich war mal beruflich in Japan unterwegs, am Fuji. Im Wald ..."

„Mit der Laverda?", unterbrach Jojo sie ungläubig.

„Nee, ich habe mir dort eine kleine Maschine ausgeliehen. Jedenfalls gab es auf der Strecke eine Baustelle, die linke Fahrbahn war gesperrt. In Japan herrscht ja Linksverkehr, also musste ich auf die rechte Spur hinüber. Nach der Baustelle bin ich aber reflexartig rechts weitergefahren, aus reiner Gewohnheit. Als mir schließlich Verkehr auf meiner Spur entgegenkam, bin ich nicht nach links ausgewichen, sondern habe rechts den Notausgang ins Unterholz genommen. Kurz: Mein Unterbewusstsein, zuständig für Reflexe, hatte noch keine Erfahrung mit Linksverkehr."

„Und seitdem weißt du, wie Liebe auf den ersten Blick funktioniert?"

„Schnack! Seitdem habe ich mich mit Reflexen beschäftigt."

„Ja, das mit dem Linksverkehr kenne ich", meinte Jojo. „Als ich mal von England zurückkam, konnte ich mich nur schwer wieder ans Rechtsfahren gewöhnen – irgendwie schien mir das unnatürlich. Wie bei Computern: Never run a changing system."

„Äh, ging das nicht andersrum? Never change a running system?"

Jojo grinste. „Nee, auf der Straße und bei Mopeds passt das eher: Betreibe niemals ein sich ständig änderndes System. Das geht nur schief."

Der Kaffee war ausgetrunken, Zeit für Jojo, wieder aufzubrechen. Er schob die Tasse zurück, doch Claudia wollte noch plaudern.

„Woran arbeitest du zurzeit?"

Jojo erzählte von beiden Projekten: der Suche nach dem Mörder von Steffen Wienhausen und dem Bericht über Brennstoffzellen, den er praktisch abgeschlossen hatte.

Die Geologin horchte auf. Als Jojo die Unmöglichkeit erwähnte, hohe Temperaturen über viele Tage zu isolieren, meinte sie: „Das kenne ich. Kollegen von mir haben Probleme, aktive Vulkane über längere Zeit zu untersuchen. Der Mauna Loa auf Hawaii oder auch der Ätna sind in Krater und Lavastrom so heiß, dass alles verbrennt."

„In Deutschland kann dir das weniger passieren."

„Derzeit sicherlich. Aber auch hier kann es wieder zu Ausbrüchen kommen. Die Probleme mit der Geothermie etwa in Rheinland-Pfalz zeigen, dass die Erdkruste auch bei uns dünn und fragil ist. Wenn es aber stimmt, dass man in den USA ein Material gefunden hat, das hohe Temperaturen noch besser abschirmt als Vakuum, stehen uns ganz neue Forschungsmöglichkeiten offen."

„Du meinst die Hitzeschutzkacheln an den Raumfähren?"

„Nein, die haben ja schlecht funktioniert. Aber durch die Raumfahrt war man gezwungen, die Keramik weiterzuentwickeln. Aber alles soll noch heftig geheim sein, wie ich gelesen habe."

„Alles, was mit dem Militär zu tun hat, ist heftig geheim." Jojo brach auf. „Wenn du mal in der Heidelberger Gegend bist – auch der Odenwald ist ein altes Vulkangebirge."

„Ich weiß", entgegnete ihm Claudia mit ihrem offenen Lächeln. „Es könnte tatsächlich sein, dass ich mal vorbeikomme. Die Rheinebene im hessischen Ried ist eine geologisch aktive Gegend, da rumpelt's immer wieder."

Die Autobahn hätte sich als schnellste Verbindung zu Jojos Heimathafen angeboten. Doch lieber kam er auf Landstraßen in die Dunkelheit, als auf der A6 in Staus zu stehen. Jojo wählte den längeren südlichen Weg, vorbei an Orten mit dem Sitz bekannter Bausparkassen.

Vom fränkischen Unterland um Heilbronn führte der Weg in den Kraichgau. Hier waren Karte und Roadbook überflüssig, Jojos Montesa kannte die

Gegend im Schlaf. Stammte nicht Kriminaloberkommissar Ronellenfitsch von hier? Ronellenfitsch – der war doch sicherlich nicht untätig gewesen, während Irene und Jojo die Tour nach Rosenheim unternommen hatten. Gab es womöglich Neuigkeiten? Unbewusst drehte der Journalist den Quirl weiter auf. Er wollte nach Hause.

***

Die Klappläden waren geöffnet, warm schien die Frühlingssonne in die Hütte. Der Raum war angefüllt mit allerlei jungen Männern in Motorradkleidung. Aber auch eine Frau mischte sich unter die Gruppe. Während die meisten Weizenbiergläser in der Hand hielten, hatte es sich die Frau auf einer Bierbank an der Wand mit einem Glas Wein bequem gemacht. Karin war die Freundin des Chefs der Korporation, und so hütete sich der pickelgesichtige junge Mann, der neben ihr saß, ihr zu nahe zu kommen. Sie war schlank, attraktiv, mit kurzem dunklem Haar und ebenmäßigem Gesicht. Sie schien nicht gerade dumm, weshalb sich ihr Gesprächspartner bereits häufiger gefragt hatte, was sie denn an ihrem Freund fand, diesem frauenverachtenden von Sicken. Nun, wahrscheinlich besaß er etwas, was sie anzog, und wenn es das Geld war, das er durch seinen Vater im Rücken hatte. Sie hingegen dürfte in ihrer Ausbildung als Pharmazeutisch-technische Assistentin im Mannheimer Klinikum nicht allzu üppig verdienen.

„Konntest du die Marke erkennen?“, fragte die junge Frau.

Der Student schreckte aus seinen Gedanken auf. „Das Motorrad war grün“, erinnerte er sich, „aber es war keine Kawasaki. Ein Einzylinder, luftgekühlt. Ich konnte nicht viel sehen durch die Fensterritzen, aber ich habe das Kennzeichen notiert.“ Er holte einen Zettel aus der Tasche und gab ihn Karin. „Außerdem konnte ich sein Gesicht ganz gut erkennen.“

„Hat er denn deine Maschine nicht gesehen?“

„Die stand in der abgeschlossenen Garage.“

Die junge Frau winkte zu der plaudernden Versammlung hinüber, worauf Maximilian von Sicken zu ihnen trat. Karin gab ihm den Zettel und forderte ihren Gesprächspartner auf, die Geschichte gegenüber dem Fuxmajor zu wiederholen. Von Sicken ließ sich Mann und Motorrad genau beschreiben und blickte dann seine Freundin an. Beide nickten: Sie hatten den Schnüffler schon einmal gesehen. Und der Student wusste auch schon, wen er anrufen musste, um dessen Namen und Adresse zu erfahren.

Zehn

Der kleine Boston-Drucktiegel klapperte. Geschäftig stand ein etwa elfjähriges Mädchen davor, nahm vorsichtig die bedruckte Postkarte heraus und legte eine neue ein, bevor sie den Hebel wieder nach unten zog. Zwei weitere Kinder umstanden nebenan die Abziehpresse und beobachteten fasziniert, wie Lore Hoffmann die Walze über ein großes Blatt Papier rollte.

Robert Feilhauer hatte die „Druckwerkstatt" des TECHNOSEUM wie jede Woche geöffnet. Der emsige Betrieb durch die ständigen Teilnehmer zog auch unbedarfte Besucher an, und oft hatte der Vorführtechniker festgestellt, dass er unter ihnen neue Mitstreiter und Mitstreiterinnen gewinnen konnte, wenn sie einmal Blut geleckt hatten – besser gesagt: Druckfarbe.

Von der Stammbelegschaft war heute allerdings nur Lore Hoffmann erschienen. Die drei Rentner Bauhs, Picard und Kuppert hatten nach ihrem unfreiwilligen Stuttgart-Ausflug wohl noch die Nase voll und waren zuhause geblieben. Stattdessen war das Ehepaar Kurt und Marlies Beckmann aufgetaucht, jene Mannheimer Besucher, die seinerzeit der Befreiung Wienhausens aus der Druckmaschine atemlos zugesehen hatten, als Zeugen jedoch komplett untauglich gewesen waren. Seit jener Sensation waren die beiden Schwergewichte häufige Gäste des Museums, hofften sie doch, weiteren Events hautnah beiwohnen zu können. Was auch bald geschehen sollte.

Ein Aufschrei ließ Lore Hoffmann herumfahren. Der kleine Bruder des druckenden Mädchens hatte sich einen Stempel vom Basteltisch für Kinder genommen, ihn eingefärbt, sich an seine große Schwester herangeschlichen und sie mit dem verwischten Abbild eines Nilpferds auf den nackten Unterarm tätowiert. Das Mädchen heulte vor Wut, während der Zwerg davonflitzte, den Stempel mit der rechten Faust umklammernd.

Scharfen Mannheimer Auges hatte Besucherin Marlies Beckmann dies beobachtet, was sie zum Anlass nahm, ihre Körperfülle zum Wohle der Menschheit einzusetzen, zumindest zu dem des Museums. Reif an Alter und Biomasse, nicht jedoch an Intelligenz, setzte sie dem Stempeldieb hinterher.

Die langen Gänge des Museums eigneten sich gut für ein Wettrennen, wobei flanierende Besucher anspruchsvolle, weil bewegliche Schikanen darstellten. Die hochhackigen Pumps der schnaufenden Kurpfälzerin stellten sich dabei allerdings ebenso als Handicap heraus wie das wurstpellenartige Rocksurrogat und ihr weit zurückliegender Geburtsjahrgang. So gewann der Liliputganove etlichen Vorsprung, den die galoppierende selbsternannte Ordnungskraft vergeblich zu verringern trachtete, hochroten Gesichts vor Empörung und Luftnot sowie mit Geräuschen, die es locker mit denen der museumseigenen Dampfeisenbahn aufnahmen.

Der Parcours der Ausstellung wartete mit einigen unübersichtlichen Kurven auf. Dessen nicht eingedenk umrundete die stämmige Venus von Kilo in vollem Sprint und bedenklicher Schräglage eine Ecke und hätte, selbst wenn ihr eine Reaktion eingefallen wäre, nicht mehr bremsen können. So kam es zu einem frontalen Zusammenprall mit Irene Falter, die durch die Massenträgheit der Unfallgegnerin dreieinhalb Meter in die ihrem Ziel entgegengesetzte Richtung geschleudert wurde. Schließlich fand sich der Zitronenfalter auf dem Rücken liegend, auf sich bäuchlings die erdrückende Versammlung einer derangierten Walküre. In nur bibeldruckpapierdünner Entfernung blickte die Kommissarin in aufgerissene, begriffsstutzige Augen über Hängebäckchen, deren Altersflecken großzügig zugeschmiert waren.

Es fällt schwer zu atmen, wenn der Druck von etwa einhundertfünfundzwanzig Kilogramm den Brustkorb quetscht. Die Polizistin stand zwar gut im Training, doch die wabblige Last an irgendeiner Stelle zu greifen und zu bewegen, gelang ihr nicht, dazu war die Masse zu amorph. Kurz bevor Irene Falter die Luft ausging, erinnerte sie sich eines unkonventionellen Tricks, den ihr einst der Leiter des Polizeisports außerhalb des Lehrplans gezeigt hatte:

Viele Menschen sind kitzlig, man muss nur die richtige Stelle finden. Beherzt stach die Kommissarin mit zwei Fingern in den auf ihr liegenden Pudding, wo, wie sie vermutete, einst eine Taille vorhanden gewesen sein musste.

Die Tiefenbohrung zeitigte drei Effekte. Erstens quiekte die Mannheimer Eingeborene mit dem Schalldruck von dreißig Ferkeln, zweitens rollte sie erstaunlich behände von ihrer gepressten Unterlage herunter, und drittens konnte diese Unterlage wieder tief Luft holen.

Offenen Mundes hatten sich etliche Museumsbesucher um die beiden Frauen versammelt und hielten das Ereignis wohl für den Teil einer szenischen Führung durch die Ausstellung. Im Hintergrund hatte sich der eigentliche Verursacher der Karambolage wieder herangeschlichen und betrachtete das Ergebnis seiner Bemühungen vergnügt durch die Beine der erwachsenen Schaulustigen. Den Stempel hatte er natürlich irgendwo verloren.

Die Traube der Besucher zerstreute sich, als sie merkten, dass enttäuschenderweise nicht mit Toten oder zumindest weiteren Körperverletzungen zu rechnen war. Die beiden Unfallbeteiligten rappelten sich auf und retirierten in die Sanitärräume, wo sich Marlies Beckmann gefühlte drei Millionen Mal entschuldigte: „Des is mer jo arrig, des hebbisch net gewollt. Werklisch, do hebbisch nix defier gekennt. Sie sinn jo pletzlisch do gschtanne. Isch heb doch den kloone Krutze schnappe wolle. Der hot doch so en Ding geklaut un is weg gerennt. Isch weeß gar net, ob mer des widder kriggt. Do misst mer mol des Mädsche froge, wo der hie is. Sie hewwe jo dodemit nix zum du. Isch heb Sie net umschubse wolle. Geht's dann widder, moi Liewi? Saaresemol, kenn isch Sie net? Ware Sie net die Polizischtin, die wo den junge Monn dortmols aus dere Maschin gezorre hot? Des war jo e Sach, Alderle! Hebbtern donn infiziert?"

Lauernd blickte sie die Kommissarin an, die ein paar Augenblicke brauchte, um den unbekümmerten Fremdwortgebrauch der Frau richtig einzuordnen. „Ja, wir haben ihn identifiziert. Doch darüber darf ich nichts sagen."

„Ah, aus vermittlungstaktische Gründ, gell?" Leicht enttäuscht fuhrwerkte sie an beider Kleidung herum und stellte mit einigem Erfolg ihre und Irene Falters Erscheinung öffentlichkeitspräsentabel wieder her. Als sie erneut die Ausstellung betraten, betrachtete Marlies' Gatte interessiert das Besucher-Schreibpult und nahm wenig Notiz vom Zustand seiner wiederauferstandenen Angetrauten. Offenbar war er deren peinliche Auftritte gewohnt.

Lore Hoffmann hatte der Kollision von ihrem Platz in der Druckwerkstatt zugesehen. Die Frau, die nun auf sie zukam, kannte sie von der Befragung im Mannheimer Polizeipräsidium. Sie streckte die Hand aus: „Frau Falter, nicht wahr?"

Irene Falter war froh, dass die drei Drucker-Senioren nicht zugegen waren. Sie wollte Lore Hoffmann zu den Männern befragen und hätte bei deren Anwesenheit die Frau auf die Seite nehmen müssen. So aber konnte sie ungehindert mit ihr sprechen.

„Wie lange kennen Sie die Herren Picard, Kuppert und Bauhs?"

„Seit etwa drei Jahren, als ich hier in der Druckwerkstatt angefangen habe. Wir haben uns von Anfang an gut verstanden, sie haben mir manche Tricks beigebracht."

„Welche Tricks denn?"

„Na, zum Beispiel, dass man Tiefdruck-Vorlagen mit Styropor-Platten herstellen kann. Oder Offsetdruck mit Alufolie und Cola."

Irene Falter verstand nur Bahnhof. Von der Schwarzen Kunst, das musste sie zugeben, hatte sie nicht die geringste Ahnung. „Mit Cola kann man drucken?"

„Nein, das geschieht mit Druckfarbe. Aber mit der Cola-Säure lassen sich auf der Alufolie wasserabstoßende Bereiche herstellen. Das ist lediglich Chemie."

„Sie meinen, Ihre Kollegen haben Ahnung von Chemie?"

„Und ob. Das gehört zu allen Berufen in der Druckbranche."

Chemische Kenntnisse – bestand da ein Zusammenhang mit dem Gift in Wienhausens Infusion?

Was war es noch einmal gewesen – hochdosiertes Propofol? Und hatte nicht Jojo auf eine mögliche Verbindung zu dem detonierten Geheimlabor am Neckar hingewiesen? Das war ja eine Sammlung aller möglichen Chemikalien gewesen.

Lore Hoffmann hatte mittlerweile ein weiteres Blatt in die Abziehpresse eingelegt, das, fertig bedruckt, den Monat August im Kalender anzeigen würde.

Irene Falter sah ihr zu. „Sie produzieren Kalender?"

„Ja, in winziger Auflage. Jeder in der Druckwerkstatt gestaltet zwei Monatsblätter. Im Herbst haben wir dann den Kalender fürs kommende Jahr. Das machen wir jedes Jahr, und man lernt viel dabei über Gestaltung und Drucktechnik."

Ohne dass sie wusste, woher sie gekommen wäre, fiel plötzlich eine Idee über die Kommissarin her. „Haben Sie die Kalender der vergangenen Jahre da?", fragte sie die druckende Hausfrau.

„Natürlich, wir heben immer ein Exemplar fürs Archiv auf." Lore Hoffmann bat den Vorführtechniker Robert Feilhauer, die gewünschten Druckprodukte zu bringen. Das geschah.

Irene Falter blätterte die Kalender durch. Sie stockte beim September des vergangenen Jahres. Unter einem Linolschnitt, der eine mittelalterliche Burg zeigte, war in großen, freundlichen Lettern zu lesen: „Anstatt über W!ibel zu fluchen / quetscht das Obst zu Quetschekuchen!" Das „W" von „Wibel" war inklusive Ausrufezeichen verschnörkelt und bildete das Wappen der Studentenverbindung. Am Fuß des Blattes waren noch ein paar Früchte in Lila abgebildet, unschwer zu erkennen als Zwetschgen, die der Kurpfälzer bekanntlich „Quetsche" nennt.

„Wer hat denn dieses Blatt gestaltet?", fragte Irene Falter.

„Das waren Herr Bauhs und Herr Picard." Lore Hoffmann lächelte in der Erinnerung darüber. „Ich weiß noch, wie sie den ganzen Nachmittag zusammengehockt und gekichert haben wie Schulbuben."

So, das Wibelingia-Obst sollte also nach dem Wunsch der Rentner gequetscht werden, dachte Irene Falter. Auch Steffen Wienhausen war gequetscht worden, äußerst intensiv. Sollte Hansjörg Brauko vom LKA doch recht behalten? Beim Blick auf das Kalenderblatt kam ihr noch etwas in den Sinn: Wibel – wo hatte sie das neulich gelesen?

„Frau Falter, ich grüße Sie!", wurde sie plötzlich von hinten angesprochen. Sie drehte sich um. Mathias Cordes, Pressereferent des Museums, stand vor ihr und streckte ihr die Hand entgegen. „Ich hörte, es gab vorhin einen Unfall auf Ebene B. Da wollte ich mir einen Überblick verschaffen. Ich sehe aber nichts. Wissen Sie, was passiert sein soll?"

Die Kommissarin klärte ihn auf. Doch im Gespräch fiel ihr ein, wonach sie gesucht hatte. „Wibele!" Sie griff in ihre Umhängetasche und zog die

Tüte mit Gebäck heraus, die ihr Jojo überreicht hatte. „Lustig“, meinte sie zu Cordes. „Ich hatte gerade diesen Kalenderspruch gelesen, und die Tüte zeigt fast den gleichen Wortlaut.“

Cordes sah auf das Blatt Papier, dann auf die Gebäcktüte. „Wibele – Langenburger Spezialität“, las er. Ihm kam eine Erinnerung. „Wibelingia“, sagte er zu Irene Falter. „Ich fand am Tag des Anschlags auf Steffen Wienhausen, bei der anschließenden Pressekonferenz, einen Zettel auf meinem Pult mit der Aufschrift ‚Langenburger Spezialität‘. Jemand wollte mich wohl auf meine alte Verbindung hinweisen.“

„Auf ihre alte Verbindung?“, fragte Irene Falter verblüfft. „Sie waren einmal Mitglied?“

„Das bin ich noch, inzwischen als sogenannter ‚Alter Herr‘. Wir dürfen dann regelmäßig zahlen, aber sonst haben wir nicht viel zu sagen in der Korporation.“

„Das Opfer in Ihrer Druckmaschine war auch Mitglied der Wibelingia.“

Mathias Cordes erschrak. „Tatsächlich? Das wusste ich nicht. Man kennt ja nicht jeden Fux.“

„Fux?“

„So nennt man frisch Eingetretene, die noch die Prüfungen für die Vollmitgliedschaft zu durchlaufen haben.“

„Sagt Ihnen der Name Maximilian von Sicken etwas?“

„Ja, der ist doch Fuxmajor bei uns. Das ist ein – wie soll ich sagen? – Ausbilder, der die Füxe mit unseren Traditionen und Regeln bekanntmacht. Ich habe ihn hin und wieder getroffen."

„Wie erklären Sie sich diesen mysteriösen Zettel auf Ihrem Pult am Tag des Unfalls?" Das letzte Wort begleitete sie mit ihren Händen und malte Anführungszeichen in die Luft.

Mathias Cordes überlegte. „Ich habe keine Ahnung. Vielleicht wollte mich jemand darauf hinweisen, dass der junge Mann auch Mitglied meiner Verbindung war? Aber woher hätte ich das wissen sollen? Und woher wusste der Zettelschreiber davon?" Er hob ratlos die Schultern.

***

Wie geht's dir heute?" Jojo zog sich einen Stuhl ans Bett. Er hatte Markus erst suchen müssen, denn dieser war von einem Zwei- in ein Einbettzimmer verlegt worden.

Markus atmete schwer. Er drehte seinen Kopf auf dem weißen Kissen seinem Freund zu und lächelte. „Ich habe alle Medikamente abgesetzt."

Jojo war erstaunt. „Brauchst du sie nicht mehr?"

„So könnte man's sagen. Die Weißkittel meinen, sie könnten mir nicht mehr helfen. Ich bin austherapiert. Sie wollen mich auf die Warteliste für ein Spenderherz setzen. Aber das lehne ich ab."

„Warum denn das?" In Jojo zog sich etwas zusammen. Er musste schlucken.

„Ich will nicht, dass jemand getötet wird, nur damit ich noch ein paar lächerliche Jahre länger leben kann." Der Freund blickte starr an die Zimmerdecke. Sein Lächeln war verschwunden.

Jojo spürte einen metallischen Geschmack. Das Thema Tod war in der Gesellschaft tabu, und ihm fiel es schwer, darüber zu reden. So griff er zu dem Argument, das die meisten Menschen in diesem Fall hilflos bemühten: „Ein Organspender ist doch schon tot."

„Nein, das ist er nicht." Markus schüttelte langsam den Kopf. „Wenn jemand wirklich gestorben ist, sind seine Organe innerhalb von Minuten unbrauchbar."

„Aber bei einem Hirntoten funktionieren sie doch noch."

„Es gibt keine Hirntoten." Die Atemnot zwang den Kranken, zwischen den Sätzen zu pausieren. „1967 lebte in Südafrika ein Chirurg, Christiaan Barnard. Ihm gelang die weltweit erste Herztransplantation, er wurde dadurch berühmt. Doch in der damaligen Diktatur fragte niemand, woher das Spenderherz gekommen war. Und die weltweite Pharma- und Geräteindustrie sah einen lukrativen Zukunftsmarkt."

Jojo wartete, bis der Freund wieder zu Atem gekommen war.

„Natürlich fassten auch die Herzkranken Hoffnung, und die Ärzte waren dem Ruhm hinterher. Doch es gab ein Problem: Wenn solche Operationen auch in sogenannten demokratischen Ländern stattfinden sollten, musste die Herkunft des Organs moralisch gerechtfertigt werden. Die Öffentlichkeit würde danach fragen, ob ein Kranker wegen Organentnahme getötet werden durfte."

„Aber Spenderherzen werden doch nur Hirntoten entnommen."

„Genau das war der Trick. Ein Jahr nach der ersten Transplantation, 1968, erfand man den Begriff des Hirntodes. Damit war das moralische Dilemma gelöst. Der Spender galt als lebender Leichnam, wenn sich keine Gehirnströme mehr messen ließen. Das gilt bis heute."

„Und das ist nicht der Fall?"

„Warum, meinst du, bekommt der angeblich Tote vor der Organentnahme große Mengen an Beruhigungs- und Schmerzmitteln zugeführt? Warum gibt es Fälle, in denen sogenannte Hirntote, die nicht ausgeschlachtet wurden, wieder aus dem Koma erwacht sind? Warum sind die Berufe der Entnahme- und der Transplantations-Chirurgen streng getrennt? Fürchtet man, ein Transplanteur bekäme hippokratische Skrupel, wenn er auch mal ein Opfer schlachten müsste, das vielleicht noch lebt?"

Jojo wusste darauf nichts zu erwidern. Zwar wurde man durch die Medien ständig mit Werbung für

Organspenderausweise bombardiert, doch richtig auseinandergesetzt hatte er sich damit nicht. Ebenso wenig wie die meisten seiner Zeitgenossen.

Markus drehte ihm den Kopf wieder zu. „Es ist mittlerweile Stand der Neurologie-Forschung, dass sich manche Gehirnzellen durch fast den gesamten Körper ziehen. Hirnströme deshalb nur am Kopf zu messen, ist völlig veraltet." Er musste erneut warten, bis er Luft bekam. „Ein sogenannter Hirntoter ist ein lebender Mensch. Niemand weiß, was vielleicht noch in seinem Kopf vorgeht, was er noch wahrnimmt. Günstigstenfalls ist er ein Sterbender. Doch darf man Sterbende töten? Sie seien nur noch fühllose Organismen, heißt es. Tatsächlich? Darf man dann auch Schwerstbehinderte töten?"

Jojo hätte am liebsten das Krankenzimmer verlassen. Mit Fragen über Leben und Tod konfrontiert zu werden, bereitete ihm körperliches Unwohlsein. Er spürte, wie es in seiner Magengegend immer flauer wurde. Ein unangenehm beklemmendes Gefühl machte sich in ihm breit.

Markus ließ nicht locker. „Es gibt noch weitere Argumente gegen die Organspende. Wohlgemerkt: Ich rede nicht von Lebendspenden, etwa Nieren oder Knochenmark zwischen Geschwistern. Darum dreht sich's nicht, sondern um eine Organentnahme, die unwiederbringlich den Tod des Spenders zur Folge hat." Der Kranke musste husten, was ihn sichtlich Kraft kostete. „Selbst wenn sämtliche sogenannte

Hirntote gesunde Herzen spenden würden, reichte es nicht aus, alle Kranken auf den Wartelisten zu versorgen. Und außerdem: In einem Land, dessen Wirtschaft sich auf Profit gründet, dürfte es naheliegen, dass Wartelisten manipuliert werden. Allein der Weltmarkt für Spenderherzen wird zurzeit auf sechzehn Milliarden Euro geschätzt. Denk schließlich an die Organmafia, etwa im Kosovo, die gefangene Serben reihenweise ermordete, um an gewinnträchtige Organe zu kommen."

„Im Osten", wagte Jojo einzuwenden, „mag es einen Organ-Schwarzmarkt geben. Aber doch nicht bei uns."

„Bist du da sicher? Niemand sagt dir, woher dein Spenderorgan kommt. Und selbst wenn alle diese Argumente widerlegt werden: Lohnt sich ein vierteljährlicher Klinikaufenthalt mit Biopsien, lohnen sich die Nebenwirkungen ständiger Immunsuppressiva, nur damit du fünf oder zehn Jahre länger lebst?"

„Es soll Menschen geben, die mit einem Spenderherzen uralt werden."

„Ja, das sagt die Propaganda. Ich habe noch keinen getroffen." Markus winkte mit der Hand ab. Er zögerte. „Ich will niemanden missionieren. Das muss jeder mit sich selbst ausmachen. Doch dazu ist es nötig, dass Informationen über das Thema nicht weiter zurückgehalten werden." Er atmete tief.

Jojo nickte. Er konnte die Gedanken seines Freundes verstehen. Doch er fürchtete sich vor der Konsequenz.

Und die kam prompt. „Ich habe mich gegen ein Spenderherz entschieden. Hinter mir liegen achtundvierzig erfüllte Jahre. Ich habe mehr erlebt als mancher Hundertjährige. Und daher habe ich sämtliche Medikamente abgesetzt." Markus' Gesicht entspannte sich. „Wenn ein Herzstillstand nicht mit einem Infarkt verbunden ist, ist er schmerzlos. Du hast im Gegenteil noch angenehme Träume durch die Endorphine, die dein Körper ausschüttet. Grauenhaft ist vielmehr die Wiederbelebung, wenn sie dich zurückholen." Er schwieg, bevor er anfügte: „Doch das wird nicht mehr passieren."

Jojo presste die Lippen zusammen. Er konnte nicht verhindern, dass ihm die Tränen kamen.

„Versteh mich nicht falsch, Jojo. Ich will nicht sterben. Aber wenn ich es muss und daran nichts ändern kann, werde ich mich nicht wehren. ‚Freiheit ist die Einsicht in die Notwendigkeit.' Das ist nicht von mir, sondern von Friedrich Engels."

„Markus", brachte Jojo nach einer Weile hervor, „ich muss darüber nachdenken. Ich werde in den nächsten Tagen wiederkommen."

Der Kranke lächelte wieder. „Ja, das verstehe ich. Und so schnell wird's mit mir auch nicht gehen. Es wird schon noch ein oder zwei Wochen dauern, bis die Antiarrhythmika abgebaut sind." Er griff mit der linken Hand zur Nachttisch-Schublade und zog einen Zettel hervor. „Hier, das ist für dich."

Jojo spürte den Kloß im Hals und legte zum Abschied seine Hand auf den Arm des Freundes. Er konnte nicht mehr sprechen und musste schnell den Raum verlassen. Am Ende des Flurs war zum Glück das Besucherzimmer frei, dort konnte er mit sich allein sein.

Nach einer Weile zog er Markus' Zettel hervor und faltete ihn auseinander. Was der Freund geschrieben hatte, verschwamm vor seinen Augen:

„Was ich hinterlasse
Ich gehe in Frieden, denn
ich hinterlasse euch meinen Zorn.
Ich gehe in den Schlaf, denn
ich hinterlasse euch den Verstand.
Ich gehe in Ruhe, denn
ich hinterlasse euch das Handeln.
Ich gehe in Gelassenheit, denn
ich hinterlasse euch meine Liebe.
Nur das Lachen nehme ich mit und
hinterlasse es euch dennoch, denn
allein Heiterkeit ist teilbar.
Wütet also! Denkt, kämpft und liebt! Und
lacht bei alledem, denn
ohne Heiterkeit ist alles vergeblich."

Jojo barg den Kopf in den Händen und heulte nun ungehemmt.

In das offene Fenster des Zimmers im Mannheimer Polizeipräsidium wehte ein lauer Frühlingswind. Trotz des Verkehrslärms, der mit ihm hereindrang, hatte niemand in der Runde Lust, es zu schließen – nach dem nasskalten Winter sehnte sich jeder nach natürlicher Wärme.

Irene Falter hatte ihre sechsköpfige Sonderkommission zusammengerufen. Welcher Spur sollten sie im Fall Wienhausen nachgehen? Kurz nachdem der junge Mann in der Museums-Druckmaschine gefunden worden war, hatte jemand Mathias Cordes den Zettel zugesteckt mit dem Hinweis auf die Studentenverbindung Wibelingia, kryptografiert als „Langenburger Spezialität“, eben „Wibele“. Wer hätte dieser Jemand sein können? Das Auditorium war gefüllt gewesen mit jeder Menge Pressevertretern sowie etlichen Mitarbeitern und Gästen des Museums. Sollte man sie alle befragen? Und wie eng war die Verbindung zwischen der Korporation und dem Mord an ihrem Kommilitonen, worauf der Zettel ja hinwies? Wobei dabei zu bedenken war, dass Wienhausen zu diesem Zeitpunkt noch nicht getötet worden war.

Nur auf diese Spur sollten sie sich allerdings nicht konzentrieren. Die Entdeckung des Kalenderblatts des letzten Jahres schien die Schlinge um die Hälse der drei alten Gewerkschafter enger zu ziehen. Und schließlich gab es noch die Geschichte mit diesem unfreiwilligen Sprengmeister, mit Arno

Leibrand. Das schien zwar nur ein Nebenschauplatz zu sein, doch immerhin existierte eine Verbindung zu CCD.

Sie spielten alle Möglichkeiten durch und verteilten schließlich Aufgabengebiete. Günter Ronellenfitsch hatte bereits guten Kontakt zur Kollegin Laubach in Heidelberg. Mit ihr würde er die Leibrand-Spur weiterverfolgen. Außerdem sollte er mit Hansjörg Brauko vom LKA in Verbindung bleiben – nicht, dass dieses wieder Aktionen durchführte, von denen die Mannheimer erst im Nachhinein erfuhren, wie etwa die unangekündigte Ingewahrsamnahme der drei Rentner. Eine kleine Rache des Kommissars dafür bestand darin, dass er das Phantombild der „Imperia" der Landesbehörde gegenüber so lange wie möglich verheimlichen wollte.

Svenja Weber, eine ältere und erfahrene Oberkommissarin aus der Runde, erklärte sich zusammen mit dem jungen Kollegen Ralf Milten bereit, die drei verdächtigen Gewerkschafter nochmals zu befragen und einzuschätzen, ob Fluchtgefahr vorlag.

Übrig blieben Udo Varp und Christian Trast. Seit Urzeiten trug das Team der beiden Polizisten den Spitznamen, der auf der Hand lag: Farbkontrast. Einer hochgewachsen und blond, der andere eher untersetzt und schwarzhaarig, waren beide unzertrennlich. Ihr gemeinsamer Ulkname störte sie allerdings keineswegs – sie waren gemütliche, aber tüchtige Ermittler.

Fahndung nach „Imperia“ – das war nun deren Aufgabe. Ob es diese Frau überhaupt gab, sollten sie anhand des mithilfe von Tobias Frauenschuh angefertigten Phantombildes herausbekommen. Beginnen würden sie dabei im Mannheimer Klinikum.

„Gut, dann bleiben mir diese säbelschwingenden Jungs“, stellte Irene Falter fest. „Ich werde ihnen auf den Zahn fühlen, was sie wohl mit dem Museum verbindet.“

„Allein?“, fragte Günter Ronellenfitsch. „Willst du nicht noch jemanden mitnehmen?“

„Nein, hier geht es ja zunächst um ein wenig Ermittlung. Da brauche ich keine Leibwache.“ Was sie den anwesenden Kolleginnen und Kollegen nicht auf die Nase band, war ihr Plan, Jojo einzubeziehen. Sicherlich, das entsprach weder den Vorschriften noch den polizeilichen Gepflogenheiten. Doch zum einen kannte sich der Journalist gut in der Motorradszene aus, zum anderen hatte sie ihn lieber unter Kontrolle bei seinem bewiesenen Hang zu Alleingängen.

Irene Falter erhob sich und schloss das Fenster, ein deutliches Zeichen, dass alles gesagt worden war. Jeder wusste, was er zu tun hatte, und die Runde löste sich auf.

***

Jojo musste sich ablenken. Welchen Sinn hatte es, grübelnd und voller Trauer zu Hause zu sitzen? Er redete sich ein, dass es noch einen Ausweg gäbe, dass sich plötzlich Markus' Zustand bessern würde, dass man ein Wundermedikament fände, dass alles am Ende nur ein böser Traum gewesen sei.

Er schüttelte den Kopf: Nein, er konnte der Realität nicht entfliehen. Er würde sie annehmen müssen. Was half es, wenn er untätig herumsaß? Der Kopf stimmte zu. Der Bauch jedoch nicht. Nie hatte Jojo den Unterschied zwischen beiden so stark empfunden.

Das Thema „Abschied" war ein alter wunder Punkt. Er fürchtete sich vor Abschieden aller Art, am meisten vor den endgültigen. Das war ein Grund, warum er Single war – wer sich auf Beziehungen einlässt, muss damit rechnen, irgendwann einem Abschied zu begegnen. Für Jojo konnte dies unerträglich sein. *„I am a rock, I am an island"*, hatten einst Simon & Garfunkel gesungen. *„And a rock feels no pain, and an island never cries."* – „Ich bin ein Fels, eine Insel, und die spüren keinen Schmerz und weinen nie."

Doch die Eremitenexistenz hat Grenzen. Menschen bauen Beziehungen zu anderen auf, es gibt keine Robinson Crusoes. Und damit gibt es eben auch Abschiede, so schwer sie fallen mögen. Hätte er vor Jahren die Freundschaft zu Markus Dirkes ablehnen sollen? Dann wäre ihm der Abschied erspart geblieben. Aber auch unzählige frohe Momente, Stunden voller Witz und Frotzeleien, Tage voller Gedankenaustausch und gegenseitigem Lernen. War das einen schweren Abschied wert? – Ja!

Er würde, nein, er *musste* zu Markus halten, gerade jetzt.

Zwischenzeitlich jedoch würde er sich ablenken. Jojo beschloss, am Wochenende noch einmal zu der Hütte im Odenwald zu fahren, in der sich die motorradfahrenden Studenten trafen. Sicherlich riskierte er einen gewaltigen Anschiss von Irene Falter durch diesen Alleingang, doch vor dem Hintergrund von Markus' Krankheit schienen alle anderen Ängste lächerlich.

Irene Falter versuchte es zum dritten Mal auf dem Festnetz und auf dem Mobiltelefon. Doch bei beiden meldete sich immer nur Jojos Anrufbeantworter. Er selbst nahm nicht ab. Nun, dann musste sie eben allein nach Heidelberg fahren.

Die frische Wärme der Frühlingsluft hatte sich in Schwüle verwandelt. Den Mannheimer Spatzen und Amseln schien das ebenso wenig auszumachen wie den grünen Halsbandsittichen, die sich seit einigen Jahren als Immigranten explosiv vermehrt hatten und nun Parks, Alleebäume und Grünflächen der Städte an der Rheinebene bevölkerten. Es tschilpte, keckerte, pfiff und kackte von allen Ästen, zwischen den Stühlen der frisch eröffneten Straßencafés und im Laub der städtischen Beete.

Irene nahm auf ihrer Aprilia Platz und steuerte sie aus Mannheim hinaus. Natürlich wäre der kürzeste und schnellste Weg der über die Autobahn. Doch sie kannte die Schleichwege südlich der A656 über den einsam gelegenen Grenzhof – schmale Sträßchen, auf denen kaum ein Auto fuhr. Über den Heidelberger Vorort Eppelheim – „Stallhasen" nannte man die Einwohner – erreichte sie den Kern der romantischen Universitätsstadt, durch deren Gassen, einst im Mittelalter für Ochsenkarren ausgelegt, ein despotischer Oberbürgermeister in den 1970er Jahren den Verkehr des zwanzigsten Jahrhunderts hatte jagen wollen. Er setzte durch, dass dafür historische Gebäude abgerissen wurden. Ausgenommen natürlich die Immobilien der diversen Studentenverbindungen.

Vor einem solchen Haus stand Irene Falter jetzt. Zunächst öffnete niemand auf ihr Klingeln, es war sogar ein schmiedeeisernes Gitter vor die Haustür geschwenkt. Unschlüssig schaute die Kommissarin durch das Tor in den Hinterhof. Auch alle Fahrzeuge schienen unterwegs zu sein.

„Hallo, was möchten Sie?"

Irene Falter schaute die Hauswand hinauf. Ein Fenster war geöffnet worden, aus dem ein blasses Jungmännergesicht hervorblickte.

„Kriminalpolizei, Irene Falter mein Name. Ich würde gerne mit Herrn von Sicken sprechen."

„Der ist nicht da. Ich bin allein im Haus. Da müssen Sie Montag wiederkommen."

Bevor der Kopf wieder verschwinden konnte, setzte die Kommissarin nach: „Kann ich ihn denn irgendwo erreichen?"

„Die sind alle mit den Motorrädern weggefahren. In ihre Hütte." Klapp! Das Fenster wurde final geschlossen.

Irene Falter fischte ihr Mobiltelefon aus der Tasche. „Günter? Irene hier. Kannst du mal in den Wienhausen-Akten schauen, wo diese Motorradhütte der Wibelingia-Burschen liegt? Irgendwo im Odenwald, wenn ich mich recht erinnere."

Der Kollege gab die Beschreibung durch.

Irene Falter startete ihren Einzylinder. Sie entschloss sich, einen kleinen Umweg über Jojos Häuschen zu fahren. Vielleicht war er ja doch daheim und hatte nur keine Lust auf Anrufe?

****

Jojo erwachte. Sein Kopf brummte. Mühsam öffnete er die Augen. Dunkelheit umhüllte ihn. War es Nacht? Er lag auf dem Rücken und versuchte sich aufzurichten, doch sofort überfiel ihn ein kreiselnder Schwindel und heftige Übelkeit. So ließ er sich wieder fallen und hoffte, dass es verging. Dumpf rumorten Stimmen in seinem Hirn.

Wo war er? Was war geschehen? Jojo versuchte sich zu erinnern. Seine Montesa – er war von zu Hause aufgebrochen. Wohin? War er gestürzt? Er betastete die Fläche, auf der er lag. Holzdielen – Erde oder ein Krankenbett waren es also nicht. Der Schmerz an seinem Hinterkopf pochte wie ein Schiffsdiesel. Es roch muffig. Was war das für ein Raum? Ein Speicher?

Wann war er aufgebrochen? Freitag. Und nun? An welchem Tag lag er hier, um welche Uhrzeit? Sein Mobiltelefon! Jojo führte die Hand zur Brust. Er hatte seine Motorradjacke an, der Reißverschluss war geöffnet. Die Innentasche war leer, das Handy fehlte.

Mühsam rollte sich Jojo auf die Seite. Sofort wurde ihm wieder schlecht. Er stoppte in der Bewegung. Nach einer Weile versuchte er es erneut. Aua! Sein Handrücken hatte den Boden berührt, er zuckte zurück. Offenbar hatte er sich die Haut aufgeschürft. Langsam, um die Übelkeit nicht erneut zu provozieren, drehte er sich. Er ertastete eine Wand. Mauersteine. Schließlich saß er erschöpft auf dem Boden, den Rücken gegen die Wand gelehnt.

Das Geräusch der Stimmen in Jojos Kopf schwoll an und brach dann plötzlich ab. Über ihm quietschte etwas. Ein fahler Lichtschein fiel auf den Boden. Er wandte den Kopf und erkannte eine hölzerne Treppe, an deren oberem Ende eine Luke geöffnet wurde. Beine erschienen, Stiefel. Sie kamen die Treppe herab.

Ein Motorrad stand nicht vor Jojos Häuschen. Dennoch drückte Irene Falter mehrfach die Türklingel. Im Haus blieb es still. Gut, dann fuhr sie eben alleine in den Odenwald.

Sie griff den Helm von der Sitzbank ihrer Moto 6.5, als donnerndes Motorengeräusch zu ihr drang. Um die Kurve des schmalen Wegs bog unter erschütterndem Lärm ein violett lackiertes Motorrad, hielt auf sie zu und stoppte neben ihr. Unwillkürlich hob Irene Falter ihre Hände und hielt sich die Ohren zu, während sich auspuffloses Verbrennungsgebrüll mit Ventilklappern und Zahnradkreischen einen Wettbewerb um den *World Noise Contest* lieferten. Als der Motor erstarb, wurde die Welt in komplette Stille getaucht, sah man von Irene Falters Trommelfellen ab, die wie chinesische Gongs nachschwangen.

Unter dem Jethelm grinste der Kommissarin ein Frauengesicht entgegen, das den Mund öffnete und Irene Falter offensichtlich etwas mitteilen wollte. Doch deren Innenohr lag noch im Koma, sodass sie lediglich einen Stummfilm in 3D betrachten konnte und auf die eingeblendeten Zwischentexte wartete.

Claudia Dunkmann hatte auf ihrem Weg in die Vulkaneifel den spontanen Entschluss gefasst, bei ihrem neuen Bekannten auf den versprochenen Kaffee vorbeizuschauen. Vielleicht hatte sie ja Glück, und er war zuhause. Stattdessen hatte sie nun Irene Falter angetroffen.

Schnell machten sich die beiden Frauen bekannt. Claudia Dunkmann erzählte von den losen Speichen an Jojos Gespann und Irene Falter von dessen ebensolchem Mundwerk. Doch wo der Mann augenblicklich steckte, wussten sie beide nicht.

„Ich bin gerade auf dem Weg in den Odenwald, zu einer Motorradhütte, die ich mir anschauen möchte“, berichtete die Kommissarin und lud, von plötzlicher Sympathie gepackt, die Laverda-Fahrerin ein, sie zu begleiten. Die Vulkanologin hatte keine Eile, und so sagte sie zu.

Als Ortskundige hatte Irene Falter das Glück, den Geräuschen von Claudia Dunkmanns altem Zweizylinder vorauszufahren, und hoffte nur, dass die Sandsteinmauern Odenwälder Bauernhäuser dem Schalldruck ihrer Begleiterin standhalten würden.

***

Die Luft war feucht und schwül. Karin hatte die Arme verschränkt. Sie stand inmitten der Gruppe von Wibelingia-Studenten, sämtlich in Motorradkleidung, und beobachtete, wie einer von ihnen unter Anleitung ihres Freundes Maximilian von Sicken ein Seil am Gepäckträger der grünen Honda befestigte. Das andere Ende des Stricks war um die Fußknöchel eines Mannes geknotet, der auf dem Boden lag.

Jojo versuchte sich aufzurichten. Von Sicken trat auf ihn zu und stellte den Stiefel auf Jojos Schulter. „Schön liegen bleiben, Herr Journalist!"

Der Himmel hatte sich zwar zugezogen, doch war er noch immer hell genug, dass Jojo gegen ihn zwischen den Baumwipfeln das Gesicht des Mannes, das sich über ihn beugte, kaum erkennen konnte.

„Ich hoffe", fuhr der Student fort, „deine Klamotten sind scheuerfest, wenn wir dir jetzt den Odenwald aus der Froschperspektive zeigen. Aber vielleicht willst du uns ja doch etwas erzählen, damit wir deine Honda nicht starten müssen."

„Montesa!" Reflexartig korrigierte Jojo den Burschenschafter, als wenn dies im Augenblick irgendeine Bedeutung gehabt hätte.

„Ach, wollen wir doch reden?" Von Sicken richtete sich wieder auf. „Also, für wen schnüffelst du? Für Ausländer? Für den Gingwolf?"

Schon im Keller der Hütte, als sie zu ihm herabgestiegen waren, hatten sie wissen wollen, in wessen Auftrag der Journalist ihnen hinterherspionierte. Seinen Beteuerungen, er interessiere sich beruflich für Drucktechnik und sei dadurch nur am Rande auf den verletzten Wienhausen gestoßen, glaubten sie kein Wort.

Jojo hatte sich erinnert, dass er zu der Wibelingia-Hütte bei Langenbrombach gefahren war. Dort hatten sie ihn offenbar mit einem massiven Knüppel empfangen, was seine Kopfschmerzen erklärte.

„Gut, wie du willst. Waldluft soll ja gesund sein." Von Sicken bedeutete seinem blassen Kommilitonen, Jojos Motorrad zu starten, und bestieg selber seine Ducati. Jojo wünschte sich zum ersten Mal in seinem Leben, in einer dieser von ihm verachteten Protektoren-Kombis zu stecken, gerne auch mit dem Kamelhöcker am Rücken, der ihn vermutlich vor den gröbsten Stößen schützen würde, wenn man ihn nun über Waldwege schleifte.

Diese wildgewordenen Bürgersöhnchen schreckten offenbar vor schwerer Körperverletzung nicht zurück. Für Jojo schien es klar, dass sie auch ihren Kameraden Wienhausen umgebracht hatten, aus welchem Grund auch immer. Er musste plötzlich an Markus denken. Wenn er die kommende Schleif-Tortur nicht überstand, würde ihn der todkranke Freund sogar überleben. Jojo hätte lachen mögen, wenn er nicht eine solche Scheiß-Angst gehabt hätte.

Der blasse Student hatte auf der Montesa Platz genommen, drehte den Zündschlüssel und drückte auf den Startknopf. Nichts passierte. Hilflos blickte er zu seinem Fuxmajor hinüber, der auf der Ducati wartete.

„Schwachkopf!", rief dieser. „Vielleicht klappst du mal den Seitenständer ein?"

Dankbar befolgte der Montesa-Fahrer den Rat. Der Motor sprang an. Jojo hob den Kopf an, er wollte nicht mit der ohnehin schmerzenden Stelle auf Wurzeln und Steine schlagen.

Der Fahrer legte den ersten Gang ein und ließ die Kupplung zu schnell kommen. Die Montesa machte einen Satz nach vorn, der Motor wurde abgewürgt. Das Seil spannte sich ruckartig, und Jojo wurde schmerzvoll nach vorne geschleudert.

„Macht ihn fertig!" Das war Karin, die ihren Freund auf der Ducati anstachelte.

Als von Sicken seine Zündung einschaltete und der Montesa-Fahrer, schwitzend aufgrund der Blamage, den Leerlauf suchte, um das Motorrad erneut zu starten, wandten sich alle Köpfe der Gruppe um: Durch die Bäume schallte ein infernalisches Gebrüll.

Elf

Ohne meinen Anwalt sage ich gar nichts!" Maximilian von Sicken saß im Vernehmungszimmer des Mannheimer Polizeipräsidiums Irene Falter und Günter Ronellenfitsch gegenüber.

„Wie Sie möchten." Der Kriminaloberkommissar griff zum Telefon. „Wen sollen wir anrufen?" Von Sicken nannte eine Nummer, Ronellenfitsch wählte und reichte dann dem jungen Mann den Apparat.

Irene Falter hielt sich bewusst zurück. Sie schämte sich ein wenig. Sie, der legendär zornige Zitronenfalter, hatte sich von einer Amateurin, einer

Nicht-Polizistin, etwas vormachen lassen müssen. Zwei Frauen gegen knapp zwanzig Männer in Motorradkleidung – Irene Falter hatte der Mut verlassen. Zumal sie ihre Waffe nicht mit sich geführt hatte; sie mochte keine Pistolen und setzte sie nur im äußersten Notfall ein.

Claudia Dunkmann dagegen hatte ihre röhrende Laverda mitten zwischen die Verbindungsbrüder gefahren, die vor Schreck auseinanderstoben, hatte das Motorrad abgestellt, war auf die Montesa zugesprungen und hatte den Fahrer, der noch blasser wurde als er ohnehin schon war, von der Maschine gezerrt, die Fäuste in die Seiten gestemmt und eine norddeutsche Schimpf-Eruption auf die versammelten Wibelingianer in einer Lautstärke abgefeuert, die ihrem Motorrad in nichts nachgestanden hatte. Den Ducati-Fahrer hatte sie von seinem Motorrad gezogen und auf eine Bank vor der Hütte gestoßen, seiner Freundin, die ihm zu Hilfe eilen wollte, eine kräftige Maulschelle verpasst und ein paar Jungs, die sich heimlich verdrücken wollten, angeherrscht: „Hiergeblieben!"

Irene Falter hatte das Donnerwetter genutzt, um per Mobiltelefon Verstärkung anzufordern. Bis die Einsatzfahrzeuge mit eingeschalteter Leuchtreklame eingetroffen waren, hatte Claudia Dunkmann die Truppe festgenagelt mittels bellender Befehle sowie Blicken, die fünfzig friesische Deichschafe augenblicklich tiefgefrostet hätten.

Im Vernehmungsraum sprach nun Maximilian von Sicken in den Hörer. „Von Sicken hier, ich möchte auf der Stelle meinen Vater sprechen." Er wurde verbunden, erklärte seinem alten Herrn die Situation und bat um einen Anwalt.

Es wäre überflüssig gewesen, das Telefon auf Zimmerlautstärke zu stellen – Irene Falter und Günter Ronellenfitsch konnten mühelos Theodor von Sicken verstehen, als dieser durch die Leitung brüllte. Sein Sohn sank in sich zusammen. Zaghaft versuchte er, ab und zu mit einem „Aber…" die Philippika des Vaters zu unterbrechen, gab schließlich auf und reichte den Apparat an den Kommissar zurück.

„Ronellenfitsch, guten Tag."

Weniger lautstark, doch noch immer zornschnaufend, erklärte Theodor von Sicken: „Mein Sohn wird in spätestens einer Stunde einen Anwalt haben. Bis dahin wird er keine weiteren Aussagen abgeben. Sperren Sie ihn meinetwegen ruhig ein paar Tage lang weg, das holt den Burschen hoffentlich von seinem hohen Gaul."

„Herr von Sicken, Ihr Sohn ist volljährig. Er hat das Recht zu eigenen Entscheidungen."

„Nicht solange ich seinen Anwalt bezahle. Ich bin morgen ohnehin in der Heidelberger Gegend, da komme ich zu Ihnen."

Gespannt blickten nun die beiden Polizisten den Wibelingia-Häuptling an. Der schwieg ab jetzt konsequenter als sein Ex-Kommilitone Steffen Wienhausen seit einunddreißig Tagen.

***

Vorsichtig zog Jojo den Helm ab. Der Hinterkopf schmerzte noch immer. Der Sanitäter hatte ihn mit Verdacht auf Gehirnerschütterung vorsorglich in die Klinik einweisen wollen, doch Jojo flachste, wo nichts sei, könne nichts erschüttert werden, und bestand darauf, mit dem Motorrad nach Hause zu fahren.

Glücklicherweise war er dort allein. Niemand bekam mit, wie schlecht er sich fühlte. Der Journalist streckte sich auf dem Sofa aus, sein treuer Anrufbeantworter würde alle Kontaktversuche abwimmeln.

Natürlich brannte er darauf zu erfahren, wie der Zitronenfalter die aufgeblasenen Bierdeckel, ob blaublütig oder nicht, in die Mangel nahm. Und wie viel diese zugeben würden. Andererseits fürchtete er die Begegnung mit der Kriminalhauptkommissarin, die angesichts seines Odenwälder Alleingangs zur Supernova mutieren würde, um ihn rückstandslos einzudampfen.

War der Fall gelöst? Hatte Deutschlands künftige Elite ihren Kommilitonen zunächst zerquetscht und dann vergiftet? Doch aus welchem Grund?

Das Telefon klingelte, und brav nahm sich die Quatschmaschine des Anrufers an. Nachdem sie ihr Sprüchlein aufgesagt hatte, hörte Jojo mit halbem

Ohr, wer ihn zu erreichen suchte. Schwer atmend und leise drang es zu ihm durch: „Hallo Jojo, Markus hier. Ich hätte da etwas für dich, was dich vielleicht interessiert. Ruf mich doch zurück oder …"

Jojo war aufgesprungen, nahm den Hörer ab und unterbrach den Freund. „Hi Markus, ich bin's live. Wie geht's dir?"

„Den Umschlägen entsprechend", kalauerte der Kranke. „Pass auf: Du hast mir doch von diesen Rentnern erzählt, die im Verdacht stehen, euer Mordopfer in die Druckmaschine gequetscht zu haben."

„Ja, aber mittlerweile sieht es so aus, als hätten das die eigenen Kommilitonen des Studenten getan."

„Da wäre ich mir nicht so sicher. Ich habe mir erlaubt, ein wenig in Archiven zu recherchieren, das meiste bekommst du ja heute online. Und da gibt es eine interessante Verbindung."

„Zwischen …?"

„Zwischen den drei Alten und Wibelingia."

„Erzähl!"

„Da gab es einen Prozess in den Siebzigerjahren", berichtete Markus, nachdem er wieder zu Luft gekommen war. „Ein Vertreter der Wibelingia hatte Bauhs, Picard und Kuppert wegen Verleumdung angezeigt. Sie hatten die Verbindung öffentlich als Nazis bezeichnet."

„Und?"

„Die drei verloren den Prozess, auch in der zweiten Instanz. Und ihre Gewerkschaft, die sie juristisch vertrat, verzichtete auf eine Revision. Es konnte zwar nachgewiesen werden, dass maßgebliche Funktionäre der Verbindung vor 1945 im ‚Nationalsozialistischen Deutschen Studentenbund' aktiv gewesen waren. Aber es ging ja um den Status der Wibelingia dreißig Jahre danach. Und außer ein paar NPD-Mitgliedern gab es keine Hinweise auf Fascho-Affinität. Die Burschenschaft erscheine lediglich rechts-konservativ. Meinten die Richter."

Jojo überlegte. „Da kann natürlich Groll zurückbleiben."

„Ja", meinte Markus, „und es ist durchaus denkbar, dass es zu einem Streit kommt zwischen den drei Alten und einem überzeugten Wibelingianer, der in Handgreiflichkeiten mündet und in einer Druckmaschine endet." Er atmete schwer.

„Andererseits", sagte Jojo, „war Steffen Wienhausen alles andere als ein fanatischer Burschenschafter – im Gegensatz zu seinem Vater. Den Eindruck hatte ich jedenfalls beim Besuch seiner Familie."

„Mag sein. Ich dachte nur, dass dir die Information ein wenig weiterhilft, dir und deinem Zitronenfalter."

„Das ist nicht *mein* Zitronenfalter", wehrte Jojo ab und war froh, dass sein Freund am Telefon nicht sehen konnte, wie er rot wurde.

„Schon gut!" Markus lachte und musste darauf husten. Nach ein paar Atemzügen fragte er: „Kommst du demnächst mal vorbei? Ich möchte etwas mit dir besprechen, was nicht fürs Telefon taugt."

Jojo versprach, am nächsten Tag in die Klinik zu fahren. Er hoffte, dass sein Kopf bis dahin wiederhergestellt sein würde.

***

Maisbach ist ein winziger verschlafener Weiler im Kraichgau, eingebettet in das angeblich sonnenreichste Tal Deutschlands, hinter dessen Hängen der Nord-Süd-Verkehr auf Land- und Bundesstraßen vorbeirauscht. Außer ein paar Eingeborenen ahnt niemand etwas von dem stillen Winkel, in dem die Zeit nur langsam vergeht. Und manchmal rückwärts.

Was Kriminalhauptkommissarin Lene Laubach in Maisbach erfuhr, war nicht besonders zielführend. Nicht dass das Chemiker-Ehepaar, das seinerzeit gemeinsam mit Arno Leibrand an der Batterie-Entwicklung bei CCD gearbeitet hatte, unfreundlich oder gar abweisend reagiert hätte – die beiden hatten ihr sogar Gerstenkaffee und **Karottenkuchen** angeboten. „Wir leben jetzt gesund!“, verkündete der mit zerfranstem Kinnbart verschandelte Mann, mit dem er offenbar das mangelnde Haupthaar zu kompensieren trachtete. Seine mit einer Stromschlagfrisur versehene Ehefrau nickte dazu aus einem Wollpullover heraus, in dem sie, folgte man olfaktorischen Kriterien, ununterbrochen lebte, seit der ursprüngliche Bewohner verstorben war, ein

Schafhammel, der Odysseus aus der Höhle des Zyklopen getragen hatte.

Die beiden waren von der Chemie zum biologischen Gemüseanbau gewechselt – oder was sie dafür hielten. Dazu gehörte offenbar, dass die Hühner in die Küche kacken durften, der räudige Hofhund den Hauskater dreimal täglich biss, sobald dieser das Ehebett seiner Besitzer verließ, und des Gartens kraftstrotzende Brennnesselkulturen schüchterne Kohlrabi und Sauerampfer gar nicht erst hochkommen ließen. Die Polizistin vermutete, dass die Feldarbeit des Ehepaars weniger aus Unkrautjäten und Düngen bestand, sondern eher aus Ausdruckstanz, Tarot-Kartenlegen und Mondphasen-Pendeln.

In verschiedenen Ölfässern und Tümpeln des Geländes wurden resistente Stechmückengeschwader gezüchtet, deren vielmotorige Sturzkampfattacken jeden Besucher, ob willkommen oder nicht, in überstürzte Flucht schlugen. Wenn der denn die ungesüßte und halbrohe Rudolf-Steiner-Karottentorte überlebt hatte. Woran Lene Laubach zweifelte.

„Na, schmeckt's?", fragte der Biogärtner hinter seinem anthroposophischen Teller hervor.

„Ja, danke!", log die Kommissarin und ließ in einem unbeobachteten Augenblick die Reste des Kuchens unter den vertrockneten Blättern einer depressiven Topfpflanze verschwinden.

Verschwinden wollte auch sie so grenzwertig höflich wie möglich, zumal das, was sie unter nervtötendem

Dauergebimmel von sieben tibetanischen Windspielen erfahren hatte, nicht wirklich erhellend war.

„Ja, der Arno", hatte die Ex-Chemikerin das lückenhafte Gebiss gebleckt, „der war geradezu besessen von dem Akku. Er war ..."

„... stur", dozierte der Fusselbart. „Sturheit ist die Haupteigenschaft der Menschen, die im Widder geboren sind. Aszendent – äh – ..."

„... Löwe!", versicherte das andere Geisterbahnexponat. „Er wollte mit allen Mitteln das Temperaturproblem lösen."

„Dabei war er doch warm genug", kicherte ihr Ehemann. Auf Lene Laubachs verständnislosen Blick hin präzisierte er: „Leibrand war schwul."

„Das weißt du doch gar nicht", widersprach ihm seine Frau und kratzte sich an der Wade. „Du vermutest es nur."

„Halten Sie es denn für möglich, dass Leibrand nach der Entlassung weiter an dem Projekt gearbeitet hat?", stellte sie ihre letzte Frage, ohne auf die Homosexualität des Opfers einzugehen.

„Keine Ahnung", zuckte die Frau die Schultern. „Möglich wär's. Aber gesund wäre das sicherlich nicht gewesen."

Wie ungesund die letzten Minuten des Arno Leibrand tatsächlich gewesen waren, erzählte Lene Laubach den Landverwesern nicht. Sie bedankte sich hastig und machte, dass sie das Biotop verließ.

Auf dem Heimweg im Auto fasste sie die gewonnenen Erkenntnisse zusammen. Erstens: Der explodierte Chemie-Bastler war schwul gewesen. Vielleicht. Zweitens: Die Halloween-Frisur der Bäuerin wirkte ziemlich frisch. Wie würde sie wohl nach einer Dusche in einem weißen Kittel aussehen? Würde sie in einem Krankenhaus auffallen?

***

Ein Phantombild muss der dargestellten Person nicht sehr ähnlich sehen. Erinnerungen können täuschen, und viele Menschen können sich Gesichter ohnehin nicht gut merken. Polizeibeamte können ein Lied davon singen, wie verschiedene Zeugen ein und dieselbe Person völlig unterschiedlich beschreiben. Haarfarbe und -länge, Köpergröße und Alter, ja sogar die Geschlechtszuordnung stimmen oft nicht überein.

So war es kein Wunder, dass Irene Falter meinte, die Frau erwischt zu haben, deren Gesicht Tobias „Rübe" Frauenschuh beschrieben hatte. Karin Schneider besaß kurzes, glattes Haar, sie war schlank und außerdem in einem medizinischen Beruf tätig. Überdies arbeitete sie in der Mannheimer Uniklinik und war die Freundin Maximilian von Sickens. War sie diejenige, die sich am dreizehnten April nachts zu Steffen Wienhausen geschlichen und seine Infusion manipuliert hatte?

Auf Befehl seines Vaters und Anraten des inzwischen eingetroffenen Anwalts schwieg der Fuxmajor hartnäckig, ebenso Karin Schneider. Die übrigen motorradfahrenden Burschenschafter schienen aus Angst gleichfalls den Mund zu halten. Sie gaben lediglich zu, was offensichtlich war: Sie hatten Jojo überwältigt und mit den Füßen an sein Motorrad gebunden.

„Wir wollten ihm nur etwas Angst machen."

„... und ihn wie im alten Rom zu Tode schleifen, nicht wahr?", giftete der Zitronenfalter.

„Nein, das hätten wir nicht getan. Der Mann sollte nur zum Reden gebracht werden, warum er uns hinterherschnüffelte."

„Das sollen wir Ihnen glauben?"

„Ja, weil's so war."

Irene Falter und Günter Ronellenfitsch seufzten. So kamen sie nicht weiter. Der Anwalt bestand darauf, dass die jungen Leute nach vierundzwanzig Stunden entlassen werden mussten. Irene Falter konnte den Staatsanwalt lediglich für von Sicken, Karin Schneider und den Möchtegern-Montesa-Schleifer überzeugen, Untersuchungshaft zu beantragen – Verdacht auf versuchte gefährliche Körperverletzung, wenn nicht gar auf eine versuchte Tötung.

Die Tür zum Vernehmungsraum öffnete sich, ein uniformierter Beamter erschien und bat Irene Falter zum Telefon.

„Falter?“

„Jojo hier. Ich habe Neuigkeiten.“ Der Journalist klang schüchtern, da er auf ein Donnerwetter der Kommissarin gefasst war. Doch zu seiner Erleichterung ließ dies auf sich warten. Irene Falter war vielmehr froh, dass sie dringend Tatverdächtige gefasst hatte. Und mit Jojos Informationen konnte vielleicht neuer Schwung in die festgefahrene Situation kommen. Allerdings musste sie ihre Gedanken umschalten, da sie die drei Rentner fast völlig vergessen hatte.

„Was sagst du? Ein Prozess, den die drei Drucker gegen die Burschenschaft verloren haben?“

„Nur einer ist Drucker“, korrigierte Jojo, der Wert darauf legte, dass die Berufe der Schwarzen Kunst sauber unterschieden wurden. „Bauhs ist Reprograf und Picard Schriftsetzer.“ Ein Gärtner wurde schließlich auch nicht als Koch bezeichnet, wenngleich beide am selben Produkt arbeiteten.

„Ja, ja ...“ Irene Falter hörte nur mit halbem Ohr zu. „Danke, Jojo!“ Sie schmiss ihn aus der Leitung und wählte, ohne den Hörer aufgelegt zu haben, die Mobilnummer von Oberkommissarin Svenja Weber.

***

Lenk.“

„Kriminalpolizei Mannheim hier, Christian Trast am Apparat.“

„Was habe ich denn schon wieder verbrochen?" Der Bildhauer schien eher amüsiert als erschrocken.

„Nichts, soweit ich weiß, Herr Lenk", erwiderte Christian Trast. Dem Polizisten war durchaus bekannt, dass der Bildhauer Peter Lenk, der sich als Spaß-Partisan verstand, bereits häufiger mit der meist humorlosen Staatsgewalt aneinandergeraten war. Seine Eulenspiegeleien hatten einst die Westberliner Bürokraten verzweifeln lassen und den Hauptstädtern eine gewaltige, wenn auch nur zeitweilige Installation verschafft – das „Narrenschiff". In seiner Heimatgemeinde Ludwigshafen am Bodensee hatte er gar offiziell die Rathausfassade mit einem Wimmel-Relief verschönern dürfen, das bekannte Persönlichkeiten aus Wirtschaft und Politik genial und genital karikierte. Die weibliche Doppel-D-Statue im Konstanzer Hafen war hingegen in einer Nacht-und-Nebel-Aktion aufgestellt worden. Es herrschte ein ewiges Tauziehen zwischen Lenk und seinen Skulpturen einerseits und prüder Verklemmtheit der Spießbürger sowie verkniffenen Bürokraten andererseits.

Doch diesmal ging es der Staatsgewalt in Person des Kommissars Trast lediglich um eine Information. „Sie können uns einen Tipp geben", fuhr er deshalb fort. „Wir suchen eine Frau, die Ihrer ‚Imperia' ähnlich sieht. Können Sie uns sagen, wer Ihnen damals Modell gestanden hat?"

Am anderen Ende der Leitung blieb es eine Weile still. „Und Sie meinen, das verrate ich Ihnen?“, fragte der Künstler schließlich. „Damit Sie sie verhaften können?“

„Davon kann keine Rede sein“, sagte Christian Trast. „Wir brauchen die Frau als Zeugin.“

„Zeugin? Gegen mich?“

„Nein, sie könnte eine Zeugin in einem Mordfall sein, der nichts mit Ihnen zu tun hat.“

Der Bildhauer zögerte. „Da muss ich in meinen Unterlagen nachsehen“, wich er aus. „Rufen Sie doch in ein paar Tagen nochmals an.“

„Gut, ich werde Kollegen aus Konstanz bitten, bei Ihnen vorbeizuschauen. Vielen Dank, Herr Lenk!“

Christian Trast legte auf. Er gab dieser Spur keine große Chance. Trotzdem würde er nichts unversucht lassen und die Konstanzer Kollegen bitten, zu Peter Lenk zu fahren. In einem persönlichen Gespräch war der Künstler vielleicht eher für eine Zusammenarbeit zu gewinnen. Er griff erneut zum Telefon.

An diesem frühen Nachmittag taten Trasts Kollegen Udo Varp die Füße weh. In dem riesigen Mannheimer Uniklinikum war er von Station zu Station gelaufen, von der Aufnahme zur Ambulanz, von der Dialyseabteilung zum Diabetestrakt, von der Kardiologie zur Knochenszintigrafie, um überall auf Kopfschütteln zu stoßen, wenn er das Phantombild vorzeigte, das der Junkie Tobias Frauenschuh hatte zeichnen lassen. Eine Frau mit diesem Gesicht, egal ob in Schwesternkleidung oder „zivil", schien im gesamten Klinikum niemand zu kennen. Sicherheitshalber hatte Udo Varp etliche Kopien dabei, die er zusammen mit den Kontaktadressen der Polizei überall hinterließ. Da in der Klinik in rollierenden Schichten gearbeitet wurde, würde er mindestens einige Tage benötigen, bis er jede Mitarbeiterin und jeden Mitarbeiter befragt hatte.

Udo Varp konnte sich spannendere Einsätze vorstellen. Aus diesem Grund war seine gute Laune sehr begrenzt, als er am nächsten Tag erneut die Ochsentour begann.

***

Zur gleichen Zeit setzten sich in Konstanz zwei Streifenbeamte auf ihre Dienstmotorräder. Rudolf Braufeld und Roger Halbgewachs bildeten die einsame baden-württembergische Spitze in der Beherrschung der tonnenschweren, weil überladenen landeseigenen BMWs. Sowohl in der Ausbildung als auch bei den regelmäßigen Motorradschulungen belegten sie ständig die vorderen Plätze, was die praktischen Fahrübungen anbetraf. Sie konnten freihändig stehend auf ihren Monstermopeds fahren und bewältigten mit ihnen sogar unwegsames Gelände, das sonst höchstens für Trialmotorräder geeignet war.

Umgekehrt proportional dazu standen allerdings die sonstigen Fähigkeiten der beiden Beamten, sei es auf theoretischem, schriftlichem, psychologischem, kommunikativem oder handwerklichem Gebiet. So wurden sie von seufzenden Vorgesetzten meist lediglich für Botenfahrten eingesetzt sowie bei Eskorten für Politiker und andere Prominente, deren Intelligenzquotienten oft nicht höher lagen als die der beiden sie begleitenden Polizisten.

Heute hatten sie den Auftrag bekommen, Unterlagen über die Imperia des Künstlers Peter Lenk in Bodman abzuholen. Auf nähere Informationen verzichtete der Konstanzer Dienststellenleiter, da er wusste, dass die beiden Motorradbeamten sie nur vergessen oder missverstehen würden. So meinte er lediglich: „Herr Lenk weiß Bescheid. Bringt das Zeug her, und gut!"

Der Streit begann wie immer schon vor dem Start. „Heute fahr ich hinten!" Das war Halbgewachs.

„Immer du! Ich war das letzte Mal schon vorne. Und das Mal davor auch!", konterte Braufeld.

„Gar nicht!" Halbgewachs verschränkte die Arme vor der uniformierten Brust.

Natürlich konnten die Motorräder nicht nebeneinander fahren. Was hieß, dass der Vordermann die Strecke vorgab. Das jedoch erforderte Kartenlesekunst oder zumindest Ortskenntnis. Ganz zu schweigen von der Bedienung eines Navigationsgeräts. An allen diesen Fähigkeiten mangelte es den beiden Motorradpolizisten, sodass es der Hintermann bequem hatte – er brauchte dem Vorausfahrenden nur zu folgen. Und wenn sich dieser verfuhr, war er alleine schuld.

„Du fährst vorne!"

„Nein, du!"

„Gut, wir knobeln!"

„Okay."

Braufeld kramte den Geldbeutel hervor und zog eine Münze heraus. „Kopf oder Zahl?"

„Zahl!"

„Schon letztes Mal hast du Zahl gehabt!"

„Gar nicht!"

„Doch!"

„Zeig mal die Münze!"

Nach ausgiebiger Inspektion konnte sich Halbgewachs davon überzeugen, dass das Geldstück tatsächlich zwei verschiedene Seiten besaß und nicht gezinkt war.

„Na gut, Kopf!"

Braufeld warf die Münze, griff beim Auffangen jedoch daneben. Sie fiel auf den Boden und rollte ein paar Dezimeter über den Asphalt des Polizeipräsidiums, bis sie umfiel und liegenblieb. Die Zahl lag oben, wie sich beide Beamte überzeugen konnten.

„Das gildet nicht!", behauptete Halbgewachs.

„Das gildet wohl!"

Im ersten Stock des Polizeigebäudes wurde ein Fenster geöffnet, ein Kopf erschien, das Gesicht dunkelrot verfärbt. „Seid ihr immer noch nicht fort?“, schrie der Dienststellenleiter.

Beide Hinten-vorne-Kontrahenten blickten hoch und zeigten synchron gegenseitig mit dem Finger auf den anderen.

„I… ich hab mein Geld verloren“, stotterte Braufeld und bückte sich nach der Münze.

„Ab! Aber dalli!“, schrie der Chef.

Mit bemerkenswerter Geschwindigkeit saßen die beiden Helden auf, klappten die Helme zu, starteten und rollten vom Hof.

Halbgewachs fuhr hinten. Ätsch!

Immerhin verfuhren sie sich erst in Ludwigshafen.

„Und wo soll jetzt diese Straße sein?“, fragte Braufeld, als sie nebeneinander in einer unübersichtlichen Kurve hielten.

„Ich frag mal in der Metzgerei da“, sprach Halbgewachs, klappte den Seitenständer aus und stieg vom Pferd.

„Warte!“ Braufeld tat es ihm nach, nicht zuletzt in der Absicht, die begehrte Frühstückspause mit dem Kollegen eben dort zu verbringen.

Zwei überschwere Boxer-BMWs, ausgerüstet mit Packtaschen, Sturzbügeln, Einsatzsignalanlagen, Funkgeräten, Frontscheiben und Leuchtreklamen, nehmen die Breite einer kompletten Fahrspur in Anspruch, wenn sie nebeneinander stehen.

Aus dem Stau der zweiunddreißig PKWs, Traktoren und LKWs, der sich dahinter in kurzer Zeit bildete, wagte der Vorderste zu hupen, obwohl die Motorräder deutlich mit „Polizei“ beschriftet waren.

„Warte, Rudi, ich komme gleich“, sprach Halbgewachs zu seinem Kollegen, nachdem sie an der Theke die Bestellung über je drei Leberkäse mit Senf und Kartoffelsalat aufgegeben hatten. Er verließ die Metzgerei, straffte die Lederjacke, setzte eine grimmige Miene auf und schritt auf den Huper zu. Allerdings entstand gerade eine Lücke im Gegenverkehr, sodass der polizeiwidrige Hornist um die Motorräder biegen konnte und verschwand.

Halbgewachs musste mit dem Zweiten in der Schlange vorliebnehmen. Er klopfte an dessen Beifahrerfenster, das sich daraufhin öffnete. Am Steuer saß eine junge Frau. Der Beamte beugte sich hinunter und fragte streng: „Haben Sie gehupt? Das ist …“

Er wurde unterbrochen. Von dem dreijährigen Sohn der Fahrerin, der aus seinem Kindersitz auf der Rückbank krähte: „Bollisei, Bollisei, der Bollisei ein Osterei!“

Halbgewachs riss die Augen auf und herrschte die Fahrerin an: „Haben Sie ihm das beigebracht?“ Die Frau schüttelte den Kopf.

„Das ist Beamtenbeleidigung! Ihre Papiere bitte!“

Zwei Fahrzeuge weiter hinten im Stau hupte es. Halbgewachs schnellte in die Senkrechte. Er musste sich jetzt entscheiden, welchen dieser Anarchisten er zuerst gebührenpflichtig verwarnen sollte.

Hinter ihm öffnete sich die Tür der Metzgerei. „Wo bleibst du denn, Roger?“, rief Braufeld mit Leberkäse und Kartoffelsalat gefüllten Backen. „Dein Frühstück wird kalt!“

In Halbgewachs arbeitete es. Hin- und hergerissen zwischen Dienstpflicht und Pause, entschied er sich schließlich für letztere und folgte dem Kollegen ins Fleischparadies. Der Stau konnte weiterfahren. Wenn der Gegenverkehr es zuließ.

Die Uniform von Braufeld war mit Senfklecksen geschmückt, als er schließlich die Metzgersgattin hinter der Theke nach der Straße fragte, die sie suchten. Die Frau blickte auf den Zettel, zuckte die Schultern und meinte: „Die Straße gibt's nicht in Ludwigshafen.“

„Aber das muss hier sein.“ Hilfesuchend blickte der Beamte den Kollegen an.

Halbgewachs zog seinerseits einen Zettel aus der Tasche und las den Straßennamen. „Und dahinter steht: ‚Ludwigshafen-Bodman‘.“

„Ach, in Bodman ist das!“, rief die Metzgersfrau. „Da sind Sie hier ganz falsch. Das ist ein paar Kilometer weiter.“ Sie zeigte in die Richtung, aus der die Motorradfahrer gekommen waren.

Irritiert blickten sich die Beamten an und gingen zu ihren Motorrädern zurück. „So ein Blödsinn“, meinte Braufeld. „Da bauen sie einen Stadtteil weit entfernt von der eigentlichen Stadt.“ Halbgewachs nickte und tippte sich an den Kopf. Woher sollten sie auch wissen, dass Bodman viel älter war als Sernatingen, das erst 1826 in Ludwigshafen umbenannt worden war?

In der Kurve hatte sich mittlerweile hinter ihren BMWs der Stau auf dreiundfünfzig Fahrzeuge verlängert. Der Gegenverkehr schlich in einer endlosen Schlange hinter einem Traktor mit zwei Hängern her, was die Geschichte nicht übersichtlicher machte. Die Motorradfahrer bestiegen ihre Maschinen, starteten, schalteten die Einsatzsignale ein, wendeten unter Sirenengeheul und scheuchten die PKWs auf die Gehwege, damit sie vorwärtskamen.

Schließlich fanden sie tatsächlich Bodman und die Straße zum Grundstück von Peter Lenk. Vor dem Tor parkten sie ihre Maschinen.

„Mensch, Rudi, guck mal!“, meinte Halbgewachs und stieß den Kollegen in die Seite. Auf der Wiese gegenüber, die offenbar ebenfalls dem Künstler gehörte, war eine große Anzahl von Skulpturen aufgestellt – Clowns, Tiermenschen, Symbolfiguren, als Narren bis zur Kenntlichkeit entstellte Politiker. Besonders eine Figur tat es beiden Beamten an: eine nackte Frau mit enormen Brüsten und ebensolchen Hinterbacken, die rittlings auf einer Harley wheelte. Die Figur thronte auf einer zwei Meter hohen Säule, damit sich jedermann auch in das kleinste Detail vertiefen konnte. Nicht bekannt war den beiden Streifenbeamten, dass das Motorrad ein präzises Abbild der Harley war, die sich Peter Lenk einst selbst restauriert hatte. Allerdings galt das Interesse der Polizisten weniger dem Motorrad.

Mit hängenden Unterkiefern standen sie eine Weile davor, bis es hinter ihnen ertönte: „Guten Tag! Wollen die Herren etwas erwerben?"

Sie wandten sich um. Braufeld sammelte sich als erster: „Wir sollen die Unterlagen der Imperia abholen."

Peter Lenk, grauhaarig, schnauzbärtig, hager und groß, lächelte: „Da muss ich Sie leider enttäuschen. Ich habe die Imperia nach keinem Modell entworfen."

Halbgewachs und Braufeld blickten sich an und verstanden kein Wort. „Äh – keine Unterlagen?", fragte schließlich Halbgewachs.

Lenk schüttelte den Kopf. „Keine Unterlagen!"

Braufeld zuckte ergeben mit den Schultern. „Keine Unterlagen."

Halbgewachs hob die Hände. „Keine Unterlagen! Na, dann schönen Tag noch."

Nach sehnsuchtsvollen Blicken auf die nackte Schöne wandten sich die Beamten wieder ihren Motorrädern zu.

„Du fährst vorne!"

„Nein, du! Ich war vorhin!"

Grummelnd bestieg Halbgewachs die BMW und fuhr vom Platz, Braufeld im Schlepptau.

Es war schon nach Dienstschluss, als sie in Konstanz eintrafen. Verzögert hatte sich die Fahrt durch die Mittagspause und zwei falsche Abbiegungen, wovon eine allerdings der Unaufmerksamkeit Halbgewachs' geschuldet war. Sie hatten ein wenig mit den Funkgeräten gespielt und sich während der Fahrt unterhalten, wobei sie die Flieger-Funkkommandos etwas durcheinanderbrachten, auf die sie so stolz waren.

„Rudi hier. Was hätten wir eigentlich holen sollen? *Over*!"

„Na, Unterlagen, Papiere also. *Over*."

„*Roger*."

„Ja, hier Roger. Was gibt's? *Over*."

„Rudi hier. Ich habe verstanden, also *Roger*."

„Ja, hier Roger. Was willst du noch? *Over*."

„Ich sagte, ich habe VERSTANDEN, Roger!"

„Hier Roger. Warum so aggressiv, Rudi? *Over*."

***

Mein Mann ist unterwegs." Kühl fertigte Hilde Kuppert die beiden Polizeibeamten Svenja Weber und Ralf Milten an der Haustür ab. Nach der Erfahrung mit den Stuttgarter Rambos war sie nicht sehr gut auf die Polizei zu sprechen.

„Wann können wir ihn denn erreichen?"

„Gar nicht. Er wandert."

„Na, dann wird er ja irgendwann zurück sein, nicht?" Svenja Weber blieb freundlich.

„Möglich. Übernächste Woche vielleicht. Er läuft auf dem Europäischen Fernwanderweg von hier Richtung Sizilien."

Nun meldete sich Ralf Milten. „Wir hatten Herrn Kuppert gebeten, sich nicht zu entfernen. Ich muss …"

Hilde Kuppert unterbrach ihn mit einer scharfen Handbewegung. „Aber von Ihren Leuten darf er zwangsentfernt werden, etwa nach Stuttgart, nicht wahr? Obwohl er nichts getan hat. Wir sind freie Bürger in diesem angeblich freien Land. Wir können gehen, wann und wohin wir wollen."

Svenja Weber holte Luft, doch Hilde Kuppert fuhr fort. „Melden Sie sich in zwei Wochen wieder, wenn Sie etwas von meinem Mann wollen. Oder bringen Sie einen Haftbefehl. Guten Tag!" Damit warf sie den Polizisten die Haustür vor der Nase zu.

Der junge Beamte pumpte. „Das ist doch … Da müssen wir …"

Die Kommissarin winkte ab: „Lass! Sie hat ja recht. Komm, wir fahren lieber zu den anderen beiden."

Bei Bauhs klingelten sie vergebens. Offenbar war niemand zu Hause.

Der Tag war bereits fortgeschritten. Die Wolkenfront, die sich im Westen gebildet hatte, war über das Rhein-Neckar-Dreieck gewandert. Nun kam Wind auf, und es begann zu nieseln. Missmutig blickte Svenja Weber aus dem Autofenster und zitierte sarkastisch: „‚Wie schön blüht uns der Maien …'. Lass uns für heute Schluss machen. Picard besuchen wir morgen Nachmittag. Wir kündigen uns aber besser an."

Ralf Milten hatte nichts dagegen. Die Frau zog ihr Mobiltelefon und wählte.

Am Dienstag, dem sechzehnten Mai, vierunddreißig Tage nach dem Mord an Steffen Wienhausen, öffnete Egon Picard die Tür und ließ Ralf Milten und Svenja Weber ein. Er führte die beiden Beamten in sein Wohnzimmer, wo sie zu ihrer Überraschung auf eine Versammlung neun grimmig blickender Menschen stießen.

Der Schriftsetzermeister im Ruhestand zog die Stirn kraus, deutete auf die Runde und wandte sich an die Polizisten. „Darf ich vorstellen? Heinz Bauhs mit Gattin, Hilde Kuppert und meine Frau. Die anderen sind Gewerkschaftskollegen."

„Und -kolleginnen!", fügte eine junge Frau in der Runde hinzu, die offenbar Wert auf Gendern legte.

Picard lächelte nachsichtig.

Svenja Weber und Ralf Milten grüßten automatisch in die Runde. „Äh – wir wollten eigentlich mit Ihnen alleine sprechen, Herr Picard", begann der junge Polizist.

„Daraus wird nichts", meldete sich eine etwa vierzigjährige Frau zu Wort. Ihr selbstsicheres Auftreten ließ darauf schließen, dass sie den Gesprächsverlauf bestimmen würde.

„Ursula Malte, Gewerkschaftssekretärin", stellte sie sich vor, um gleich zum Punkt zu kommen. „Unsere Kollegen sind Hals über Kopf von Ihnen verhaftet und nach Stuttgart gebracht ..."

„Nicht von uns", versuchte Ralf Milten mit erhobenem Zeigefinger einen Einwand.

„... und über Nacht eingesperrt worden. Wir prüfen gerade, ob dies überhaupt rechtmäßig war. Unabhängig davon gibt es nicht den geringsten Beweis, dass die Kollegen in irgendeiner Form an der Verletzung und dem Tod des jungen Mannes im Museum beteiligt waren. Und nun kommen Sie daher und bedrängen sie weiter. Frau Bauhs musste sich wegen der überfallartigen Hausdurchsuchung in ärztliche Behandlung begeben. Unsere Rechtsabteilung bereitet eine Verleumdungsklage vor."

Egon Picard hatte sich mittlerweile gesetzt, nur die beiden Polizisten standen noch immer wie Angeklagte vor einem Tribunal. Der Kommissarin war klar, dass sie, wenn sie Informationen erhalten wollte, offensiv werden musste. Nur wie?

Das Klingeln ihres Mobiltelefons enthob sie der Antwort.

„Weber? – Ja, dort sind wir. – Aha. – Wann fand der statt? – Rechtskräftig? – Mit Brauko, ja. – Ich danke dir, tschüss!"

Befriedigt steckte Svenja Weber das Handy ein, griff sich einen Stuhl vom Esstisch und bedeutete ihrem Kollegen Ralf Milten, ebenso zu verfahren. Beide setzten sich in die Runde um den Sofatisch, wo sich die anderen auf den Sitzgarnituren drängten.

Svenja Weber wandte sich an Egon Picard. „Sie hatten in den Siebzigerjahren Streit mit der Studentenverbindung Wibelingia in Heidelberg und verloren 1978 einen Prozess gegen sie. Ist das richtig?"

Picard sah Bauhs an, bevor er entgegnete: „Das stimmt. Wollen Sie uns aus dieser alten Geschichte einen Strick drehen?“

„So alt scheint die Geschichte nicht zu sein. Immerhin gibt es ein Kalenderblatt des letzten Jahres von Ihnen, mit dem Sie erheblichen Groll gegen Ihre ehemaligen Prozessgegner ausdrücken.“

Nun schaltete sich Heinz Bauhs ein. „Diese geschleckten Grasdackel sind doch Nazis. Es ist ein Skandal, dass die Burschenschaften alle Schaltstellen in Wirtschaft und Politik unterwandern.“

„Darum geht es aber doch nicht“, versuchte Ralf Milten den zorngesättigten Redestrom des Rentners zu unterbrechen. Was ihm nur kurzfristig gelang.

„Zum Beispiel dieser Schmalhaus, Burschenschafter aus Heidelberg. Er hat es ja zum Oberbürgermeister in Hamburg geschafft, allerdings nur für sechseinhalb Monate, weil er sich kriminell angestellt hat.“

„Herr Bauhs, das kann doch …“

„Und wie dämlich muss man denn sein, sich gegenseitig mit Säbeln die Gesichter aufzuschlitzen und sich ansonsten ins Koma zu saufen? Nee, diese Burschenschaften gehören eliminiert.“

„So wie Wienhausen?“, bohrte Svenja Weber nach.

Ursula Malte schaltete sich ein, da sie begriff, dass sich Bauhs um Kopf und Kragen reden konnte. „Herr Bauhs, Herr Picard und Herr Kuppert sind wie wir alle“ – sie blickte in die Runde – „politische Gegner dieser Wibelingia-Verbindung. Aber das tragen wir nicht mit körperlichen Angriffen aus, und schon gar nicht mit Mord.“

„Sie müssen aber zugeben“, sagte der junge Polizist, „dass es einige Verdachtsmomente gegen Ihre Gewerkschaftler gibt.“

„GewerkschaftER, ohne L! Und GewerkschafterINNEN!“, quietschte die Genderfrau ungeachtet des Geschlechts der drei Rentner.

„… auf die sich das Landeskriminalamt stützt.“

Egon Picard schien der Diskussion schließlich müde zu sein und winkte ab. „Ermitteln Sie, was Sie wollen. Bringen Sie Beweise!“

„Richtig“, bekräftigte Ursula Malte. „Bringen Sie Beweise, und bis dahin gilt die Unschuldsvermutung.“

„Die durchaus erschüttert wird, wenn wir hören, dass sich beispielsweise Herr Kuppert nicht zu unserer Verfügung hält“, konterte die Kommissarin.

Hilde Kuppert, die bis jetzt geschwiegen hatte, warf nun ein: „Es gibt keinen Hausarrest. Und wenn mein Mann als Mordverdächtiger hätte fliehen wollen, so hätte er das gewiss nicht zu Fuß auf Wanderschuhen getan.“

Svenja Weber lenkte ein. „Sicherlich. Aber schauen Sie: Wir gehören zur hiesigen Kripo, und das Landeskriminalamt sieht die Sachlage ein wenig schärfer. Je eher Sie mit uns zusammenarbeiten, desto effektiver können wir dafür sorgen, dass solche zugegeben unglücklichen Ingewahrsamnahmen wie am ersten Mai nicht mehr vorkommen."

Sie spürte die Skepsis in der Runde, seufzte und verabschiedete sich.

„Was hältst du davon?", wollte Ralf Milten von seiner Kollegin wissen, als sie wieder im Auto saßen.

„Ich glaube nicht, dass sich die Rentner strafbar gemacht haben. Warum sollten sie, bei allem Groll auf die Studenten, das Risiko eingehen, einen von ihnen nachts im Krankenhaus zu töten?"

„Und die Verletzung mit der Druckmaschine?"

„Das käme natürlich eher infrage. Aber ich habe das Gefühl, wir müssten ganz woanders suchen."

Ralf Milten schwieg. Er musste zugeben, dass die ältere Kommissarin erheblich mehr Erfahrung aufweisen konnte.

Zwölf

Wir müssen das unbedingt verhindern!"

Hansjörg Brauko nickte. Er saß einem kleinen grauhaarigen Mann gegenüber, der sich über einen riesigen Schreibtisch beugte und mit dem Brieföffner spielte. Der Alte stand auf und begann, vor der großen Fensterfront hin- und herzugehen. Seine sorgenvolle Miene hellte sich auf, als er weitersprach. „Es ist doch hervorragend, dass nun noch dieser Prozess aufgetaucht ist. Können wir nicht daraus etwas basteln?"

„Es reicht nicht", meinte Hansjörg Brauko zu seinem Vorgesetzten. „Noch nicht einmal zu einem Indizienverfahren."

Der Grauhaarige blieb stehen und sah Brauko an. „Warum haben eigentlich nicht wir das herausbekommen?"

„Was?"

„Na, diesen Prozess zwischen der Studentenverbindung und den drei Rentnern."

Hansjörg Brauko zuckte mit den Schultern. „In den Siebzigern war die Überwachung und Archivierung noch nicht so lückenlos wie heute. Damals haben die Kollegen hauptsächlich Demonstrationen und Saalveranstaltungen observiert."

„Aber hatten wir nicht unsere Leute bei der Wibelingia?"

„Sicherlich, so wie in allen anderen Studentenverbindungen auch. Doch zum einen war die Technik noch nicht weit, geschriebene Berichte gingen schon mal verloren."

„Na, heute im Computerzeitalter passiert das auch nicht selten. Und zum anderen?"

„Zum anderen gab und gibt es ja Konkurrenz."

„Das stimmt allerdings", seufzte der Alte. Ihn ärgerte es seit Jahren, dass die Schlapphüte der verschiedenen Verfassungsschutzämter, vom Militärischen Abschirmdienst, Bundesnachrichtendienst,

Landes- und Bundeskriminalamt eher gegen- statt miteinander arbeiteten. Informationen wurden vorenthalten und falsche Spuren gelegt, um dem jeweiligen Konkurrenzdienst eins auszuwischen. Was zu Misserfolgen und Pannen führte. Nun gut, hier und da mochten höhere Interessen und Anweisungen aus Stuttgart oder Berlin – früher Bonn – dahinterstecken. Was ja auch im vorliegenden Fall zutraf.

Hansjörg Brauko kannte die Marotte des Alten, manchmal in minutenlanges gedankenvolles Schweigen zu verfallen, und wartete still ab, während sein Vorgesetzter die Wanderung zwischen Yuccapalme und Besprechungstisch wieder aufgenommen hatte. Endlich stoppte er abrupt. „Wie auch immer – wir müssen es unbedingt verhindern!"

Damit war Hansjörg Brauko verabschiedet.

***

Herr Jordan, darf ich Sie einen Augenblick sprechen?" Der Arzt fing Jojo am Eingang der Station ab. „Kommen Sie, gehen wir in mein Zimmer."

Mit gemischten Gefühlen folgte Jojo dem Weißkittel.

„Bitte setzen Sie sich. – Herr Jordan, es geht um Herrn Dirkes. Er hat mir gesagt, ich könne offen zu Ihnen sein."

„Natürlich, bitte sehr. Was ist mit Markus?"

„Das Herz von Herrn Dirkes ist sehr schnell sehr schwach geworden. Die Pumpleistung liegt bei nur noch fünf Prozent. Hinzu kommt, dass nun immer häufiger hochgradige Tachykardien auftreten ..."

„Tachy...?"

„Sehr schneller Puls. Das Herz rast. Bei Herrn Dirkes geht das über in Kammerflimmern, was ein funktioneller Herzstillstand ist. Wir müssen ihn inzwischen etwa alle zwei Stunden defibrillieren. Das heißt, mit einem Elektroschock wird die Herzraserei gestoppt."

Jojo schluckte. „Was kann man da machen?"

„Herr Dirkes benötigt schnellstens ein Spenderherz. Zumindest eine unterstützende Pumpe, bis ein Spenderherz gefunden ist. Doch Sie wissen, dass er beides ablehnt."

Das wusste Jojo und nickte. „Er hat Ihnen sicherlich auch seine Gründe genannt."

„Das hat er. Nun lehnt er auch noch die Defibrillationen ab."

Jojo zog hörbar die Luft ein. „Das heißt, beim nächsten Herzanfall stirbt er?"

„Das wäre die Konsequenz, zumal er sämtliche Medikamente abgesetzt hat. – Herr Jordan, können Sie nicht mit ihm reden?"

„Ich habe es ja schon versucht. Er lässt sich nicht umstimmen. Und ich kenne Markus gut genug, dass er nur verärgert wäre, wollte man ihn überreden."

Der Arzt seufzte resigniert. „Herr Jordan, ich will Ihnen sagen, was sich Herr Dirkes wünscht. Er möchte zuhause sterben und bittet Sie um Begleitung. Bis dahin ist er mit Defibrillationen einverstanden."

Jojo ging die Luft aus. Seine Hände und Füße wurden kalt, und er begann zu zittern.

Sehr müde sah ihn der Arzt an. „Wir können ihn nicht zwangsweise hierbehalten. Aber einen Transport in seine Wohnung zahlt die Krankenkasse nicht, weil es medizinisch nicht notwendig wäre."

Jojo winkte ab. „Das ist ja wohl das kleinste Problem."

„Ich denke, Sie sind der Einzige, der ihn noch umstimmen könnte. Bitte versuchen Sie es."

Als Jojo aufstand und das Arztzimmer verließ, hatte er das Gefühl, seine Beine bestünden aus Gummi. Warum wurde ihm diese Verantwortung aufgebürdet? Die Verantwortung über Leben und Tod des Freundes?

Ein bleiches Gesicht lag tief im Kissen des Bettes, als Jojo das Krankenzimmer betrat. „Hallo, Markus", flüsterte Jojo mehr als dass er sprach.

Markus versuchte ihm zuzulächeln. Die Bettdecke war zurückgeschlagen, die Schlafanzugjacke aufgeknöpft, und auf der Brust des Kranken zeichneten sich neben den EKG-Elektroden mehrere tassengroße rote Ringe ab.

Markus bemerkte Jojos Blick. „Olympiaringe", scherzte er schwach. „Von den Elektroschocks."

Jojo atmete tief durch. „Du willst nach Hause, hat mir dein Arzt erzählt."

„Ja, wenn du mitmachst. Fühlst du dich stark genug?" Markus blickte ihn ernst an.

Zum Tod hat Heuchelei keinen Zutritt. Wer stirbt, hat Anspruch auf absolute Ehrlichkeit.

„Nein", antwortete Jojo daher. „Aber ich werde es sein."

Markus lächelte. „Danke", flüsterte er.

***

In der Ecke leuchtete schwach ein Nachtlicht. Die Stille im Raum wurde nur unterbrochen vom schweren Atem des Kranken. Die Neckargemünder Lichter warfen fahle Muster durchs Fenster.

Jojo saß im Sessel an Markus' Bett. Am Nachmittag hatten sie ihn in seine Wohnung gefahren, Jojo war dem Krankenwagen auf seiner Montesa gefolgt. Auf der breiten Neckartangente hinter Schlierbach hatte das Auto plötzlich angehalten und war erst nach einiger Zeit weitergefahren. Später hatte der begleitende Arzt ihm erklärt, dass sie Markus im Rettungswagen ein weiteres Mal hatten defibrillieren müssen.

Als sie Markus in sein eigenes Bett gelegt und sich verabschiedet hatten, schien der Kranke entspannt. Jojo besorgte ihm Wasser und setzte sich dann zu ihm.

„Kannst du dich an die Zeilen erinnern, die ich dir gegeben habe?“, flüsterte der Kranke.

Jojo nickte.

„Ohne Heiterkeit ist alles vergeblich“, zitierte Markus. „Der Tod gehört zum Leben. Trauern und Lachen sind eins. Ich bleibe unter euch. Das wird einigen nicht passen. Das sollte uns beide fröhlich stimmen.“

Jojo fühlte sich in eine irreale Welt versetzt. Träumte er? War dies alles Wirklichkeit? Lachen im Angesicht des Todes?

Sein Freund Markus blickte ihm in die Augen. „Ich merke, du verstehst es nicht. Noch nicht. Eines Tages wirst du darüber lachen, und ich lache mit dir. Lade Freunde ein, trinkt einen auf mich. Und ärgert die Arschlöcher dieser Welt, wie ich es getan habe. Ich werde dabei sein und euch helfen.“ Ihm ging die Luft aus, er musste pausieren und schloss die Augen.

Lachen? Sollte Jojo je wieder lachen können? Eine Zeitlang hatte er überlegt, wie es wäre, könnte er mit Markus tauschen. Doch wäre das nicht egoistisch? Die Hinterbliebenen mit ihrem Schmerz zurückzulassen?

Sein Freund schien eingeschlafen zu sein. Ursprünglich hatte Jojo ein wenig lesen wollen, doch zu viel ging ihm durch den Kopf. Ihm kam alles vor wie eine Halluzination. Wie lange würde er hier ausharren müssen? Er hatte sich der Aufgabe nicht gewachsen gefühlt, doch er konnte nicht vor ihr fliehen. Und nun spürte er, dass er es schaffen würde.

Noch in der Klinik hatte er mit dem Freund besprochen, was im Todesfall zu tun wäre. Markus legte Wert darauf, dass alles nach seinen Wünschen geregelt war, sodass niemand mehr als nötig belastet wurde.

In der Stille des Zimmers kamen Jojo Bilder in Erinnerung, Bilder von Gesprächen an Lagerfeuern, von gemeinsamen Reparaturen an ihren Motorrädern, von Konzerten, die sie miteinander besucht hatten. Einst hatten sich Markus und er zu einem Treffen in den französischen Alpen verabredet, in der Nähe des Galibier-Passes bei Grenoble. Wie üblich waren sie getrennt gefahren, jeder für sich. Und obwohl jeder seine Route selbst gewählt hatte, waren sie zufällig an einer Tankstelle im Jura zusammengetroffen. Beide hatte das nicht verwundert. Ohne Worte war ihnen klar, dass sie als Motorradfahrer ähnlich gestrickt waren. Sie schwammen auf gleicher Wellenlänge.

***

Jojo?"

Etwas berührte ihn an der Hand. Er schrak auf, offenbar war er eingedöst.

Markus hatte ihm seine Hand auf den Arm gelegt. „Jojo, es geht los!"

Jojo stand auf, beugte sich über den Freund und fasste ihn sanft bei beiden Schultern. Im Dämmerlicht des Raums wandte ihm Markus das Gesicht zu. „Mach's … gut“, flüsterte er, bevor sein Kopf zur Seite fiel.

Später hätte Jojo nicht zu sagen gewusst, wie lange er den Freund noch gehalten hatte.

Dreizehn

Ingo Gayher haderte mit sich. Gewiss, was gingen ihn, den Leiter des Zahnradeums Zeiterstadt, die Probleme des Mannheimer TECHNOSEUM an? Er sollte doch lieber froh sein, wenn das Image der Konkurrenz unter zerquetschten Besuchern litt. Und was konnte er dafür, wenn Mathias Cordes seinen Hinweiszettel missdeutete oder ignorierte? Er hatte dem Museum ja sogar den riesigen Wankelkolben aus den USA vermittelt.

Andererseits – es handelte sich um schwere Körperverletzung, vielleicht sogar Mord. Sollte er da weiter verschweigen, was er wusste? Zumal es – der kleine Teufel auf seiner Schulter flüsterte es ihm zu – gegen die Wibelingia ging?

Er suchte nach der Nummer des Mannheimer Polizeipräsidiums, wählte und ließ sich mit Hauptkommissarin Irene Falter verbinden.

„Tut mir leid, Herr – wie war Ihr Name?“, fragte der diensthabende Beamte.

„Gayher.“

„Herr Gayher, heute ist Feiertag. Frau Falter ist nicht im Haus.“

Richtig! Ingo Gayher hatte glatt vergessen, dass an Himmelfahrt nichts los war, sah man von Rotten sturzbetrunkener junger Männer ab, die grölend mit Bollerwagen durch die Wälder zogen und die Umwelt mit sich und ihrem Inhalt kontaminierten.

***

Nein, es ging einfach nicht vorwärts.

Irene Falter saß an ihrem Schreibtisch und schüttelte den Kopf. Karin Schneider, deren Freund von Sicken und die anderen Burschenschafter schwiegen hartnäckig. Udo Varp hatte sich im Mannheimer Uniklinikum ergebnislos die Füße wundgelaufen. Christian Trast hatte den Kollegen in Konstanz angerufen, der jedoch hyperventilierte, unterbrochen von unflätigen Beschimpfungen, gerichtet an zwei viertelintelligente Streifenbeamte, die offenbar im Hintergrund strammgestanden hatten. Auch dort hatte man der Imperia ihr Geheimnis nicht entreißen können – ob boykottiert durch ihren Schöpfer oder aufgrund von Unfähigkeit dortiger Polizisten, war nicht zu klären.

Und nun war auch noch Jojo verschollen. Er meldete sich weder auf dem Festnetzanschluss noch auf seinem Mobiltelefon.

Die Tür ihres Zimmers wurde aufgerissen. Mit hochrotem Kopf stand die junge Polizistin, Schwarm aller Kollegen, im Rahmen und keuchte. „Scheiße!“, stieß sie hervor, als sie wieder halbwegs artikulieren konnte. „Komme Sie nunner! Do is ebbes passiert!“ Sie deutete zum Fußboden.

Irene Falter runzelte die Stirn. „Was ist denn los? Beruhigen Sie ...“ Weiter kam sie nicht.

„Die is gschtorwe!“, unterbrach die Beamtin, stürzte zum Schreibtisch der Kommissarin, griff sie am Handgelenk, zog sie hoch und hinter sich her wie ein widerborstiges Kind.

Auf dem hastigen Weg in den Keller des Präsidiums erfuhr Irene Falter, was vorgefallen war. Die aufgelöste Kollegin hatte am Morgen Karin Schneider, die Freundin des Wibelingia-Häuptlings Maximilian von Sicken, leblos in ihrer Zelle aufgefunden. Irene Falter kam mit ihrer mittlerweile weinenden Kollegin hinzu, als sich der Polizeiarzt gerade von der Toten erhob.

„Wie konnte das passieren?“, fragte sie ihn.

Der zuckte mit den Schultern. „Herzstillstand, wie’s aussieht. Ungewöhnlich in dem Alter.“

Da schallte es von rückwärts: „Hier haben Sie Ihre Mörderin Wienhausens!“

Hinter der Tür schritt Hansjörg Brauko auf die Kommissarin zu, die sich umgedreht hatte.

„Kommen Sie", sprach der LKA-Beamte zu Irene Falter. „Gehen wir auf Ihr Zimmer, dann erkläre ich es Ihnen."

***

Am Besprechungstisch saßen sie sich gegenüber, Kriminalhauptkommissarin Irene Falter und LKA-Ermittler Hansjörg Brauko. Aus seiner Aktenmappe zog er das Phantombild hervor, das nach „Rübe" Frauenschuhs Aussagen von der geheimnisvollen Frau angefertigt worden ist, und legte es der Polizistin vor.

Die sah ihn erschrocken an: „Woher haben Sie …?"

„Ja, woher? Jedenfalls nicht von Ihnen, die Sie schon länger darüber verfügen. Frau Falter, wollten wir nicht zusammenarbeiten?" Er schüttelte bedauernd den Kopf. „Ich kann natürlich verstehen, dass man in Mannheim die Lorbeeren alleine ernten möchte. Doch sollten Sie unsere Stuttgarter Fähigkeiten nicht unterschätzen. Das macht sich schlecht für die Karriere. Und um Ihre Frage zu beantworten: Die Kollegen in Bayern waren so lieb, uns das Bild und den Bericht über Ihren Besuch unaufgefordert zukommen zu lassen." Er schwieg und lehnte sich zurück. Nun war Irene Falter an der Reihe.

Die Kommissarin hatte sich gefasst und konterte. „Das Bild konnten Sie sicherlich mit Ihren Fahndungsfotos abgleichen. Und? Ist Frau Schneider darunter?"

„Nein, das nicht“, musste Brauko zugeben. „Aber Sie haben eine Verdächtige festgenommen, die der Zeichnung doch ähnlich sieht, und uns nicht darüber unterrichtet.“

„Ähnlich?“ Irene Falter verschwieg vorsichtshalber, dass sie selber durchaus gleiche Merkmale gefunden hatte. „Ich kann wenig Ähnlichkeiten feststellen. Und die Tote wird uns ja nun auch nicht weiterhelfen können. Ein spätes Geständnis wäre jetzt unwahrscheinlich.“ Sie erkannte allerdings an Braukos Mimik, dass ihm Ironie derzeit nicht lag. „Darüber hinaus wissen wir erstens nicht, ob uns der Zeuge Frauenschuh ein Fantasiebild geliefert hat, und zweitens, ob die Frau, wenn er sie denn gesehen hat, etwas mit dem Mord an Wienhausen zu tun hatte, sowie drittens, wer sie überhaupt ist, und viertens, ob sie tatsächlich als Mörderin infrage kommt. Hätten wir das LKA in dieser frühen Phase mit Spekulationen behelligen sollen?“

Die Kopfhaut unter dem blonden Igelschnitt des Ermittlers dunkelrötete sich, und er brauste auf. „Könnten Sie die Entscheidungen darüber gefälligst uns überlassen? Was ist denn das für ein Verhalten Kollegen gegenüber?“

„Vergleichbar vielleicht“, antwortete Irene Falter ruhig, „mit Ihrem Verhalten, drei Zeugen in aller Mannheimer Öffentlichkeit festzunehmen, ohne uns zu informieren. Ziemlich dilettantisch festzunehmen, im Übrigen!“

Hansjörg Brauko schnaubte. „Gut, dann sind wir möglicherweise quitt. Doch wie auch immer: Diese Tote in Ihrem Keller ist Wienhausens Mörderin."

„Woher wollen Sie das wissen?"

„Das liegt doch auf der Hand. Eingebunden in die Studentenverbindung durch die Beziehung zu ihrem Freund, getrieben vom Ehrgeiz, dort als Frau anerkannt zu werden, vereint mit denen im Hass auf Homosexuelle, Ausbildung in einem medizinischen Beruf, beschäftigt im Mannheimer Klinikum – was wollen Sie noch mehr?"

„Einen Beweis. Oder zumindest Aussagen der Burschenschafter, die noch bei uns in Gewahrsam sitzen. Zumindest darum werde ich mich jetzt auch kümmern."

„Tun Sie das, wenn Sie wollen." Hansjörg Brauko erhob sich. „Für uns ist die Geschichte jedenfalls abgeschlossen."

Kurz nickten sich beide zu. Kühler hätte ein Abschied unter Kollegen kaum ausfallen können.

Kaum hatte der Stuttgarter Beamte den Raum verlassen, schnarrte Irene Falters Diensttelefon. „Ein Herr Gayher will dich unbedingt sprechen", meinte der Kollege der Telefonzentrale. „Soll ich ihn durchstellen?"

Irene Falter seufzte. „Ja, wenn's schnell geht." Es knackte in der Leitung. „Hauptkommissarin Falter, guten Tag."

„Gayher, Ingo Gayher vom Zahnradeum Zeiterstadt. Frau Falter, ich hätte Aussagen zu dem getöteten Studenten Steffen Wienhausen zu machen."

„Aha. Und die wären?"

„Das eignet sich nicht fürs Telefon. Könnte ich zu Ihnen in die Dienststelle kommen?"

Sie vereinbarten eine Uhrzeit am späten Vormittag.

Die Kommissarin hatte die Hand noch nicht vom aufgelegten Hörer genommen, als der Apparat erneut brummte. Diesmal war es der Polizeiarzt.

„Irene, ich habe mir eure Tote von heute Morgen genauer angesehen. Kannst du mal vorbeikommen?"

„Wo bist du denn?"

„In der Gerichtsmedizin. Ich habe sie zur Obduktion gleich dorthin bringen lassen. Und ihr jugendliches Alter ließ mir keine Ruhe. Aber das zeige ich dir vor Ort."

„Ich bin in einer Viertelstunde bei dir."

***

Was einmal Karin Schneider gewesen war, lag nun auf dem kühlen Edelstahltisch. Links und rechts daneben standen Irene Falter und der Polizeiarzt Doktor Klaus Piper.

„Und was willst du mir jetzt zeigen? Der Pathologe hat ja noch gar keinen Ypsilon-Schnitt angebracht."

„Ich glaube, der wird meinen Verdacht auch nur noch bestätigen“, meinte der erfahrene Mediziner.

„Und der wäre?“

„Das Meinhof-Syndrom.“

„Bitte?“

„Ulrike Meinhof“, dozierte der Arzt, „wurde 1976 in ihrer Zelle in Stuttgart-Stammheim erhängt aufgefunden.“

„Wissen wir.“

„Was wenige wissen: Bei der Obduktion wurde festgestellt, dass sie bereits tot war, als sie aufgehängt wurde.“

„Bereits tot? Aber es gab doch keine Spuren von Gewalteinwirkung?“

„In der Tat nicht. Bis auf ein kleines Hämatom an der linken Halsseite, was durch die Strangulationsmale fast übersehen worden wäre.“

Jetzt zeigte Doktor Piper auf den Hals der Toten vor sich. Irene Falter musste sich bücken und zu der toten Karin Schneider auf Kurzdistanz gehen. Unterhalb des linken Kiefergelenks sah sie, kaum erkennbar, eine Vertiefung in der Haut, etwa in der Größe zweier Fingerkuppen. Fragend sah sie zu dem Arzt hinauf.

„Karotis-Sinus-Reflex.“

„Schön, dass du tote Sprachen beherrschst. Magst du mir das auch übersetzen?“

„Die *Arteria carotis* ist eine Ader, die sich an der linken Halsseite hinaufzieht. Drückt man sie an einer bestimmten Stelle ab, kann man einen Herzstillstand provozieren, wenn das Herz bereits vorgeschädigt ist. Bei medizinischen Untersuchungen wird das auch heute noch hin und wieder vorgenommen. Der Stillstand kann dann, wenn man schnell ist, oft durch einen pr*äk*ordialen Faustschlag wieder behoben werden, und das Herz schlägt weiter. Unterlässt man das, ist der Mensch tot."

„Und du meinst, die Schneider hätte sich eine solche Arterienklemme ohne Widerstand gefallen lassen, ganz abgesehen davon, dass sie allein in ihrer Zelle war?"

„K.-o.-Tropfen?", schlug der Polizeiarzt vor.

***

Sie musste sich beeilen. Der Termin mit diesem Ingo Gayher aus Zeiterstadt war bereits überfällig. Tatsächlich wartete neben dem Anmeldeschalter des Präsidiums ein kleiner älterer Mann auf einem Stuhl, den ihm der diensthabende Kollege hinausgestellt hatte. Mühsam erhob sich Ingo Gayher, um Irene Falter die Hand zu geben. Sie sah, dass er deutlich hinkte. Normalerweise nahm sie aus Fitnessgründen die Treppe zu ihrem Dienstzimmer, doch hier war wohl der Aufzug geboten.

„Na, dann schießen Sie mal los", ermunterte die Kommissarin den Leiter des ZaZ, als sie sich gegenübersaßen.

„Ich bin Alter Herr des Gingwolf", begann Ingo Gayher.

Irene Falter kamen nur zoologische Assoziationen in den Sinn, und so hakte sie sofort nach. „Sie erklären mir das bitte."

Ingo Gayher wirkte zufrieden, dass er die Wissenslücken eines Mitmenschen auffüllen konnte. „Der Gingwolf ist eine alte Studentenverbindung ..."

Oh nein, dachte die Polizistin, nicht schon wieder solche Dumpfbacken mit Schärpe und Arroganz, die Hirn durch Bier ersetzen!

„... in christlicher Tradition. Ich habe mal Theologie studiert, daher trat ich ein."

Es gibt nichts, was es nicht gibt, fuhr es Irene Falter durch den Kopf.

„Wir sind als friedliche Korporation eine nichtschlagende Verbindung und stehen daher in gewissem Gegensatz zu anderen Burschenschaften wie beispielweise der Wibelingia. Dort sind wir nicht sehr wohlgelitten."

Vor dem inneren Auge der Polizistin erschienen Studenten in ihrer Narrenkluft, die gegeneinander fochten – die einen mit Degen, die anderen mit ebenso langen Kruzifixen.

Der ZaZ-Leiter fuhr fort: „Wie auch immer – bei meinen Verbindungen in die USA hatte ich einen riesigen Wankelkolben vor der Verschrottung gerettet. In unserem Zahnradeum würde er sich gut machen, nur hatten wir weder eine passende Fläche in der Ausstellung frei noch hätte ich die teure Fracht nach Deutschland bezahlen können."

Irene Falter wurde klar: Das würde wohl eine längere Erzählung sein. So bat sie den hinkenden Mann: „Einen kleinen Augenblick, Herr Gayher, ich muss nur schnell einem Kollegen etwas durchgeben."

Sie verließ kurz das Zimmer, ging zu Ronellenfitsch hinüber und bat: „Günter, ich habe einen Zeugen mit Sprechdurchfall bei mir sitzen. Könntest du von Sicken und seine Kumpane mit Schneiders Tod konfrontieren? Vielleicht beginnen sie ja jetzt doch zu singen. Ich komme später dazu."

Günter Ronellenfitsch nickte.

„Ach ja, bevor ich's vergesse: Die Schneider wurde ermordet. Behalte das aber noch für dich!" Sprach's und verließ einen verdatterten und maulsperrenden Kommissar. Als sie wieder vor Ingo Gayher saß, nahm der den Faden erneut auf.

„Wo war ich? Ja, bei den Transportkosten für den Kolben. Andererseits besaß das Landesmuseum ein Flugzeugexponat, das ich gegen den Kreiskolben tauschen wollte. Angesichts ihrer großen Wankel-Sammlung gingen sie darauf ein, und ich sparte mir dazu noch die Frachtkosten." Ingo Gayher grinste, was er für verschmitzt hielt.

„Weiter!", drängte Irene Falter.

„Ich hatte seinerzeit mein Theologie-Studium abgebrochen und das Hobby zum Beruf gemacht, das Sammeln historischer Fahrzeuge. Über Veteranenvereine erhielt ich schließlich die Stelle als Geschäftsführer des ZaZ."

„Sie wollten etwas zu Steffen Wienhausen erzählen", erinnerte ihn die Kommissarin.

„Langsam!", wiegelte Ingo Gayher ab. „Sie müssen die ganze Geschichte kennen, um sie beurteilen zu können."

Irene Falter seufzte innerlich und übte sich in Geduld.

„Der Kolben stand schon im LTA und sollte am nächsten Tag der Presse vorgestellt werden. Ich war als Vermittler auch eingeladen und hatte vor, mir bei der Gelegenheit einen Roots-Kompressor auszuleihen, den das TECHNOSEUM ausgestellt und in Unkenntnis seiner Funktion falsch beschriftet hatte. Sie hätten ihn ja doch nicht brauchen können."

„Was ist denn ein Roots-Kompressor?"

„Sehen Sie, Sie wissen's auch nicht. Ein Roots-Kompressor ist ein etwa toastergroßes Bauteil, das früher zum Aufladen hochwertiger Motoren verwendet wurde, also zur Leistungssteigerung."

„Den wollten Sie also stehlen?"

„Ausleihen, wie gesagt. Die hätten ihn ja zurückbekommen. Wenn sie den Verlust überhaupt bemerkt hätten."

„Und? Haben Sie ihn ‚ausgeliehen'?"

„Nein. An dem Tag wären zu viele Menschen herumgestanden. Da kam ich auf die Idee, in der Nacht zuvor das Museum zu besuchen und den Kompressor ..."

„Sie wollten einbrechen?"

„Ach was, einbrechen! Es ging lediglich um eine Ausleihe."

„Ist das Museum nachts nicht gesichert?"

„Doch. Aber beim Aufbau des ZaZ hatten wir mit derselben Sicherheitsfirma zusammengearbeitet, die auch das TECHNOSEUM ausgerüstet hat. Daher wusste ich, wie man die Sicherheitscodes des Alarms und der Schließanlage ausschaltet."

Irene Falter nickte. Langsam wurde es interessant.

„Ich war bereits im Gebäude, als ich Geräusche hörte. Hinter einem großen Exponat ging ich in Deckung und sah, wie drei Männer und eine Frau einen jungen Mann vor sich her schubsten und die Stockwerke absuchten. Der Junge muss Steffen Wienhausen gewesen sein."

„Zufällig zur gleichen Zeit wie Sie? Wissen Sie, dass Sie mir hier eine reichlich absurde Story auftischen und sich selber damit mordverdächtig machen?"

„Mordver...?" Ingo Gayher schluckte und wurde blass. Schließlich brachte er heraus: „Hören Sie mir doch bis zum Ende zu und unterbrechen mich nicht dauernd. Meinen Sie, es fällt mir leicht, hier auszusagen?"

Als Irene Falter eine halbe Stunde später das Vernehmungszimmer betrat, saßen sich drei Männer schweigend gegenüber. Günter Ronellenfitsch betrachtete einen zusammengesunkenen Maximilian von Sicken, der mit hängendem Kopf auf die Tischplatte starrte. Neben ihm saß sein Anwalt, vor sich eine dünne Mappe mit Papieren.

Die Kommissarin grüßte, woraufhin der Anwalt sofort aktiv wurde. „Gut, dass Sie kommen. Das wird jetzt eng für Sie, Frau Falter. In Ihrer Obhut stirbt die Lebensgefährtin meines Mandanten unter mysteriösen Umständen, und nun versuchen Sie, ihn in dieser Ausnahmesituation zu fragwürdigen Aussagen zu bewegen. Sind Ihnen die rechtlichen und öffentlichkeitswirksamen Folgen bewusst?"

Irene Falter setzte sich und blickte dem Juristen in die Augen. „Es ist sogar noch schlimmer. Es spricht einiges dafür, dass Frau Schneider heute Nacht ermordet wurde."

Dem Strafverteidiger verschlug es die Sprache. Maximilian von Sicken hob den Kopf und sah Irene Falter entgeistert an. „Sie hatte ein schwaches Herz", krächzte er. „Die Herzklappe ..."

„Wir haben noch nicht endgültige Gewissheit, aber Sie können sicher sein, dass wir, wenn ein Mord vorliegt, mit aller Schärfe den Täter ermitteln werden. Und wenn es gar ein Kollege sein sollte, erst recht", fügte sie hinzu.

Irene Falter tauschte einen Blick mit Günter Ronellenfitsch und ließ die zweite Bombe platzen. „Herr von Sicken, wir haben einen Zeugen, der Sie in der Nacht gesehen hat, als Sie Steffen Wienhausen im Museum in die laufende Druckmaschine gestoßen haben."

Sofort sprang der Anwalt ein. „Sie bluffen! Wir machen keine Aussagen. Mein Mandant …"

Maximilian von Sicken hatte die Augen aufgerissen und winkte nun ab. „Lassen Sie! Ich werde sagen, wie es war. Jetzt, wo Karin …"

„Wir schweigen! Denken Sie an Ihren Vater!"

„Ja, *Sie* schweigen! Ich nicht mehr!"

Und nun, des Eigengelübdes ledig, plauderte der Student und ergänzte, was Irene Falter vor kurzem bereits von Ingo Gayher gehört hatte.

Ingo Gayher hatte eine glänzende Karriere hinter sich – vom abgebrochenen Theologie-Studenten zum Geschäftsführer des bekanntesten Technik-Museums der Region mit zahlreichen Kontakten ins Ausland. Üblicherweise versammelten sich Burschenschafter mit Technik-Studiengängen in der Wibelingia, und nun schaffte es ein Alter Herr des Gingwolf, in deren Metier einzudringen, zumal der nichtschlagende Gingwolf in Wibelingia-Augen ohnehin eine Verbindung von Weicheiern war.

„Diese Schwulis wagen es, Farben zu tragen!", regte sich von Sicken auf. „Fehlte noch, dass die alle rosa wären."

Ingo Gayher war also der Prototyp des Feindbildes. Und als bekannt wurde, dass ausgerechnet er an den mächtigen Kreiskolben herangekommen war, entschlossen sich die *W!*-Burschen zur Erledigung dreier Fliegen mit einer Klappe: Konnten sie Gayher den Kolben entwenden, so wäre er hinreichend blamiert. Zweitens wäre damit unterstrichen, dass der Wankelmotor eine deutsche Erfindung sei, mit der sich die dekadenten Amerikaner nicht schmücken dürften. Und wenn auch noch die Tunte in ihren eigenen Reihen – der homosexuelle Steffen Wienhausen – die Entführung des deutschen Kolbens bewältigen könnte, so hätte sich der Student immerhin bewährt.

„Der wollte aber nicht", bedauerte der Fuxmajor. „Wir mussten ihn überreden."

„Was hieß, dass Sie ihn zwangen", unterbrach Irene Falter.

„Was heißt schon *Zwang*?", winkte von Sicken ab. „Ich spreche lieber von Pflicht der Verbindung gegenüber dem deutschen Volk."

So folgten sie nächtens dem Wankel-Spender und Roots-Kompressor-Ausleiher ins Museum, den widerstrebenden Wienhausen vor sich hertreibend.

Jetzt, da sich von Sickens Freundin Karin Schneider nicht mehr wehren konnte, war es leicht, die Schuld auf sie zu schieben. Sie habe die Idee zu der Aktion gehabt, und sie sei es gewesen, die voller Zorn Steffen Wienhausen in die laufende Rotationsmaschine habe drücken wollen, zur Strafe, nachdem er sich geweigert habe, den Wankelkolben zu entwenden.

„Wäre das gewaltige Teil nicht ohnehin zu schwer zum Abtransport gewesen?", fragte Günter Ronellenfitsch nach.

„Zu fünft hätten wir das schon geschafft."

„So wie Sie es zu viert schafften, Wienhausen in die laufenden Walzen zu drücken."

„Das sollte ja nur ein Denkzettel sein. Wir konnten doch nicht ahnen, dass der Schlappschwanz gleich in Ohnmacht fällt. Und als wir ihn auch nicht mehr aus der Maschine herausgezogen bekamen, sind wir gegangen."

„Hatten Sie keine Angst, dass Gayher Sie gesehen haben könnte?"

„Der war doch schon getürmt. Wir haben ihn jedenfalls nicht bemerkt."

Von Sickens Anwalt hatte während des Gesprächs geschwiegen, den Kopf in die Hände gestützt und ab und zu geseufzt. Was konnte er auch tun, nachdem sein Mandant sprachsprudelte wie ein Talkshow-Moderator? Da nahm die Vernehmung eine Wendung, die ihm zumindest die Chance zu erneutem Eingreifen bot.

„Sie haben also den hilflosen und verletzten Wienhausen im Museum zurückgelassen", stellte die Kommissarin fest. „Und haben den Denkzettel ein paar Tage später in der Mannheimer Klinik vollendet."

„Nein, das haben wir nicht!", brauste von Sicken auf.

„Sie vielleicht nicht, aber Ihre Freundin, Frau Schneider."

„Unsinn, auch die nicht! Wir waren an dem gesamten Wochenende mit den Motorrädern in unserer Hütte."

„Was wer bezeugen könnte?"

„Alle, die mitgefahren sind, fast zwanzig Mann. Und Karin war auch dabei." Er schluckte und senkte die Augen, als er an seine tote Freundin dachte.

„Das sind natürlich sämtlich glaubhafte Zeugen", stellte Irene Falter sarkastisch fest.

Nun schaltete sich der Anwalt ein. „Ich darf zugeben, Frau Falter", wurde er förmlich, „dass vielleicht ein Anfangsverdacht auf Körperverletzung gegen meinen Mandanten vorliegen könnte. Wobei noch festzustellen wäre, ob er tatsächlich körperlich daran beteiligt war, was ich bezweifle. Und angesichts der Tatsache, dass ein Museumseinbrecher die Tür hinter sich offen ließ, käme der Vorwurf eines Einbruchs gegen meinen Mandanten ebenfalls nicht infrage. Aber für den Verdacht eines Totschlags oder gar Mordes liegen keinerlei Beweise vor, noch nicht einmal Indizien."

Maximilian von Sicken blieb dennoch in Untersuchungshaft.

***

Wie ein Automat hatte Jojo am Himmelfahrtsmorgen den ärztlichen Notdienst verständigt. Die Praxis von Markus' Hausarzt war natürlich am Feiertag geschlossen, sodass der Notarzt den Totenschein ausstellen musste. Gemeinsam warteten sie auf die Kriminalpolizei, die routinemäßig bei plötzlichen Todesfällen anrückte, um eine „äußere Gewalteinwirkung“ auszuschließen, wie es im Juristendeutsch hieß.

Kriminalhauptkommissarin Lene Laubach hatte Bereitschaftsdienst und erschien mit zwei Kollegen. Jojo handelte wie in Trance, die Unterhaltung der Polizisten und des Arztes floss an ihm vorbei. Bald war geklärt, dass es für Ermittlungen und gar Obduktion keinen Anlass gab. Markus Dirkes war an seiner Herzkrankheit gestorben.

Als der Notarzt gegangen war und alle anderen auf die Männer vom Bestattungsinstitut warteten, wurde Jojo aus seiner Apathie aufgeschreckt. Die Worte „Wibelingia“ und „Burschenschaft“ im Gespräch der Polizisten waren in sein Bewusstsein gedrungen. Er wandte sich an Lene Laubach.

Vierzehn

Es war eine gemütliche kleine Pension, in der Claudia Dunkmann beim Frühstück saß. Hunsrück, Eifel und Ardennen waren geologisch äußerst reichhaltige Formationen, und die Vulkanologin hatte für ihre häufigen beruflichen Besuche diese Privatpension zu ihrem Hauptquartier erklärt. Bollendorf lag direkt an der luxemburgischen Grenze, ideal zum Billigtanken im Nachbarland und, obwohl Luftkurort, verschont von touristischer Hektik. Die Wirtin, eine Matrone in den Siebzigern, kümmerte sich rührend um die Motorradfahrerin, die sie als ihre Adoptivtochter betrachtete, da die eigenen Kinder und Enkel weit entfernt lebten.

„Nooch en Aai?", fragte sie, während sie Claudia Dunkmann unaufgefordert Kaffee nachschenkte. Die Vulkanologin schüttelte stumm den Kopf.

„Will'dir eich nedd mat mer ennerhaalen de Mojen?"

Einst hatte ein japanischer Kollege sie gefragt, wie viele Dialekte es in Deutschland gebe – in Japan existierten drei. Claudia Dunkmann hatte gelacht und geantwortet, das sei wohl noch nicht erforscht, sie schätze die Zahl deutscher Idiome auf mehrere hundert. Und zähle man die sprachlichen Eigenarten hinzu, die sich von Dorf zu Dorf unterschieden, ja, manchmal von Straßenseite zu

Straßenseite, so komme man sicherlich auf etliche tausend. Der Kollege aus Nippon hatte sie ungläubig angestarrt und sich schließlich auf den Arm genommen gefühlt.

Als Claudia Dunkmann vor Jahren zum ersten Mal in der Eifel auf einen einheimischen Bauern gestoßen war und eine Unterhaltung begonnen hatte, war diese sehr einseitig und kurz verlaufen. Sie hatte keine Silbe verstanden. Mittlerweile konnte sie immerhin einfachen Sätzen folgen, wenn sie langsam gesprochen wurden. Vergleichbar einem ihrer Bekannten, der als Bolivien-Tourist seinen begrenzten Wortschatz einem Reiseführer entnommen hatte und streng auf Aussprache achtete, nachdem er einmal einen Stoffverkäufer – pañero – mit pajero – was mit Wichser übersetzt werden kann – bezeichnet hatte und daraufhin vom Dorfmarkt gejagt worden war. Mit knapper Not war er entkommen.

„Will'dir eich nedd mat mer ennerhaalen de Mojen?", hatte also ihre Wirtin die redefaule Norddeutsche gefragt. Wollte sie sich unterhalten? Nein, zu viel ging ihr im Kopf herum. Sie lächelte die bekittelschürzte Hausfrau an. „Heute lieber nicht. Ich muss nachdenken."

Die Frau nickte, strich ihr übers Haar und verschwand in der Küche. Sie kannte das – es war noch nicht so lange her, dass ihr Mann gestorben war.

Tatsächlich dachte Claudia Dunkmann über das Erlebnis nach, in das sie im Odenwald hineingefahren war. Es war eine groteske Szene gewesen – der Journalist mit den Füßen an ein Motorrad gefesselt, umgeben von jungen Burschen und einem Mädchen, die zu allem entschlossen schienen. Halt, nein: Einige hatten eher verschüchtert und ängstlich ausgesehen, andere einen eher rauschhaften Gesichtsausdruck gezeigt. Lediglich diese junge Frau und der Kerl auf der Ducati hatten Hass ausgestrahlt. Dass die Polizistin und sie den Studenten gegenüber an Körperkraft krass unterlegen waren, war ihr gar nicht zu Bewusstsein gekommen. Es stimmte schon: War man frei von Angst, hatte man bereits halb gewonnen. Und hätten die Kerle Jojo wirklich zu Tode geschleift, wenn sie beide nicht rechtzeitig aufgetaucht wären?

In ihre Gedanken hinein schnarrte ihr Mobiltelefon.

„Dunkmann?"

„Servus, Claudia! Irene hier." Seit sie gemeinsam knapp zwanzig rechtsgestrickte Studenten festgenommen hatten, waren sie per Du. „Kommst du demnächst nach Mannheim? Wir brauchen noch deine Unterschrift."

Die Geologin überlegte. Sie hatte noch einen Bericht zu schreiben und eine Statistik zu ergänzen. Aber das musste ja nicht in Bollendorf geschehen, sie konnte ebenso gut schon heute aufbrechen. So versprach sie, noch am Nachmittag im Mannheimer Präsidium vorbeizuschauen.

„Weißt du übrigens, was mit Jojo los ist?“, fragte Irene Falter. „Er meldet sich auf keiner Leitung und spielt toter Mann.“

„Keine Ahnung. Er wird sich wohl schämen, allein zu den Rowdies gefahren zu sein.“

„Dazu hätte er allerdings guten Grund“, knurrte die Kommissarin, verschwieg aber vorsichtshalber, dass auch sie mutterseelenallein nach Langenbrombach gefahren wäre, hätte nicht Claudia sie unvorhergesehen begleitet.

Die Geologin brach auf. Die Wirtin steckte ihren Kopf aus der Küchentür. „Mei Gott, mous'dir schun nees goun?“

Claudia warf ihre Übersetzungs-Synapsen an. „Ach Gott“, hätte die Frage auf Hochdeutsch gelautet, „musst du schon wieder aufbrechen?“

„Ja, leider“, antwortete sie. „Aber ich denke, dass ich bald wiederkomme. Es gibt noch einiges zu katalogisieren in Bollendorf und um zu.“

„,Und um zu?“ Die Eifeler Eingeborene blickte verständnislos. Claudia war versehentlich eine norddeutsche Redensart entschlüpft.

„In Bollendorf und Umgebung“, erläuterte sie daher.

Befriedigt nickte die alte Dame. „Eisch haalen iesch dei Koumer frejj.“

„Danke!“ Claudia wusste, dass ihr Zimmer für sie reserviert blieb.

Als sie die Pension verlassen wollte, fiel ihr ein, dass sie noch Ersatz-Zündkerzen benötigte. Hier in der Provinz bekam man sie sicherlich nicht an jeder Ecke. Aber sie konnte sie sich ja schicken lassen. Sie wählte eine Nummer auf ihrem Mobiltelefon.

„Dideluijöh!", quiekte es an ihr Ohr. Kurz darauf gurrte eine Frauenstimme durch den Hörer. „Guten Tag!"

„Dunkmann, guten Tag!", antwortete sie gut erzogen und wollte ihre Bestellung aufgeben. Doch die Dame hatte gar nicht zugehört und einfach weiter geplaudert: „Danke, dass Sie die Nummer von Lumpen-Lalli gewählt haben, dem Express-Versand für Bike-Zubehör und Lifestyle. Wenn Sie eine Frage zu unseren Produkten haben, sagen Sie bitte ‚Produkt'. Wenn Sie eine Reklamation einreichen wollen, sagen Sie bitte ‚Danke sehr'. Wenn Sie unseren Katalog loben möchten, sagen Sie bitte ‚Toll!'. Und wenn Sie eine Bestellung aufgeben möchten, sagen Sie bitte, Order'. *Piep!*"

„Order."

„Ich habe Sie nicht verstanden. *Piep!*"

„Order!"

„Ich habe Sie nicht verstanden. *Piep!*"

„ORDER!"

„Ich habe Sie nicht verstanden. *Piep!*"

„BESTELLUNG, verdammt noch mal!" Mit ihrem Blutdruck hätte Claudia Dunkmann einen LKW-Reifen aufpumpen können.

„Ich habe Sie nicht verstanden. *Piep!*"

„Ja, leck mich doch am Steiß!", brüllte sie in den Hörer.

„Danke! Sie wünschen, mit einem Mitarbeiter verbunden zu werden. Bitte haben Sie einen Moment Geduld."

Den hatte sie nicht. Nicht mehr. Sie wartete dennoch. Sie brauchte doch Zündkerzen! Es ertönte nun Peter Maffay, dem man ohrenscheinlich die Stimmbänder mit Batteriesäure verätzt hatte. Er krächzte etwas wie: „Auf sieben Krücken musst du gehen." Vermutlich hatte also auch sein Restkörper gelitten.

Claudia Dunkmann wartete, ungeachtet der psychischen Schäden, die durch das akustische Waterboarding zu erwarten waren. Bei der vierten Wiederholung des Computer-Maffays brach der Rumäne ab bei „... manchmal wirst du die Asche sein ...", es knackte, und eine tödlich gelangweilte Männerstimme meldete sich.

„Siesindverbundenmitlumpenlallimeinnameistmarcelimmerwegwaskannichfürsietun?"

Kein Computer! Eine lebendige Stimme! Von einem Mann, der offensichtlich, um den Redefluss nicht zu unterbrechen, die Kunst beherrschte, rektal Luft zu holen.

Claudia seufzte auf. „Dunkmann, guten Tag! Ich möchte vier Zündkerzen bestellen, Frosch W6CP."

„Wieistdennihrekundennummer?"

„Bitte?"

Der Mann atmete ein. Immerhin durch den Mund. Langsam und laut sprach er nun, da er seine Gesprächspartnerin offenbar für geistig behindert hielt: „WIE-LAUTET-IHRE-KUNDEN-NUMMER?"

„Äh, ich habe keine."

„Gutdannlegeichsiean."

„Bitte?"

„DANN-NEHME-ICH-IHRE-DATEN-AUF."

Eine Viertelstunde später hatte der Mitarbeiter von Lumpen-Lalli ihren Namen, Adresse, Geburtstag, Geburtsort, Telefonnummer, E-Mail-Adresse, Mädchennamen der Großmutter, Staatsangehörigkeit, Vorstrafen, Bankverbindung, PIN-Codes sowie Lieblingsspeisen eingegeben. Im Gegenzug erhielt sie eine dreiundzwanzigstellige Kundennummer, die sie sich gut merken sollte.

Nun hob sich der Vorhang für den nächsten Akt der Bestellzeremonie. „WAS-HÄTTEN-SIE-DENN-GERNE?"

„Vier Zündkerzen, Frosch W6CP."

„FAHRZEUGMARKE?"

„Laverda."

„WIE?"

„Laverda. Wie ‚Gerda', nur mit Lava. Ein italienischer Hersteller."

„KENN-ICH-NICHT. SAGEN-SIE-MIR-DIE-TYPSCHLÜSSELNUMMER. STEHT-IM-FAHRZEUGSCHEIN."

„Das ist ein Rückimport. Die Schlüsselnummer ist genullt“, versuchte Claudia dem Fahrzeugfachmann zu erklären und fuhr fort. „Sie brauchen diese Daten aber doch gar nicht. Schicken Sie mir einfach vier Frosch-Zündkerzen mit der Kennung W6CP.“

„Dasgehtnicht.“

„Warum denn nicht?“

„Ich benötige den Fahrzeugtyp.“ Der Mann konnte plötzlich normal sprechen. „Sie wollen doch die richtigen Kerzen für Ihr Motorrad haben. Sonst geht der Motor kaputt.“

„Das SIND die richtigen Kerzen!“

„Ja, das meinen viele. Und hinterher gibt es lange Gesichter.“

Ihr Gesicht wurde nicht lang, dafür die Halsschlagader dick. „Vier Zündkerzen!“, schrie sie. „Frosch W6CP! Handeln Sie mit Unterhosen? Ich übernehme die volle Verantwortung für die Gesundheit meines Motors!“

Es knackte in der Leitung. Herr Immerweg war entschwunden. Stattdessen hatte sie wieder Frau Prozessorstimme am Apparat: „Sehr geehrter Kunde! Vielen Dank für Ihren Anruf bei Lumpen-Lalli, dem Express-Versand für Bike-Zubehör und Lifestyle. Wir freuen uns über Ihre Zufriedenheit und wünschen Ihnen eine gute Fahrt. Tüüt – tüüt … “

Claudia überlegte, die eins-eins-null zu wählen. Doch womöglich würde es auch dort heißen: „Guten Tag! Danke, dass Sie die Nummer der Notrufzentrale gewählt haben. Wenn Sie einen Herzanfall melden möchten, drücken Sie bitte die 4 ..."

Gut, die Kerzen würden bis Mannheim durchhalten. Und dort müsste sich doch ein Laden finden lassen, dessen Verkäufer geistig heller waren als ein Teelicht ohne Docht. Sie verabschiedete sich, verstaute die Gepäckrolle auf ihrer violetten Italienerin und ließ das Motorrad die Straße hinabrollen, bevor sie den Motor startete. Sie musste ja nicht gleich die gesamte Eifel aufwecken.

***

Es war Mittagszeit, als Claudia Dunkmann Idar-Oberstein erreichte. Regen hatte eingesetzt, ein Wetter, das Motorradfahrer nicht gerade mit Jubelschreien begrüßen. Natürlich hätte sie ihre Laverda einfach auf die Autobahn stellen können, aber das war selbst in der Eifel mit nur wenig Spaß verbunden. Und Dauervollgas vertrug die betagte Maschine ohnehin nicht. Irene Falter hatte berichtet, dass sie jetzt am Wochenende Bereitschaftsdienst hatte, und auch über die Landstraßen würde Claudia rechtzeitig in Mannheim sein, um die Kommissarin noch vor Feierabend im Präsidium zu erwischen.

Die Edelsteinstädte Idar und Oberstein, einst zur Doppelstadt zusammengelegt, liegen am Hunsrück-Fluss Nahe, der sich zwischen ihnen hindurchwindet. Das Tal hatten technokratische Kommunalpolitiker in den 1980er Jahren seiner Idylle beraubt, indem sie den Fluss mit einer Betondecke verschließen ließen, um den Verkehr der Bundesstraße 41 darüber zu jagen. Immerhin gewann die Stadt daraufhin 1988 einen ersten Preis: beim „Wettbewerb um die konsequenteste Verschandelung eines historischen Stadtbildes".

Schon lange hatte sich Claudia Dunkmann vorgenommen, sich einmal die berühmte Felsenkirche der Stadt anzuschauen. Dies war die Gelegenheit, zumal das Gebäude bei diesem Wetter zeitweilige Trockenheit versprach. Die Kirche aus dem fünfzehnten Jahrhundert schmiegt sich in einen gewaltigen Felsen und thront über Oberstein. Über einen Tunnel gelangt man hinein.

Auf dem Rückweg wurde die Vulkanologin reichlich mit Adrenalin und Magensäure versorgt: An einer roten Ampel konnte sie durch die Heckscheibe des Vordermanns beobachten, wie der Fahrer sich in der Nase bohrte. Plötzlich und unerwartet sprang das Licht auf Rot-Gelb, was Freund Breitarsch aber nicht registrierte, da er vermutlich gerade mit Werbung aus dem Autoradio beschäftigt war.

Nach zwei Minuten Grün wagten Claudia und etliche Fahrzeuge hinter ihr ein erstes zaghaftes Gehupe. Doch der Opel-Fahrer schien stocktaub. Schon waren die Leute kurz davor auszusteigen und nach Panzerfäusten im Kofferraum zu suchen.

Nach der achten Grünphase wachte der Fahrer schließlich auf, suchte den Ganghebel im gesamten Auto, fand ihn endlich und legte den Vierten ein. Unbeeindruckt wechselte derweil die Lichtorgel die Farben. Claudia Dunkmanns Vordermann ließ die Kupplung schnalzen, woraufhin seine Rüsselsheimer Autosimulation in die Kreuzung hüpfte, wo sie mangels Drehmoments verröchelte. Nun war Platz, und unter Missachtung sämtlichen Gegen- und Querverkehrs ließ Claudia ihr Motorrad an der vierrädrigen Katastrophe vorbeiheulen.

Angesichts solcher und ähnlicher Situationen hatten sich einige deutsche Verwaltungshengste in einem ausnahmsweise lichten Moment des Kreisverkehrs erinnert. Die herrlich großen Roundabouts in Großbritannien und Frankreich halten seit Jahrzehnten den Verkehr flüssig, und auch in Bundesdeutschland gab es sie zuhauf, bis sie Anfang der 1970er durch die achtzehnfache Anzahl von Ampeln ersetzt wurden, so dass bei deren Herstellern die Sektkorken knallten. Nun also wurden wieder Kreisel gebaut, allerdings so winzig, dass Sattelschlepper fünf Gelenke in ihre Auflieger montieren mussten, damit sie drum herum kamen.

Claudia Dunkmann war indes froh, auf freier Strecke die vierrädrigen Schnarchnasen wieder hinter sich lassen zu können.

***

Jojo duckte sich tief hinter das kleine Windschild und verlangte dem betagten Zweizylinder alle achtzig Pferde ab. Doch so schnell sie auch galoppierten, so musste er doch vor Rechtskurven den Quirl zurückdrehen: Ein Motorradgespann lässt sich nicht in die Schräglage zwingen, und der leichte Enduro-Seitenwagen verliert ohnehin schnell den Bodenkontakt. Nur gut, dass der Beiwagen mit dem Freund besetzt war, der wusste, auf welche Seite er turnen musste.

Jojo hatte allen Grund zur Eile. Die Frau, die ihn verfolgte, schien ihr Motorrad, eine geduckte Sportmaschine, souverän zu beherrschen. Sie wollte Jojo stoppen und ihn zum Schweigen bringen. Wie sie es bereits mit anderen getan hat.

Eine scharfe Linkskurve. Der Freund warf sich auf den Gepäckträger der Maschine, und Jojo lehnte sich weit links hinaus. Das Beiwagenrad wimmerte, das Motorradheck wurde gefährlich leicht. Auf der Geraden riss Jojo das Gas wieder auf. Die Bäume des Wäldchens links und rechts flogen vorbei. Die Frau hinter ihm setzte zum Überholen an. Doch auf der schmalen Straße wurde dies durch etliche entgegenkommende Autos verhindert.

Wie sollte ein Gespann auch ein Solomotorrad abhängen? Wenn doch Winter wäre und Glatteis, dachte Jojo verzweifelt, dann hätte die Verfolgerin keine Chance.

Weit vorne fuhr ein gewaltiger Traktor mit angehängter Egge. Im Vergleich zu den beiden rasenden Maschinen schien er zu stehen. Jojo wusste, dass er abbremsen müsste. Das wäre das Ende. Da tat sich eine Lücke im Gegenverkehr auf. Jojo riss das Gespann nach links hinüber, am Trecker vorbei. Das nächste Auto gab ihm ärgerlich Lichthupe. Schon lehnte sich sein Beifahrer nach rechts hinaus, und direkt vor der Landmaschine wechselte Jojo wieder auf die rechte Spur. Der Gegenverkehr schoss um Millimeter an ihm entlang, begleitet von wütendem Gehupe und unflätigen Gesten des Fahrers. Doch die Verfolgerin musste zunächst hinter dem Traktor bleiben.

Da kam schräg rechts ein kleiner Waldweg in Sicht. Ein kurzer Blick zum Freund, und Jojo prügelte das Gespann in das Dickicht hinein. Wenn das Glück mit ihm sein sollte, hätte der Traktor die Aktion verdeckt.

Jojo ließ das Gas stehen. Der Waldweg wurde morastig, in einer Matschfontäne schleuderte das Hinterrad Erdklumpen empor, Jojo stand in den Rasten. Und auch der Freund hat sich im Enduro-Beiwagen erhoben und federte die Stöße mit den Knien ab.

Selbst wenn die Frau das Manöver erkannt hat – in dieser Pampe hat sie mit ihrem Joghurtbecher keine Chance.

Jojo wollte aufatmen. Doch da kam rechts zwischen den Bäumen seine eigene Montesa hervor und stellte sich ihm in den Weg. Wer saß darauf?

War es Maximilian von Sicken, der Häuptling vom Fähnlein Fieselschweif? Er grinste Jojo entgegen, während dieser notgedrungen das Gespann zum Stillstand abbremsen musste. Sein Puls stieg. Er blickte zum Freund im Beiwagen hinüber. Der schaute mit großen erstaunten Augen zurück.

„Was?", schrie Jojo ihn an. „Du bist doch tot!" Er wollte von der Maschine steigen, doch er konnte die Beine nicht bewegen.

Du bist doch tooot! Der Schrei gellte noch nach, als Jojo schlagartig erwachte. Seine Füße hatten sich in der Bettdecke verheddert, sein Puls raste, er war schweißnass. Wie eingebrannt stand ihm das Bild von Markus' Gesicht vor Augen. Er starrte die Zimmerdecke an und versuchte sich zu beruhigen.

Wie lange noch würde ihn der verstorbene Freund verfolgen? Verfolgen? „Ich bleibe unter euch. Das sollte uns beide fröhlich stimmen", hatte Markus gesagt. Ja, das war es: Nicht ein gespenstischer Schrecken sollte von der Erinnerung ausgehen, sondern ein gutes Gefühl der Gemeinsamkeit. Ich nehme ihn mit, dachte Jojo. Er bleibt bei uns.

Träume lassen Gefühle zurück, auch wenn man sich nicht mehr an die Inhalte erinnern kann. Noch hatte die Angst Jojo fest in den Krallen. Angst, einer Gefahr ohnmächtig ausgeliefert zu sein. Einer menschengemachten Gefahr. Sind das die Spätfolgen der Gewalt durch die Burschenschafter? Hatte die knapp verhinderte Schleifaktion doch tiefere Spuren hinterlassen, als es Jojo zunächst wahrhaben wollte?

Er stand auf und bereitete sich zum Frühstück einen Espresso. In seinem Häuschen fühlte sich Jojo geborgen. Er wollte der Angst nicht die Initiative überlassen, wollte ebenso wenig im See seiner Trauer ertrinken. Er nahm vor seinem Computer Platz und begann mit Arbeiten, die er bereits seit langem vor sich hergeschoben hatte. Als es noch keine Digitalfotografie gab, hatten die Zeitschriftenredaktionen regelmäßig auf Dias bestanden. Die gehörten nun digitalisiert und archiviert. Jojo warf den Scanner an.

***

Die Unterschrift war schnell erledigt.

„Hat sich Jojo bei dir gemeldet?"

„Nein", meinte Irene Falter. „Er schweigt. Wie übrigens auch die Freundin des Burschenschafters."

„Verstockt, was?"

„Nein. Tot." Die Kommissarin berichtete Claudia Dunkmann, dass Karin Schneider in ihrer Zelle verstorben war. Den Mordverdacht allerdings ließ sie unerwähnt.

Claudia Dunkmann hielt sich nicht lange bei ihrer Verblüffung auf. Sie grübelte eher über Jojos Verschwinden nach. „Wo könnte er denn stecken?"

Irene Falter zuckte mit den Schultern. „Was weiß ich? Er ist ein erwachsener Mann und muss sich nicht bei uns abmelden." Insgeheim nagte es jedoch an ihr, dass es aussah, als habe der Journalist den Kontakt zu ihr abgebrochen. Und das, nachdem sie ihn aus den Fängen der Studenten befreit hatte – zugegeben: gemeinsam mit Claudia – und nachdem sie bisher gemeinsam an dem Wienhausen-Fall gearbeitet hatten. Männer, dachte sie. Kriegen das Maul nicht auf und verschwinden ohne Abschiedsgruß! Nun gut, sie hatte Jojo ein paar Mal zusammengestaucht. Doch das war schließlich mehr als gerechtfertigt gewesen, kein Grund, jetzt die beleidigte Weißwurst zu spielen. Bei der Erinnerung an das schlabbrige Weichteil auf Jojos Teller musste sie lächeln.

Sie fasste einen Entschluss. „Komm, wir suchen ihn jetzt!"

Claudia Dunkmann sah erstaunt auf: „Hast du nicht noch Dienst?"

„Einen verschwundenen Zeugen aufzusuchen, ist durchaus Dienstzeit", wurde sie von der grinsenden Irene Falter belehrt. „Mein Kollege hält hier die Stellung, und ich bin jederzeit mobil zu erreichen."

Die beiden Frauen sattelten ihre Motorräder. Mit verhaltenem Blubbern nahm Irene Falters Moto 6.5 auf Knopfdruck die Arbeit auf, was kurz darauf unterging im infernalischen Gebrüll aus den Laverda-Lafranconis. Die Polizistin fuhr voraus. Wo könnte der verschollene Journalist stecken? Sie erinnerte sich, dass Jojo von einem kranken

Freund erzählt hatte, den er häufig in der Heidelberger Uniklinik besuchte. Es hatte wohl keinen Zweck, per Telefon in dem Riesenladen nach Jojo zu suchen, das musste persönlich geschehen. Irene Falter und Claudia Dunkmann fuhren auf die kurze Autobahn A656, die Mannheim und Heidelberg verbindet.

Erstaunlich schnell fanden die beiden Frauen Markus Dirkes' ehemalige Station.

„Sind Sie Angehörige von Herrn Dirkes?", fragte der Arzt.

„Nein, wir suchen eher seinen Freund, Herrn Jordan."

Der Arzt zögerte und entschied sich für seine Schweigepflicht. Nur das Nötigste durfte er ausplaudern. „Herr Dirkes ist nicht mehr bei uns. Und wo sich Herr Jordan aufhält, kann ich nicht sagen."

„Wo wohnt denn Herr Dirkes?"

„Das darf ich Ihnen nicht sagen. Ich kann Ihnen aber versichern, dass er dort nicht anzutreffen sein wird." Der Arzt sah plötzlich sehr müde aus.

Vor der Klinik berieten sich die beiden Frauen. „Wollen wir es im Museum in Mannheim versuchen?", schlug Irene Falter vor.

„Eher unwahrscheinlich. Was sollte er jetzt dort noch?"

„Dann lass uns zu ihm nach Hause fahren."

„Obwohl er sich dort telefonisch nicht meldet?"

„Hast du eine bessere Idee?"

Nein, die hatte Claudia Dunkmann in der Tat nicht.

Erneut hatte es angefangen zu nieseln. Obwohl es Samstagnachmittag war, staute sich der Verkehr durch Handschuhsheim nach Norden hinaus. Die Frauen mussten aufpassen, dass sie mit ihren Motorrädern nicht auf die glitschigen Straßenbahnschienen kamen, sie zumindest in stumpfem Winkel überquerten. Erst am Ortsende Heidelbergs trennten sich die Gleise von der Straße. Irene Falter hatte kurz daran gedacht, statt der Bundesstraße 3 die parallele Autobahn A5 zu nehmen. Doch die wurde wie so oft mit Baustellen zugewürgt, dass es dort eher noch langsamer zuging. Auf der B3 von unzähligen Ampeln und zuckelnden Schlaftabletten genervt, bog der Zitronenfalter kurzentschlossen in Schriesheim rechts ab in den Odenwald. Das würde zwar ein Umweg sein, doch wenigstens einer mit Spaßfaktor, der sich durch die Hügel, Wälder und Wiesen des Mittelgebirges schlängelte.

***

Brrr-klack! Brrr-klack! Der Diascanner rasselte vor sich hin, schob die Magazine vor und füllte die Festplatte von Jojos Computer. Das Digitalisieren ging ihm schnell von der Hand, doch die Archivierung erforderte System. Themengebiete mussten angelegt und Stichworte vergeben werden, Datum, Ort und Anlass waren einzutragen.

Viele unorganisierte Zeitgenossen glaubten, die Anschaffung eines PCs bringe Ordnung in ihr Leben. Doch die Elektronik war immer nur so gut wie ihr Anwender. Wer ständig Hausschlüssel und Telefon suchte, wessen Wohnung und Garage mit unaufgeräumtem Krempel überquoll, der brachte auch in seine Dateien keine Ordnung.

Jojo hatte sich im zarten Alter von zwölf Jahren entschlossen, seinen Alltag zu systematisieren, weil er es leid war, die Hälfte des Tages mit Sucherei zu vergeuden. Natürlich besaß dies auch Nachteile. Hatte ein Besucher beispielsweise einmal ein Buch zur Hand genommen und es nicht an der gleichen Stelle, sondern drei Bücher weiter links zurückgestellt, fand es der Journalist nicht mehr.

Seine Lieblingswerkstatt, die Küche, hielt er penibel aufgeräumt und geputzt. Wenn ihm Freunde beim Kochen halfen, drehte Jojo fast durch, weil sie Küchengeräte herumstehen ließen, die Arbeitsplatte vollmüllten, falsche Messer benutzten, die Schubladen offenstehen ließen oder die Gewürzgläser mit dem Etikett nach hinten zurückstellten, sodass man nicht mehr lesen konnte, welchen Inhalt sie hatten. Bevor es zu körperlicher Gewalt kam, scheuchte Jojo daher den Besuch lieber ins Esszimmer und kochte alleine weiter. Was meistens, das musste man zugeben, dann auch schneller gelang.

Diese Eigenschaften hatten Jojo bei Freund und Feind den Ruf der Pedanterie eingebracht. Allerdings fühlte er sich dadurch nicht beleidigt. Er legte Wert auf seine Systematisierung und deren Vorteile. War er dadurch ein Pedant, dann war er es gerne. Dass damit seine Chancen beim anderen Geschlecht drastisch sanken, nahm er in Kauf. Ja, im Grunde hegte er eine stille Zufriedenheit, dass ihm keine Frau Chaos ins Leben brachte.

Es klopfte an sein Fenster, was ihn zusammenschrecken ließ. Irene Falter und Claudia Dunkmann blinzelten herein und begehrten Einlass.

„Hallo, Robinson!“, begrüßte ihn die Geologin.

„Ich würde dir einen Bunker empfehlen, wenn du nichts von der Welt sehen willst“, schloss sich Irene Falter ihr an.

Jojo bat um Entschuldigung, dass er Telefon und Hausklingel abgestellt hatte.

„Spielst du ‚Toter Mann‘?“, wollte der Zitronenfalter wissen.

„‚Tot‘ kommt hin“, antwortete Jojo leise. „Mein Freund Markus ist gestorben.“

Bis zur Hüfte ins Fettnäpfchen, dachte die Polizistin und schämte sich. Nun war es an ihr, um Entschuldigung zu bitten.

Jojo winkte ab. „Schon gut! Ich will sowieso nicht zu Hause hocken und im Elend versinken.“ Er berichtete von seinem Gespräch mit der Kommissarin Lene Laubach. „Ich hatte den Eindruck, dass sie einen Verdacht gegen eine ehemalige Mitarbeiterin Leibrands hegte, die heute in Maisbach wohnt.

Arno Leibrand war übrigens vermutlich schwul und hatte ein Verhältnis mit Steffen Wienhausen. Und irgendwie muss er eine Lösung dafür gefunden haben, dass man die Temperatur von über dreihundert Grad flüssigen Natriums für längere Zeit isolieren und halten kann."

Claudia hatte mit wachsendem Interesse zugehört. „Vakuum?", schlug sie vor.

„Nein, das lässt Hitzestrahlung durch. Es muss ein Material geben, das die Strahlung abschottet und außerdem eine extrem geringe Wärmeleitfähigkeit besitzt."

„Das gibt es allerdings", nickte die Vulkanologin. „In den USA. Militärforschung. Streng geheim. Ich habe dir doch davon erzählt."

„Und wie hätte Leibrand darankommen sollen?", fragte Irene Falter. Und gab sich gleich selbst die Antwort: „Hatte Wienhausen nicht in den USA studiert?"

„Ja", erinnerte sich Jojo. „Ein paar Praktikums-Semester. Bei einem Unternehmen namens ..." – er suchte in seinen Unterlagen – „... *United Tecceram* in San Diego. Sein Vater hat davon berichtet. Meinst du, der Student hätte demnach seinem Freund Leibrand das hochgeheime Material besorgt?"

„Möglich wäre das", gab Irene Falter zu. „Aber wo ist die Verbindung zu seiner Ermordung?"

„Es sieht nach dieser Burschenschafter-Freundin aus", vermutete Jojo. „Undeutsches Material in deutschen Händen – das musste unterbunden werden."

„Karin Schneider kann nichts mehr unterbinden", warf die Kommissarin ein. „Sie wurde vermutlich ermordet."

„Ermordet?", kam es im Duett von Claudia und Jojo.

Irene Falter berichtete. Schließlich fügte sie an: „Das Landeskriminalamt hält den Fall übrigens für abgeschlossen. Die Schneider sei die Mörderin und nun nicht mehr zu belangen. Und ihr Tod sei auf natürliche Weise eingetreten – Herzversagen."

„Und ihr?", wollte Jojo wissen. „Klappt ihr in Mannheim auch die Akte zu?"

„Das wird sicherlich passieren, wenn wir in nächster Zeit nicht auf neue Spuren stoßen", erwiderte Irene resigniert. „Ich muss dir übrigens noch etwas zurückgeben", wechselte sie das Thema und zog aus ihrer Jackentasche eine Speicherkarte heraus. „Deine Bilder von Wienhausen in der Druckmaschine."

„Richtig!" Jojo erinnerte sich. „Ich habe die Fotos zwar gespeichert, aber sie noch gar nicht angeschaut." Da er ohnehin beim Archivieren war, steckte er die Karte in seinen PC und las sie aus.

Claudia Dunkmann schaute neugierig auf den Monitor, wo nun Museumsbesucher und mitarbeiter zu sehen waren, die aufgeregt um ein riesiges Räderwerk herumstanden, in dem sich Feuerwehrleute und ein Arzt an dem bewusstlosen Wienhausen zu schaffen machten. Irene Falter kannte die

Bilder zur Genüge und schaute sich stattdessen in Jojos Arbeitszimmer um.

Die Bilder auf dem Monitor wechselten. Plötzlich änderte sich die Szene. Museumsdirektor Suhlmayrli gab einer jungen Frau die Hand.

Jojo schrie auf. „Die Imperia!"

Irene Falter fuhr herum. Tatsächlich: Die Dame Stabesaß verblüffende Ähnlichkeit sowohl mit der Statue von Peter Lenk als auch mit dem Phantombild des Junkies Frauenschuh.

Aufgeregt klickte Jojo weiter. Nun war die Frau allein zu sehen. Kein Zweifel – das war sie. „Das sind die Bilder von der Übergabe des Wankelkolbens", erklärte er. Wieder wühlte er in seinen Aufzeichnungen. „Cheryl McClone, Vertreterin des USA-Konsulats."

Jojo und Irene Falter schauten sich an. Beiden war klar, was das bedeutete: diplomatische Verwicklungen.

***

Jojo hatte sich Gehörstöpsel in die Ohren gestopft. Auf seiner Montesa fuhr er hinter Claudia Dunkmanns Brüllrad her und wollte auf geplatzte Trommelfelle verzichten. Die Vulkanologin strebte zurück in die Eifel, und Jojo hatte angeboten, sie zu begleiten.

Irene Falter war schnurstracks in ihr Mannheimer Präsidium zurückgefahren, um alle beteiligten Ermittler zusammenzutrommeln. Es musste besprochen werden, wie sie in dem komplizierten Fall vorzugehen hatten. Sie konnten ja diese Cheryl McClone als US-amerikanische Staatsbürgerin nicht einfach vorladen.

„Jojo“, hatte sie zuvor dem Journalisten eingeschärft, „du hältst dich nun heraus! Und zwar viel herauser als bisher! Da müssen jetzt alle möglichen staatlichen Stellen eingeschaltet werden, damit es keine internationalen Verstimmungen gibt.“

„Keine Angst“, hatte Jojo geantwortet. „Ich schaue mir mit Claudia die Eifel an. Ist das erlaubt?“

Irene Falter hatte skeptischen Blicks genickt. Am liebsten hätte sie den Alleingänger in Ketten gelegt.

Nun also hatte Jojo Mühe, der Laverda hinterherzukommen. Claudia Dunkmann war zwei Nächte sein Gast gewesen. Am Samstagabend hatte er ***Asparagus in disguise*** serviert – Spargel, verkleidet in Pfannkuchen – in einer Menge, die aus beiden Bäuchen Medizinbälle formte. Am Sonntag hingegen hatte Jojo seine große Pfanne angeschmissen und eine seiner Spezialitäten gebrutzelt – Saures Herz. Er hatte nichts dagegen gehabt, dass ihm die Bekannte beim Kochen half, solange dabei ihre Arbeitsaufgaben und -bereiche streng getrennt waren.

Am Montagmorgen waren sie früh aufgebrochen. Sie hatten verabredet, nicht auf direktem Weg in die Nordeifel zu fahren, sondern einen idyllischen Umweg über Odenwald und Taunus zu wagen. Östlich von Offenbach wollten sie den Main queren und Frankfurt nördlich umfahren. Zugegeben: Jojo hatte nichts davon gesagt, dass er die Route nicht zufällig vorgeschlagen hatte. Eventuell würde es sich ergeben, dass sie einen kleinen Abstecher vornehmen könnten.

Zunächst aber genossen sie seine Lieblingslandschaft, den Odenwald. Er kannte jede Strecke zwischen Heidelberg und Miltenberg, hatte sie hunderte Male befahren. So war er erstaunt, wie das Nordlicht vor ihm zielsicher die Kurven nahm, obwohl sie hier nicht zuhause war. Offenbar war sie so mit ihrem Motorrad vertraut, dass sie sich auch auf fremden Straßen spielend zurechtfand.

Sie fuhren einen weiträumigen Schlenker ins bayerische Amorbach hinüber, die Stadt, die wie viele andere für sich beanspruchte, über die Quelle zu verfügen, an der der sagenhafte Nibelungenheld Siegfried von seinem Gegenspieler Hagen erstochen worden sein sollte. Amorbach jedoch war über achtzig Kilometer von Worms entfernt, eine Strecke, die die Burgunder mit Ochsengespannen nie und nimmer hätten bewältigen können, stand ihnen doch für Hin- und Rückfahrt, glaubte man dem Nibelungenlied, nur ein Nachmittag zur Verfügung.

Im Norden laufen die Hügel des Odenwaldes in die Mainebene aus, die ihn vom Spessart trennt. Die beiden Motorradliebhaber hatten vereinbart, den Moloch Frankfurt östlich und nördlich zu umfahren, um in den Taunus zu gelangen.

Auf der Höhe von Hanau zog sich der Himmel weiter zu, und erneut begann es zu regnen. Das machte die Ende Mai herrschende Kälte nicht gerade angenehmer. Die Laverda setzte den Blinker und bog auf den Parkplatz eines kleinen Cafés ein.

Die beiden Zweiradfahrer saßen sich gegenüber und wärmten die Hände an ihren Cappuccini auf – die schlechtesten südlich der Lofoten, wie sie feststellen mussten. Offenbar waren die Hanauer Kaffeekünste in den 1970er Jahren stehengeblieben, und möglicherweise stammte auch das Surrogat in den Tassen noch aus dieser Zeit. Einen schlecht gerösteten Billigkaffee in Papierfiltern lauwarm zu übergießen, ihn sodann auf Warmhalteplatten einen Tag lang zu Problemmüllessenz einzukochen und ihn, in Tassen eingeschenkt, mit alter Fertigsahne zu überhäufen, verstanden die Randhessen vermutlich unter „italienischem Flair". Um keinen Magendurchbruch zu erleiden, ließen die beiden nach homöopathischen Schlucken den schwarzen, zähflüssigen Inhalt ihrer Tassen stehen und widmeten sich ihren Stücken Erdbeerkuchen, der, das musste zur Ehrenrettung des Cafés erwähnt werden, mit Frische und hervorragender Qualität punktete.

„Deine Honda läuft gut?", begann Claudia Dunkmann ein Gespräch.

„Bitte?" Jojo hatte ganz vergessen, die Ohrstöpsel zu entfernen, holte dies nach und bat seine Bekannte um die Wiederholung der Frage.

„Ich wollte wissen, ob deine Honda keine Pannen kennt."

„Ich besitze keine Honda", antwortete Jojo pikiert. Er griff in die Innentasche seiner Jacke und zog den Fahrzeugschein heraus. „Hier, bitte. ‚Hersteller: Montesa'", las er vor. Dass im alten Montesa-Werk in Spanien mittlerweile Honda produzierte und das einzig Spanische an dem Motorrad war, dass es schneller rostete, als es fuhr, verschwieg er geflissentlich. „Nein", antwortete er schließlich auf Claudia Dunkmanns Frage, „sie läuft problemlos." Doch dann fiel ihm der Aussetzer bei Rosenheim ein, und er berichtete von dem Zündkerzenfaden, der in heutiger Zeit vermutlich so selten auftrat wie ein wahrheitsliebender Politiker.

Sie schauten aus dem Fenster des Cafés, an dem die Regentropfen niederperlten.

„Seit Jahren redet alle Welt von einer angeblichen Klimaerwärmung", schüttelte Jojo den Kopf. „Aber wir frieren uns den Arsch ab. Alles leere Wahlversprechungen!" Er seufzte. „Ich bin auf dem falschen Breitengrad geboren. Nordafrika wäre eher meine Gegend."

„Wie man's nimmt", meinte Claudia Dunkmann trocken. „Da prasseln weniger Regentropfen, dafür umso mehr Bleikugeln. Und Gewitter werden durch Sprengstoff ersetzt."

Die Teller waren leer, und zögernd traten die beiden wieder hinaus ins Graue. Nun fuhr Jojo vorweg. Er hatte die Strecke mit Bedacht gewählt, doch statt Frankfurt großräumig zu umfahren, fädelte er sich ins Nordend ein. In der Gießener Straße begann seine Montesa plötzlich zu stottern und erstarb dann gänzlich. Am rechten Straßenrand rollte er aus, seine Begleiterin hielt hinter ihm.

„Was ist?“, fragte die Vulkanologin, als der Radau ihres Motorrads verklungen war.

Ratlos schaute Jojo zunächst auf seinen Motor und dann in die Runde. „Will nicht mehr“, meinte er knapp. „Vielleicht wieder die Kerze.“

„Da!“ Er zeigte überrascht auf ein Gebäude in der Nähe. „Ist das nicht das US-Konsulat?“

„Sieht so aus.“ Claudia Dunkmann nickte. Vor dem Haus hing eine Flagge der Vereinigten Staaten traurig im montäglichen Nieselregen.

„Könnten wir da nicht gleich mal nach dieser Frau fragen?“, schlug Jojo vor.

„Du meinst die ‚Imperia‘?“ Claudia roch den Braten. „So ein Zufall, dass dein Moped ausgerechnet hier streikt“, sagte sie, spitzbübisch grinsend. „Aber hat dir Irene nicht strikt alle Alleingänge verboten?“

„Ja, was den Fall Wienhausen betrifft. Aber Frau McClone war ja bei der Übergabe des Wankelkolbens dabei, und da muss ich als Journalist natürlich recherchieren.“

„Natürlich, natürlich.“

Mit gezücktem Presseausweis betrat Jojo das US-Konsulat, Claudia Dunkmann im Schlepptau.

Sie kamen nicht weit. Ein Schrank von Mann baute sich vor ihnen auf und fragte nach ihrem Begehr. Jojo erläuterte es ihm. Der Vertreter Uncle Sams bat sie, sich zu setzen und zu warten und griff nach dem Telefonhörer in seinem Pförtnerkasten. Claudia Dunkmann und Jojo versanken in endlos tiefen Sesselpolstern des Foyers und bezweifelten, dass sie diese jemals wieder ohne hydraulische Hilfe würden verlassen können. Besaß nicht Greenpeace einen Kran für gestrandete Wale?

Nach kurzer Zeit kam ein beleibter Mittdreißiger mit Igelschnitt die Treppe herunter, schritt auf die beiden Deutschen zu, bleckte ein makelloses Gebiss und streckte ihnen die Hand entgegen. Tatsächlich gelang es Claudia Dunkmann, sich mit akrobatischer Verrenkung dem umklammernden Fauteuil zu entwinden. Mit beherztem Griff entzog sie auch Jojo dem Fesselsessel, woraufhin beide die begonnene Begrüßung fortsetzen konnten.

Der Journalist berichtete von der Feier im Mannheimer Museum und fragte nach Cheryl McClone. Der Konsulatsmitarbeiter täuschte Nachdenken vor und beschied dann bedauernd, eine Frau dieses Namens sei hier und in weiteren Niederlassungen der US-Botschaft nicht bekannt. Ob es vielleicht eine Mitarbeiterin des wankelkolbenspendenden Unternehmens gewesen sei?

Nein, Jojo war sich sicher, dass die Dame als Konsulatsangestellte vorgestellt worden war. Er zog seine kleine Kamera und zeigte dem übergewichtigen Amerikaner das Bild der Frau.

„Isch bedauere." Er legte sein Gesicht in Falten. „Das muss ein Vörwechslung sein. Isch kann Ihnen nischt – wie sagt man? – weitörhellfen." Mit einer schnellen Bewegung griff er sich einige Tourismus-Broschüren aus der Pförtnerloge und drückte sie den beiden in die Hand. „Wenn Sie möschten unser schöines Land entdecken, Sie sind welcome." Er schüttelte zwei Hände, klopfte beiden auf die Schultern, und sie waren entlassen.

Jojo zuckte die Achseln, als sie wieder vor den Motorrädern standen. „Auf in die Eifel!" Erstaunlicherweise sprang seine Montesa ohne Murren an.

Als die Gießener Straße von Laverda-Gebrüll widerhallte, sah ein Mann im Konsulat mit gekrauster Stirn den entschwindenden Maschinen hinterher.

Fünfzehn

Hat man von Süden aus über Oberursel den Großen Feldberg im Taunus erreicht, an Guckerkurven voller motorradfahrender Puddinghirne vorbei, die darauf warten, dass sich eines von ihnen in die Leitplanken verabschiedet, so geht es von dort hinab ins Weiltal, eine romantische Strecke von Schmitten nach Weilburg. Auf seinen Fahrten von der Bergstraße ins nordhessische Waldeck nahm Jojo diese Route gerne unter die Räder als Alternative zur ätzenden A5 und A45. Die Straße windet sich durch zahlreiche Kurven, was für Motorradwanderer wie Jojo einerseits seine Reize besitzt, andererseits ständiges Bremsen erzwingt, sobald PKWs mit der Geschwindigkeit von Korallenriffen herumgurken. Glücklicherweise saßen am Montagmittag die Fahrer solcher Verkehrshindernisse auf den heimischen Sofas und verdauten Schweinebratenmitsoßeundknödeln.

Umso deutlicher fiel Claudia ein silberner Wagen hinter ihr auf, der mühelos ihre Geschwindigkeit mithielt, doch ihnen immer mit gebührendem Abstand folgte. Die Laverda-Fahrerin kannte das. Angehörs ihrer Schall-und-Rauch-Tüten hatte sich schon mancher Zeitgenosse zurückfallen lassen, da er, gemessen am akustischen Inferno, befürchtete, vor ihm wiederhole sich die Panzerschlacht am Kursker Bogen. Bald jedoch bog das Auto ab.

In Weilmünster mussten sie tanken. Jojo schlug vor, in dem nahe gelegenen Bistro einen Happen zu essen. „Zweimal ***Pommes de terre de la bordel à l'ail***, bitte", bestellte Jojo, woraufhin der Bistrochef offenen Mundes mit „Äääh...?" antwortete. Grinsend übersetzte Jojo: „Kartoffelpuffer! Mit Knoblauchsoße."

Als sie saßen, erkannte Claudia den japanischen Wagen wieder, der nach ihnen in die Tankstelle eingebogen war und dort nun offensichtlich wartete. Auf wen?

„GP – weißt du, woher das Kennzeichen stammt?", fragte sie den Journalisten.

„Göppingen. Das liegt östlich von Stuttgart. Warum fragst du?"

„Das Auto dort draußen. Es folgt uns schon lange."

Jojo erinnerte sich an seinen Traum. Und an den Thüringer Wald. Dort hatte er vor Jahren einmal ein ähnliches Erlebnis gehabt und den Verfolger schließlich abschütteln können, obwohl jener einen schnellen BMW fuhr und er selbst auf einem langsamen Gespann unterwegs war. Heute jedoch waren sie zu zweit. Und auf Solomaschinen unterwegs. Jojo fasste einen Plan und breitete eine Straßenkarte vor seiner Begleiterin aus.

Als sie wieder aufgestiegen und losgefahren waren, konnten sie nach ein paar hundert Metern in den Rückspiegeln sehen, wie der silberne PKW aus der Tankstelle fuhr und ihnen erneut folgte.

Kurz hinter Ernsthausen zweigt scharf rechts ein schmales Sträßchen in den Wald nach Laimbach ab. Jojo fuhr an der unübersichtlichen Einmündung vorbei, aber Claudia Dunkmann ankerte heftig und warf die Laverda nach rechts. Sofort riss sie wieder das Gas auf. Wem von beiden würde nun der Nissan folgen?

Im Rückspiegel konnte der Journalist beobachten, wie der Wagen bei starkem Bremsen schleuderte, sich verschaltete, aber dann in den Abzweig bog und der Geologin hinterherhetzte. Jojo wendete, fuhr zurück zur Abbiegung und ließ die Montesa seinerseits Richtung Laimbach heulen. Der Plan war aufgegangen: Sie hatten den Verfolger nun zwischen sich.

An einem Kieswerk vorbei schlängelt sich die enge Straße empor. In Laimbach folgen zwei scharfe Kurven, bevor es weiter hinaufgeht Richtung Bermbach. Zuvor muss die B456 gekreuzt werden, eine breite Bundesstraße mit schnellem Verkehr. Claudia Dunkmann schoss quer darauf zu, blickte kurz nach links und rechts, ließ das Gas stehen und raste, die Stoppschilder ignorierend, kurz vor einem Passat quer über die Schnellstraße Richtung Bermbach hinunter. Wäre ihr Motorrad nicht so laut gewesen, hätte sie hinter sich wütendes Hupen und schrilles Reifenquietschen hören können, und zwar von acht Rädern: Der Fahrer des Passat hatte mit Adrenalin für Wochen ausgesorgt, und der Lenker des japanischen Verfolgerwagens war mit rauchenden Bremsen vor dem Stoppschild zum Stehen gekommen.

Als Jojo ihn erreichte, war die Bundesstraße wieder frei, der silberne Nissan startete gerade und schoss mit heulendem Motor Claudia Dunkmann hinterher.

Jojo konnte sich nun Zeit lassen, vorausgesetzt, die Vulkanologin verhielt sich so, wie sie es abgesprochen hatten. Der Weiler Bermbach liegt in einer Mulde, das Durchgangssträßchen ist gepflastert und auf dreißig Kilometer pro Stunde begrenzt. Weder Claudia Dunkmann noch ihr Verfolger hielten sich daran. Hinter Bermbach trifft der Weg auf eine breite Landstraße Richtung Braunfels. Doch direkt an dieser Einmündung geht außerdem ein besserer Feldweg nach Philippstein ab.

Als sich Jojo der Kreuzung näherte, sah er schon von weitem, dass seine Bekannte ein paar Meter Richtung Philippstein gefahren war, dann angehalten und ihr Motorrad quergestellt hatte. Der silberne Nissan war ihr gefolgt und stand nun vor der Laverda, die den Weg blockierte. Jojo parkte seinerseits quer hinter dem PKW, dem dadurch keine Fluchtmöglichkeit mehr blieb, wollte er sich nicht in grundlosen Ackerschollen festfahren.

Der Fahrer hatte offenbar nur Augen für die Frau, die jetzt auf ihn zuschritt. Jojo war abgestiegen und griff sich aus dem Tankrucksack seine Tageszeitung. Eine fest zusammengerollte Zeitung hat die Stabilität und Wirkung eines Holzknüppels, wie ihm seine Bekannte, Kriminalhauptkommissarin CélineNautile, einst verraten hatte. Der PKW-Lenker ließ das Türfenster herunter, und Jojo sah von hinten, wie jener einen Arm hinausstreckte. Die Hand hielt eine Pistole, und die war auf Claudia Dunkmann gerichtet. Die wiederum blieb stehen und starrte die Waffe an.

Jojo hatte unbemerkt die Seite des Autos erreicht, hob die Zeitungsrolle und schlug mit aller Kraft dem Fahrer die Pistole aus der Hand, der daraufhin vor Schmerz und Überraschung laut aufschrie.

Schnell kickte Jojo die Waffe weit in den Acker und riss die Fahrertür auf. Ein sonnengebräuntes Gesicht unter blondem Igelschnitt starrte ihn an in einer Mischung aus Angst und Wut.

***

Der Hund war das letzte gewesen, was sie noch gehalten hatte. Letztlich war er elend gestorben, und seine beiden Besitzer hatten ihn im Garten tief vergraben. Der Mann hatte sich rasiert und gewaschen, und seine Partnerin war genauso wenig wiederzuerkennen. Geduscht, frisiert und geschminkt stand sie in einem dunkelgrünen Kostüm vor den gepackten Koffern.

Alles war getan. Die Hühner hatten sie verschenkt, und die Katze würde sich selbst zu helfen wissen. In drei Wochen würde der neue Besitzer des Anwesens auftauchen. Die Schlüssel besaß er bereits.

Sie standen beide an der schmalen Straße und blickten sich nicht um. Maisbach war nur eine Zwischenstation für sie gewesen, nichts verband sie mehr mit dem Ort.

Das Großraumtaxi bog in den Weg und hielt vor ihnen. Sie luden ihr Gepäck ein und ließen sich in die weichen Polster fallen. Langsam rollte der Van an und ließ Maisbach hinter sich. Es war halb fünf Uhr morgens, und das Dorf schlief. Niemand las, was auf den Flanken des Autos geschrieben stand: „Flughafentransfer Frankfurt".

„Kreizhimmeldunnerwedderhundsverregg!" Der Zitronenfalter war mal wieder geladen. Schon am Samstagnachmittag hatte sie versucht, politische Entscheidungsträger zu erreichen. Wenn es einen Bürger des Großen Bruders betraf – in diesem Fall eine Bürgerin –, musste die Politik eingebunden werden, wenn nicht ein Tsunami von Degradierungen und Versetzungen über das Mannheimer Polizeipräsidium hereinbrechen sollte. Doch sämtliche hochbezahlten Nasen sowohl in Stuttgart als auch in Wiesbaden und Berlin hatten sich offenbar bereits am Donnerstagabend ins Wochenende verabschiedet. Wie hatte neulich der Finanzminister gewettert, durch dessen Hände einst eine sechsstellige illegale Parteispende lief? „Wir leben alle über unsere Verhältnisse."

Irene Falter nickte verbittert. Ja, dachte sie, vor allem diese Heuchelbolde leben über unsere Verhältnisse!

So hatte sie zwar für den Sonntag alle am Wienhausen-Fall beteiligten Kolleginnen und Kollegen zusammengetrommelt, doch was praktische Maßnahmen bezüglich Frau Cheryl McClone betraf, waren sie zu Untätigkeit verdammt. Auch ein junger Mannheimer Staatsanwalt, der den ungeliebten Wochenenddienst versah, bat sie, bis Montag zu warten, da ihn die Geschichte überforderte. Ebenso wenig war Hansjörg Brauko in Stuttgart zu erreichen.

Immerhin hatten sie auf diese Weise Gelegenheit, Vorgehen und Argumente abzustimmen, wenn denn am Montag die Immunitätsträger aus den Betten ihrer Geliebten gekrochen sein sollten.

Pünktlich um elf Uhr am Montag, dem einundzwanzigsten Mai, hatten sich alle im Konferenzsaal des Präsidiums versammelt: Irene Falter, Günter Ronellenfitsch, Svenja Weber, Ralf Milten, Udo Varp und Christian Trast. Wer fehlte, waren die Wichtigherren und Wichtigdamen aus Berlin und Stuttgart, obwohl sie ihr Kommen zugesagt hatten.

„Also nochmals zu unserer einheitlichen Argumentation", begann Irene Falter. „Wir möchten Frau Cheryl McClone weder vorladen noch gar festnehmen, sondern lediglich befragen, gerne im Frankfurter US-Konsulat, und gerne im Beisein ihrer dortigen Vorgesetzten. Dieser unser Wunsch sollte aber von einem hohen Beamten aus Berlin vorgetragen werden, am besten von einem Staatssekretär."

„Und wenn sich niemand findet, der sich auf das glatte Parkett wagen möchte?", warf Ralf Milten ein.

„Dann sind uns die Hände gebunden. Aber immerhin geht es um den Mord an einem Verbindungsbruder der Wibelingia, und von denen sitzen ja einige ‚Alte Herren' an Schalthebeln in Stuttgart und Berlin. Da sollte uns deren Loyalität einmal von Vorteil sein."

„Und wenn das LKA darauf besteht, dass der Fall abgeschlossen sei?", gab Svenja Weber zu bedenken.

„Dann müssen wir schweres Geschütz auffahren: den Pathologie-Befund, dass Frau Schneider ermordet wurde."

Bei Irene Falters letzten Worten war die Tür zum Konferenzraum aufgestoßen worden, und es erschienen mehrere Herren, beschlipst und in dunklen Anzügen, begleitet von servilen Kofferträgern.

„Wer wurde ermordet?", griff ein Mittfünfziger mit spärlichem Haarkranz Irene Falters Worte auf.

„Auch Ihnen einen guten Tag!", antwortete Günter Ronellenfitsch, der sich über das ungehobelte Benehmen der Männer ärgerte, die es offensichtlich nicht für nötig befanden, zu grüßen und sich vorzustellen.

Die versammelte Arroganz aus der Hauptstadt nahm Platz und orderte zu allererst Kaffee. Danach ließ sich der Wortführer zum eigentlichen Gespräch herab: „Was gibt es denn so Wichtiges, dass wir Hals über Kopf in diesem ... äh ..."

Er blickte seinen Vasallen an, der ihm zuraunte: „Mannheim!"

„... in diesem Mannheim erscheinen sollen?"

Addierte man die Blutdrücke der anwesenden Polizistinnen und Polizisten, so wäre man locker auf eine vierstellige Zahl gekommen. Und dieses Gesindel regiert uns, dachte Udo Varp und grub als Übersprungshandlung in seinen Akten, um nicht aufzuspringen und den Analgesichtern mittels ihrer Schlipse die Halsschlagadern abzuklemmen.

Auch der Zitronenfalter stand kurz vorm Platzen, beherrschte sich aber, holte tief Luft und begann, die Sachlage zu klären.

„Und daher möchten wir Sie bitten“, schloss sie ihren Vortrag, „auf die US-Konsularträger einzuwirken, dass wir Frau McClone befragen können.“

Wie aus der Pistole geschossen lehnte der Berliner mit einer scharfen Handbewegung ab. „Das geht gar nicht! Diplomaten genießen Immunität.“

„Es geht ja nicht um strafrechtliche Verfolgung“, versuchte Günter Ronellenfitsch einen Einwurf, wurde jedoch sofort unterbrochen.

„Zweitens“ – der Haarkranz hob den Zeigefinger – „sind wir mit den Vereinigten Staaten eng verbunden. Wir werden den Teufel tun, ein befreundetes Land zu brüskieren!“

Es klopfte. „Herein!“, rief Günter Ronellenfitsch. Ein Beamter trat ein und reichte Irene Falter einen Zettel.

„Einen kleinen Augenblick“, bat sie um Entschuldigung, „ich bekomme gerade einen wichtigen Anruf in unserem Fall.“ Eilig verließ sie den Raum. Der Hauptstädter sah ihr missbilligend hinterher. „Wir haben nicht den ganzen Tag Zeit!“, hörte sie noch, als sie den Raum verließ.

Es dauerte tatsächlich nicht lange. Der Zitronenfalter trat bald wieder ein, das Gesicht gezeichnet von einer Mischung aus Zorn und Triumph. „Meine Damen und Herren“, begann sie, „wir hören einen Bericht von Herrn Jordan, einem unserer Mitarbeiter.“

Überrascht blickte Günter Ronellenfitsch auf, schwieg aber. Irene Falter stellte das drahtlose Telefon auf laut und legte es auf den Tisch, sodass alle Anwesenden lauschen konnten.

Was sie hörten, rief unterschiedliche Reaktionen hervor. Die Mannheimer Kommissare rissen die Augen und manche sogar die Münder auf. Die Berliner und Stuttgarter Schlipsträger schienen dagegen auf ihren Stühlen zusammenzusacken.

***

Claudia Dunkmann und Jojo saßen in Irene Falters Dienstzimmer im Mannheimer Polizeipräsidium. Hinter dem Schreibtisch die Kommissarin, etwas versetzt Günter Ronellenfitsch. Im Hintergrund hatte eine Sekretärin Platz genommen, die die Aussagen der beiden Motorradfahrer ins Protokoll tippte:

Nachdem Jojo den Fahrer des Nissan entwaffnet hatte, stellten seine Begleiterin Claudia Dunkmann und er ihn zur Rede. Zunächst weigerte sich der zu sprechen, bis ihn die Vulkanologin mit beiden Händen am Kragen griff, aus dem Auto und zu sich her zog. Zwischen ihre Gesichter hätte keine Briefmarke mehr gepasst.

„Rede!“, zischte sie ihn an.

Und Hansjörg Brauko – denn das stand auf seinem Ausweis – plauderte. Was blieb ihm auch übrig?

Jojo hatte sein Aufnahmegerät in Stellung gebracht, und vor Brauko stand eine zornschnaubende Frau mit der Kraft einer Freistil-Ringerin, die Anstalten machte, auch den Rest seines Körpers an den Schmerzen seiner linken Hand teilhaben zu lassen.

In der Tat war Steffen Wienhausen durch sein USA-Praktikum an das streng geheime Isolationsmaterial herangekommen. Seinem Freund Arno Leibrand hatte er es weitergereicht, da dieser die Entwicklung der Hochenergie-Batterie zu Ende bringen wollte, einer Batterie, die so billig herzustellen und zu warten war, dass mit einem Schlag das Nadelöhr sämtlicher Elektromobilität und Energiespeicher beseitigt gewesen wäre. Leibrand wäre reich und berühmt geworden – so zumindest war seine Vorstellung.

Ein militärisches Geheimnis ins Ausland zu tragen, hieß in den USA Hochverrat. Waren für ein solches tatsächliches oder angenommenes Vergehen noch 1953 Ethel und Julius Rosenberg auf dem elektrischen Stuhl offiziell zu Tode gefoltert worden, so erledigte das heute eher unspektakulär einer der US-Geheimdienste.

Eine Agentin der *Central Intelligence Agency* wurde nach Deutschland geschickt. Sie gab sich als Cheryl McClone und Konsulatsmitarbeiterin aus. Nein, mit der Verletzung Wienhausens durch die Druckmaschine hatte sie nichts zu tun, das hatten die Verbindungsbrüder des Studenten besorgt.

Das aber verschaffte der Frau die Gelegenheit, als Nachtschwester getarnt in der Mannheimer Klinik den jungen Mann zu vergiften.

Ursprünglich hatte sie auch Arno Leibrand beseitigen sollen. Doch das hatte dieser in seinem provisorischen Labor auf dilettantische Weise selber erledigt.

Ganz ließ sich die Geschichte nicht vor den deutschen Stellen verbergen. Ein paar hohe Beamte des Landeskriminalamtes wurden eingeweiht und verpflichtet, die Hintergründe zu vertuschen. Leider hatten die Kriminalen in Mannheim eine Spur gewittert, woran ein unbequemer Journalist nicht ganz unbeteiligt war. So musste der Fall abgeschlossen werden, indem man einen Wienhausen-Mörder präsentierte, der nicht mehr reden konnte. Zunächst hatte man an einen der alten Gewerkschafter gedacht, die sich jedoch mit allen Mitteln zu wehren wussten. Den Plan musste man also fallen lassen.

Doch auch hier half die Frau aus Übersee. Hansjörg Brauko hatte sie ins Mannheimer Polizeipräsidium geschmuggelt, ohne zu ahnen, was sie vorhatte. Erst nachdem sie wieder verschwunden und Karin Schneider tot war, wurde ihm einiges klar. Doch er verschwieg die Wahrheit und hielt sich an die Vorgaben seines Vorgesetzten.

„Was hätte ich denn machen sollen?“, barmte er in Jojos Recorder. „Wenn ich geredet hätte, wäre ich doch weg gewesen vom Fenster. Und womöglich wäre ich das nächste Opfer geworden."

„Cheryl McClone" war längst wieder in die Staaten zurückgereist. Um sein Leben musste Hansjörg Brauko vermutlich nicht mehr fürchten. Aber „weg vom Fenster", wie er es ausdrückte, war er jetzt wohl tatsächlich, was seine berufliche Karriere betraf.

Es hatte sich fast alles aufgeklärt. Der abgeschlossene Fall ließ Irene Falter dennoch unzufrieden zurück: Sie kannten zwar das Gesicht der Doppelmörderin, doch ein Zugriff würde ihnen für alle Zeiten verwehrt bleiben. Ohnehin war sie nur ein Werkzeug gewesen – Auftraggeber waren ganz andere.

Dass man Maximilian von Sicken und ein paar seiner Zechkameraden der gefährlichen Körperverletzung in zwei Fällen und Ingo Gayher des Einbruchs und versuchten Diebstahls anklagen konnte, war nur ein schwacher Trost. Und die Familie Wienhausen? Sollte man Vater, Mutter und Schwester die Wahrheit sagen, dass die Mörderin ihres Sohnes und Bruders frei herumlief? War es für deren Seelenheil nicht besser, ihnen die Version des LKA zu präsentieren, Karin Schneider sei die Täterin gewesen?

Nein, diese Entscheidung sollten andere treffen. Und wenn Irene Falter ehrlich zu sich selbst war, so wusste sie schon die Antwort. Sie lag in der Stiefelleckerei der Berliner und Stuttgarter Hofschranzen.

Es war Dienstagnachmittag, als das Telefon auf Irene Falters Schreibtisch summte. Ihre Heidelberger Kollegin Lene Laubach war am Apparat.

Lene Laubach hatte die Ex-Kollegen Leibrands im Verdacht gehabt, in den Wienhausen-Fall verwickelt zu sein, und hatte weiter recherchiert. Ein erneuter Besuch in Maisbach war erfolglos geblieben: Die beiden Biobauern waren nach Übersee entschwunden. Nach einer erneuten Befragung von Doktor Erika Asmus vom CCD hatte Lene Laubach das Puzzle zusammengesetzt: Das Chemiker-Ehepaar hatte durchaus noch Kontakt zu Arno Leibrand gehabt und ihm sporadisch sogar geholfen. Die beiden hatten sicherlich von seinem Ende erfahren und eins und eins zusammengezählt, denn blöd waren sie nicht. Damit nicht auch sie durch Fremdeinwirkung plötzlich verstarben, hatten sie die Flucht ergriffen.

„Immerhin haben sie dadurch nicht nur ihre eigenen Leben gerettet“, lachte Lene Laubach ins Telefon.

„Wieso?“, fragte Irene Falter. „Wessen Leben denn noch?“

„Alle, die je vom Karottenkuchen der beiden hätten kosten müssen.“

***

Wieder wurde das idyllische Weiltal vom Gebrüll aus zwei ausgeräumten Tüten erschüttert. Hinzu kam diesmal eine hauchfeine Zweitakt-Fahne. Jojo und Claudia Dunkmann waren auf Laverda und MZ auf dem Weg nach Norden. Sie hatten sich gestritten, wer hinten fahren musste und entweder Lärm oder Gestank zu ertragen hatte. Schließlich hatten sie sich geeinigt, die Reihenfolge alle hundert Kilometer zu wechseln.

Jojo führte einen gepolsterten Karton im Gepäck. Darin steckte, gut geschützt, Markus' Urne. Er hatte für seinen Freund eine Seebestattung organisiert und wollte dessen Asche persönlich den Nordseewellen übergeben. Es hatte etwas Überredungskunst benötigt, das Bestattungsunternehmen zur Herausgabe zu bewegen, was im bürokratischen Deutschland nicht erlaubt war – im Gegensatz zu Rest-Europa. Claudia ihrerseits nutzte die Gelegenheit, ihre alte Heimat bei Bremen zu besuchen.

Beide, Claudia und Jojo, wunderten sich über sich selbst. Jahrelang waren sie alleine gefahren, Rudelbraten war ihnen ein Gräuel. Und nun fuhren sie zu zweit, also im Konvoi. Insgeheim betrachteten beide die gemeinsame Fahrt als Freilandversuch: Würden sie die Strecke von siebenhundert Kilometern schaffen, ohne sich heillos zu zerstreiten, weil sie und ihre Fahrstile einfach nicht zusammenpassten?

Immerhin schafften sie es zunächst bis etwa zur Hälfte, wo am Edersee das Nationalparkzentrum

Kellerwald mit feiner Küche auf sie wartete. Forellenrouladen und Fisch im Krautmantel, beides – abgesehen vom Krautmantel – fangfrisch aus dem Edersee. Diese Leckerei bekam man nicht überall.

Als sie beim Espresso angelangt waren, begann Claudia Dunkmann: „Ganz legal war das ja nicht, wie wir diesen Bürstenkopf in die Mangel genommen haben."

„Ebenso wenig legal, wie dich mit der Waffe zu bedrohen", konterte Jojo.

„Na ja, er war immerhin vom Landeskriminalamt."

„Und er wollte uns daran hindern, dieser Ami-Frau hinterherzuforschen."

„Was dir Irene ja verboten hatte – Einmischung in die Polizeiarbeit."

„Okay", lenkte Jojo ein, „aber du warst mit dabei. Würdest du denn für mich in den Knast gehen?"

Seine Begleiterin grinste. „Selbstverständlich! Zu allen offiziellen Besuchszeiten."

Beide lachten.

Und Markus war bei ihnen. Trauern und lachen sind eins. Jojo begann zu begreifen.

Rezepte ohne Blut und Druck

Das Leben ist zu kurz, um es nicht zu genießen. Im Verlauf von Jojos zweitem Fall stieß er auf zahlreiche Gerichte, die der Autor seinen Leserinnen und Lesern nicht vorenthalten möchte. Alle angegebenen Mengen sind für vier Personen berechnet.

Vesper

Weißwürste
sind mittlerweile in ganz Deutschland verbreitet. Allerdings scheint man nur im Süden ihre richtige Zubereitung zu kennen. Jojo erlebte einmal an der Ostseeküste, wie Weißwürste mit Sauerkraut angeboten wurden, was man dort für bayerisch hielt. Als Rache könnten die Münchener auf ihrem Oktoberfest Heringe mit Vanillesoße kredenzen ...
Weißwürste bestehen aus Kalbsbrät im Darm, gewürzt mit Kräutern und Salz. Es gibt sie in sehr unterschiedlicher Qualität. Tradition ist, dass grundsätzlich nur eine ungerade Anzahl von ihnen gekauft und verzehrt wird. Nach elf Uhr vormittags nehmen Kenner keine Weißwürste mehr zu sich, da sie traditionell frisch gebrüht sein sollten. Die meisten pellen die heiße Wurst vor dem Verzehr. Mancher liebt allerdings auch die Pelle, wenn sie aus Naturdarm besteht. Dazu passen süßer Senf – in Bayern in sehr vielen Varianten erhältlich – und Laugenbrezel. Ignoranten puhlen die groben

Salzkörner von den Brezeln herunter, Kenner lassen sie drauf. Ein kühles Weizenbier ist das richtige Getränk zu dem späten Frühstück.

***

Wurstsalat nach Schweizer Art
hat sich ebenso in ganz Deutschland durchgesetzt. Leider erhält man oft Großküchen-Fertigprodukte. Eine Alternative ist das Selbstmachen und -würzen.

Zutaten

Wurst, Lyoner (Kalbfleischwurst), 600 g
Zwiebel, 1 große
Essiggurken, gewürfelt, 4 große
Tomaten, 4 mittelgroße
Paprikaschote, rot, mariniert, 1
Leerdamer Käse, 300 g
Zucker, 1 TL
Essig, Balsamico, weiß, 6 EL
Salz, ½ TL
Senf, mittelscharf, 1 TL
Pfeffer, bunt, gemahlen, 1 TL
Olivenöl, 6 EL
Schnittlauch oder Petersilie, 1 Bund
Wasser, 120 ml

Die Lyoner Wurst ohne Pelle in feine Streifen schneiden, ebenso den Käse. Zwiebel in Ringe schneiden, Gurken und Paprika würfeln. Tomaten in schmale Sicheln schneiden. Alles gemeinsam in eine Schüssel geben und mit den restlichen Zutaten – außer Schnittlauch oder Petersilie – gut durchmischen. Kühl stellen und durchziehen lassen. Vor dem Servieren mit Schnittlauch oder Petersilie bestreuen. Üblicherweise wird der Wurstsalat mit einer oder zwei Scheiben kräftigem Brot und ordentlich Butter serviert. Dazu passt gut ein Schwarzbier.

Vorweg

Gebackener Camembert

Das kleine Gericht findet sich heute auf vielen Speisekarten als Vorspeise, ist aber so mächtig, dass es auch als Hauptgang gelten kann.
Üblicherweise wird der Käse vor dem Backen mit Semmelbröseln paniert. Jojo lernt hier jedoch eine Variante mit Kokosflocken kennen.

Zutaten

Camembert, rund, 60% Fett, 4 Stück
Kokosflocken, 200 g
Ei, 1
Milch, 50 ml
Butterschmalz (Ghee), 4 EL
Preiselbeeren oder Johannisbeermarmelade, 350 g
Toastbrot, 8 Scheiben
Salz, Pfeffer, je ¼ TL

Camembert in Milch, Ei, Salz, Pfeffer und Kokosflocken wenden (panieren), wenn nötig, zweimal. Butterschmalz in der Pfanne erhitzen, dann die

Camembertstücke von beiden Seiten kurz scharf anbraten. Pfannendeckel aufsetzen und Käse auf halber Hitze weiterbraten, bis die Camemberts weich sind. Die Brote toasten und mit Butter bestreichen. Alles mit Preiselbeeren servieren.

***

Bayerische Leberknödelsuppe
In Leberknödeln ist tatsächlich Leber verarbeitet – im Gegensatz etwa zu „Leberkäse", der in Bayern weder Leber noch Käse enthält. Hier folgt ein Rezept ohne Schweinefleisch, nur mit Rinderleber.

Zutaten

Alte Brötchen (Semmel), 16
Milch, 1 L
Butterschmalz (Ghee), 4 EL
Zwiebeln, 4 große
Rinderleber, fein gehackt, 800 g
Eier, 8
Klare Fleischbrühe, 5 L
Majoran, 1 EL
Muskat, Nelkenpulver, 1 TL
Petersilie, 1 Bund

Rinderleber muss man beim Metzger meist vorbestellen. Dort kann man sie sich auch gleich fein hacken lassen. Wenn ein türkischer Metzger in der Nähe ist, so sollte man ihn ausprobieren – oft ist dort die Qualität sehr hoch.

Die Brötchen in Streifen schneiden und Gewürze daruntermischen. Milch erhitzen und über die geschnittene Brötchenmasse gießen. Abgedeckt durchziehen lassen. Zwiebeln in Würfel schneiden und in Butterschmalz dämpfen, gehackte Petersilie zugeben. Mit der gehackten Leber und den Eiern unter die Brötchenmasse mischen. Einen kleinen Probe-Knödel drehen und diesen in leicht gesalzenem Wasser garen lassen. Fällt der Knödel auseinander, ist die Masse zu weich, dann können noch etwas Semmelbröseln (Paniermehl) daruntergegeben werden. In einer klaren Fleischbrühe servieren.

***

Tom-Kha-Gai-Suppe

Es gibt viele Varianten der traditionellen thailändischen Suppe. Allen gemeinsam sind die Zutaten Kokosmilch, Knoblauch und Ingwer. Hier ein Rezept mit Geflügelfleisch und ohne Reis.

Zutaten

Geflügelbruststücke, 500 g
Kokosmilch, 800 ml
Gemüsebrühe, 250 ml
Zitronengras, 2 Stengel
Zwiebel, 1 große
Knoblauch, 4 Zehen
Chilischote, rot, 1
Tom-Ka-Paste, rot, 5 TL
Bambussprossen, eingelegt, 250 g
Ingwer, frisch, ca. 20 g
Koriandergrün, 2 Bund
Sojasoße, ½ TL
Ölivenöl, 6 EL

Geflügelfleisch würfeln. Zwiebel und Knoblauch fein hacken oder zerdrücken. Chilischote entkernen und in feine Streifen schneiden. Ingwer schälen und fein hacken. Zwiebelstücke im Topf mit Öl glasig dünsten. Knoblauch und Tom-Kha-Paste kurz darauf dazugeben. Mit Gemüsebrühe und Kokosmilch ablöschen und aufkochen. Zitronengras, Chilischote und Ingwer hinzugeben und nochmals aufkochen. Anschließend das Fleisch zugeben und unter gelegentlichem Umrühren etwa 5 min. köcheln lassen. Bambussprossen hinzufügen und mit Salz und Zitronensaft würzen. Zitronengrasstängel sind zu zäh zum Essen, daher wieder aus der Suppe entfernen. Suppe mit Koriander bestreut servieren.

Mittendrin

Rolloh Korma

ist ein persisches Gericht, ähnlich dem türkischen Lahmacun. In einen Teigfladen wird eine Mischung aus gewürztem Fleisch und/oder Gemüse gegeben und zusammengerollt. Jojo stieß hier auf ein vegetarisches Rezept.

Zutaten

Mehl, 2/3 Weizenmehl, 1/3 Dinkelmehl, 300 g
Butterschmalz (Ghee), 150 g
Salz, 2 TL
Wasser, 125 ml
Tomaten, getrocknet und eingelegt, 8 Stück

Ricottakäse, 500 g	Pfeffer nach Belieben
Hartkäse (Sbinz, Parmesan), gerieben, 100 g	Brunnenkresse, 2 Handvoll

Für den Teig Mehl und ½ Teelöffel Salz mischen, Butterschmalz in Stücken beifügen. Mit den Händen zu einer krümeligen Masse reiben, eine Mulde formen. Wasser hineingeben, zu einem weichen Teig zusammenfügen. Zugedeckt ca. 30 min. ruhen lassen. Teig in 8 bis 12 Portionen teilen. Jede Portion auf wenig Mehl 1 bis 2 mm dick rund auswellen. Eine gute Bratpfanne leer erhitzen. Je einen Teigfladen hineinlegen, braten, bis es braune Blasen gibt. Teigfladen wenden, braten. Herausnehmen, mit Folie bedeckt warm stellen.
Für die Füllung Knoblauch und Tomaten in wenig Öl andämpfen. Ricotta und Hartkäse beifügen, erwärmen, würzen. Je 1 bis 2 Esslöffel Käsemasse und Brunnenkresse auf den Teigfladen verteilen, einrollen. Warm stellen, bis alle Fladen gefüllt sind.

***

Tanuri Zereshki
stammt ebenfalls aus dem persischen Raum. Zwischen zwei Weizenfladen, mit Käse und Sesam überbacken, kommt eine Füllung mit gebratenen Hähnchenbruststreifen, Käse, Zwiebeln, Berberitzen und Kuhmilch-Weichkäse.

Wie beim Rolloh werden die Fladen hergestellt. Auch die Bereitung der Füllung ist ähnlich, nur die Zutaten sind geändert.
Schließlich wird das Ganze nicht zusammengerollt, sondern wie ein gefüllter Pfannkuchen geschichtet und mit Käse und Sesamkörnern im Backofen überbacken.

***

Aloo Amritsari
ist eines der unzähligen Gerichte aus dem Riesenland Indien. Wer gerne scharf isst, wird es lieben. Für weichgespülte Mitteleuropäer würzt man es milder.

Zutaten

Kartoffeln, klein, 22
Sonnenblumenöl, ¼ L
Senföl, 2 EL
Kuminsamen, 1 TL
Asant-Gewürzmischung (Asa Foetida), 1 Prise
Zwiebeln, 2
Ingwer-Knoblauch-Paste, 1 EL
Tomaten, groß, 3
Chilipulver, rot, ½ EL
Kuminpulver, ½ TL
Korianderpulver, 1 EL
Salz nach Belieben
Garam-Masala-Pulver, ½ TL
Frische Korianderblätter, gehackt, 1 EL
Ingwer, frisch, 1 Stück

Die Gewürze erhält man in einem asiatischen Laden. Ist die Asa-Foetida-Mischung nicht erhältlich, kann man sie ersetzen durch eine Mischung aus reichlich Knoblauchpulver, Masala und etwas Pul Biber.

Kartoffeln schälen, waschen und mit einer Gabel einstechen. 15 min. in gesalzenes Wasser legen.

Ausreichend Öl in einem Wok erhitzen und Kartoffeln bei mittlerer Hitze goldbraun frittieren. Auf Küchenpapier abtropfen lassen und zur Seite stellen.

Senföl in einer Pfanne erhitzen, bis es anfängt zu rauchen. Abkühlen lassen und erneut erhitzen. Kuminsamen und Asant-Gewürzmischung dazugeben und bei mittlerer Hitze so lange braten, bis sich die Kuminsamen verfärben.

Zwiebeln hinzufügen und für 3 bis 4 min. scharf andünsten, dann die Ingwer-Knoblauch-Paste dazugeben und für 1 min. weiter braten. Etwas Wasser dazugeben und rühren. Danach die Tomaten unterrühren und in wenig Wasser aufkochen, bis diese breiig werden.

Rotes Chili-, Kumin-, Koriander- und Kurkumapulver mit etwas Wasser dazugeben und verrühren. Die frittierten Kartoffeln beigeben, gut vermengen und 2 min. kochen.

Erneut Wasser und Salz dazugeben. Gut verrühren und 5 min. köcheln lassen, zuletzt Garam Masala dazugeben und rühren.

Vom Herd nehmen, mit Korianderblättern und Ingwerstreifen garnieren und heiß servieren.

Pescado tropical

Das Pfannengericht stammt aus dem mittleren Afrika. Heutzutage dürfte es kein Problem mehr sein, auch in Deutschland Maniok (Mandioca, Tapioka), Süßkartoffeln und Kochbananen zu bekommen. Die Süßkartoffeln lassen sich auch durch Topinambur ersetzen, eine Knolle, die bei uns eher unkrautartig wächst.

Zutaten

Kochbanane, 1 Stück
Mandioca (Maniok, Tapioka), 1 Stück
Süßkartoffel, 1 Stück
Meeresfisch, 4 Filets
Petersilie, glatt, ½ Bund
Zitrone, ½
Zwiebellauch, 5 Stangen
Koblauchzehen, 6
Olivenöl, 2 EL
Klare Brühe, 4 EL
Chilischote, klein, getrocknet, 3
Geschälte Tomaten, 2 Dosen
Grüner Pfeffer, ½ Glas (50 ml)
Schwarzer Pfeffer nach Belieben
Kokosflocken, 100 g
Eier, 2
Mehl, 405er, 130 g

Wie Mandeln enthalten auch Maniok-Knollen Blausäure. Um diese zu entfernen, muss Maniok gekocht oder gegrillt, darf jedenfalls nicht roh gegessen werden.

Fisch (Seelachs, Hoki, Seehecht, Barsch o. ä.) filetieren, wenn nicht ohnehin Filets gekauft wurden.

Die Hälfte der Knoblauchmenge schälen und klein

pressen. Ein Drittel der Chilischoten-Menge klein schneiden und mit Knoblauch, etwas Salz und dem Saft der Zitrone im Mörser zerstampfen. Mit dieser Marinade die Fischstücke einreiben und kalt stellen. Mandiocawurzeln schälen, in Salzwasser abkochen, bis sie die Farbe von Kartoffeln haben.
Wasser abgießen und Mandioca abkühlen lassen. Mandioca einmal längs teilen, holzige Mitte entfernen und Wurzeln in mundgerechte Stücke schneiden.
Kochbananen und Süßkartoffel schälen und in mundgerechte Stücke schneiden.
Knoblauch schälen. Zwiebellauch und Petersilie schneiden und waschen. Restliche Chilischoten sehr klein schneiden.
Alle Zutaten außer Fisch und Kochbananen mischen und in einen Rechteck-Bräter geben. Kochbananen-Stücke obenauf legen, Bräter in den Backofen stellen und ca. 15 min. bei 200 °C garen, danach auf 120 °C zurückstellen und nochmals 15 min. weiter garen.
Währenddessen Fischstücke in Mehl, geschlagenen Eiern und nochmals Mehl wälzen und in reichlich heißem Pflanzenfett in der Bratpfanne frittieren. Bei großen Mengen danach auf einem Backblech im Backofen warmhalten.
Gemüsepfanne und Fisch separat reichen.

***

Saures Herz
ist eine Erfindung von Jojo. Grundlage ist Rinderherz, das man sich beim Metzger meist vorbestellen muss. Manche mögen keine Innereien, doch Herz ist ja ein reiner Muskel, zu schade, um als Hundefutter verwendet zu werden. Das dunkle Fleisch ist kräftig und wird beim Braten nie so weich wie etwa Schweinefleisch.
Die restlichen Zutaten können je nach Vorrat variieren. Wichtig ist das Essigwasser der eingelegten Gemüse; notfalls mit Weinessig nachwürzen.

Zutaten

Rinderherz, 1
Zwiebeln, 3
Essiggurken, 2 Gläser
Tomatenpaprika, sauer eingelegt, 1 Glas
Tomatenpaprika, gelb, 3 Schoten
Butterschmalz (Ghee), 5 EL
Klare Brühe, Pulver, 2 EL
Pilze aus der Dose, 400 g
Tomatenpüree, 500 g
Saure Sahne, 400 g

Rinderherz klein würfeln. Zwiebeln schälen und in halbe Ringe schneiden. Gurken und Tomatenpaprika würfeln. Dosenpilze von der Brühe abseihen, Brühe und Pilze separat aufheben.
In einem großen Bräter die Zwiebeln mit dem Butterschmalz andünsten, das Fleisch hinzugeben und scharf anbraten. Pilze zugeben und weiter anbraten.

Das gewürfelte Gemüse zugeben, mit dem Pilzwasser ablöschen und Tomatenpüree einrühren. Kurz aufkochen lassen.
Etwa zwei Tassen Brühe abschöpfen, etwas abkühlen lassen und saure Sahne darin einrühren, damit es keine Klümpchen gibt. Währenddessen das Gericht auf kleinem Feuer einkochen lassen. Herd ausstellen und verrührte Sahne hinzugeben und unterrühren.
Dazu passen Nudeln oder Reis.

***

Asparagus in disguise

Spargel mit Pfannkuchen

Auf sandigem, warmem Boden gedeiht Spargel besonders gut, daher ist die Rheinebene der ideale Anbauplatz. Seit dort die Tabakproduktion zum Erliegen kam, haben sich viele Landwirte umgestellt, unter anderem auf Spargel und Erdbeeren, die etwa zur gleichen Zeit geerntet werden: April bis zur Sommer-Sonnenwende, dem Johannistag.
Mittlerweile wird auch Grüner Spargel wieder auf den Märkten angeboten, eine Art, die nicht unter, sondern über der Erde geerntet wird, etwas dünner und in der Konsistenz kräftiger ist.
Ein Verbrechen ist es, Spargel mit der unsäglichen Fettpampe „Sauce hollandaise“ zu servieren – womöglich noch mit Salzkartoffeln, was das Gemüse vollends ruiniert.

Zutaten

Spargelbruch, weiß, 2 kg
Butter, 150 g
Zitronensaft, von einer ½ Zitrone
Salz, 5 TL
Zucker, 1 ½ TL
Pfeffer, ½ TL
Parmesankäse, 4 EL
Eier, 4
Weizen- oder Dinkelmehl, 1050er, 400 g
Milch, ca. 1 L
Butterschmalz (Ghee), 300 g
Schinken, gekocht, mager, geschnitten, 300 g

Pfannkuchenteig: Pro Person 1 Ei, 1 TL Salz, 100 g Mehl in eine Rührschüssel geben. Etwas Milch zugeben und mit Rührgerät verrühren. Nach und nach Milch weiter hinzugeben, bis ein fast wässriger, leicht schaumiger Teig entsteht.

Pfanne mit einem Stück Butterschmalz gut heiß werden lassen und mit einem Schöpfer Pfannkuchenteig hineingeben. Es erfordert ein wenig Übung, einen gleichmäßigen Pfannkuchen zu erstellen und ihn nach ein paar Sekunden zu wenden, um ihn auch von der anderen Seite zu bräunen. Fertige Pfannkuchen lassen sich gut auf einem Teller im leicht vorgewärmten Backofen stapeln und warmhalten.

Spargel: Spargel schälen und schneiden (Hauptstängel und Kopfstängel). Dazu eignet sich gut Spargelbruch – der ist billiger als ganzer Spargel, der ja ohnehin geschnitten werden müsste.

Butter mit Zucker, restlichem Salz und Zitronensaft ansetzen und schmelzen, Hauptstängel der Spargel hinzugeben und 10 min. köcheln lassen. Danach Kopfstängel hinzugeben und weitere 10 min. köcheln lassen. Gelegentlich umrühren. Danach Parmesankäse darüber streuen, servieren.
Die Gäste legen sich je einen Pfannkuchen auf den Teller, eine Scheibe gekochten Schinken darüber, ein Häufchen Spargelabschnitte darauf und rollen das Ganze zusammen – *asparagus in disguise.*

***

Forellenrouladen
Selten erhält man dieses Gericht, das gute Restaurants am nordhessischen Edersee anbieten.

Zutaten
Forellenfilets, 4
Wirsing, 1 kg
Apfel, säuerlich, klein, 1
Tomaten, getrocknet (ohne Öl), 100 g
Oliven, schwarz, entsteint, 70 g
Petersilie, glatt, 1 Bund
Zitronenschale, gerieben, ½ TL
Zwiebeln, 2
Butterschmalz (Ghee), 50 g
Geflügelbrühe, 250 ml
Pfeffer, Salz, Muskat nach Belieben
Zitronensaft, 2 EL
Senf, 1 TL
Knoblauch, 1 kleine Zehe
Kümmel, 2 TL

4 große, hellgrüne Blätter vom Wirsing lösen, in kochendem Salzwasser 2 bis 3 min. blanchieren, abschrecken und trocken tupfen. Den restlichen Wirsing in grobe Stücke schneiden. Tomaten fein würfeln, Oliven und Petersilienblättchen mit Wiegemesser fein hacken. Alles mit Zitronenschale, Kümmel und Pfeffer mischen. Forellenfilets mit Zitronensaft säuern, mit Senf, Muskat, Salz, Pfeffer und klein gedrücktem Knoblauch würzen. Je 2 Kohlblätter nebeneinanderlegen. Die Forellenfilets darauflegen und mit der Tomatenmischung bestreuen. Kohl und Fisch zusammen aufrollen, mit Küchengarn zubinden oder mit Rouladenklammern zusammenhalten. Die Zwiebeln würfeln. Das Butterschmalz in einem breiten Topf erhitzen. Die Fischrouladen darin rundherum anbraten, herausnehmen. Zwiebeln, Tomatenmischung und Kohlstücke in den Topf geben und glasig anschwitzen. Mit der Brühe ablöschen und zugedeckt bei milder Hitze 5 min. leise kochen. Die Fischrouladen wieder zugeben und weitere 10 min. mitgaren.

***

Quiche lorraine

Auch für den „Lothringischen Speckkuchen“ gibt es verschiedene Rezepte. Ein einfaches wurde in Konstanz für Jojo verwendet.

Zutaten

Weizenmehl, 250 g
Butter, 125 g
Eier, 3
Crème fraîche, 500 g
Speck, mager, geräuchert, 400 g
Salz, ½ TL
Pfeffer, Muskat, 4 Prisen
Wasser, 8 EL
Emmentaler Käse, 200 g
Zwiebeln, 2

Mehl auf ein Backbrett sieben, Butter in Stückchen darauf verteilen, mit einem Messer zerhacken und mit dem Mehl mischen. Ein Eigelb in die Mitte geben und das Wasser hinzuträufeln, dann durch Kneten alles gut vermengen, eine Kugel formen und in Folie wickeln. Teig mindestens eine Stunde im Kühlschrank lagern. Zwiebeln schälen und klein hacken. Käse raspeln, restliche beide Eier aufschlagen. Speck fein würfeln. Dann alle Zutaten für den Belag vermischen. Den Teig ausrollen und in die Form geben. Darauf den Belag füllen. Bei 175 °C Umluft ca. 50 min. backen.

***

Käsespatzen

Spätzle kann man fertig kaufen und wie Nudeln abkochen. Man kann jedoch den Teig auch selber herstellen und eine Spätzlepresse benutzen. Ganz traditionell werden Spätzle – also der rohe Teig – ins kochende Wasser geschabt, was aber einige Übung erfordert. In Süddeutschland gibt es spezielles Spätzlemehl zu kaufen.

Zutaten

Teig:
Mehl (Mischung aus Weizen- und Dinkelmehl), 500 g
Olivenöl, 1 EL
Wasser, 250 ml
Salz, 4 TL
Eier, 6

Füllung:
Zwiebeln, 3
Emmentaler-Käse, 300 g

Für den Teig die Eier, das Mehl, das Öl und reichlich Salz (ca. 4 TL) mit dem Knethaken verrühren. Je nach Größe der Eier das Wasser so zugeben, dass sich ein zähflüssiger Teig ergibt. In der Zwischenzeit Salzwasser zum Kochen bringen. Dann den Teig löffelweise in eine Spätzle- oder Knöpflepresse geben und in das kochende Wasser drücken. Die Spätzle kommen nach sehr kurzer Verweilzeit im Wasser wieder hoch. Sie werden mit einem Schaumlöffel aus dem Wasser gefischt und in eine bereitstehende Schüssel gegeben. Zu jeder Portion der fertigen Spätzle etwas Käse geben, sodass sich immer eine gleichmäßige Durchmischung ergibt. Dieser Vorgang – Spätzle, Käse – wird so oft wiederholt, bis kein Teig und Käse mehr da sind.
Dabei darauf achten, dass das Kochwasser ausreichend Salz enthält, da die Spätzle das mit dem Wasser aufsaugen. Hin und wieder am Topfboden

mit dem Kochlöffel kratzen, es könnten Spätzle am Boden festkleben. Nimmt man Fertigspätzle, ist es einfacher. Sie werden wie Nudeln gekocht und ebenfalls portionsweise aus dem Wasser gefischt. Der Rest wie gehabt.
Die Zwiebeln schälen und in Ringe schneiden und dunkelbraun braten. Anschließend auf den Käsespätzle verteilen. Ein grüner Salat gehört traditionell dazu.

***

Pommes de terre de la bordel à l'ail
Kartoffelpuffer mit Knoblauchsoße
Das Gericht ist alt und trägt viele Namen: Reiberdatschi, Rösti, Reibekuchen, Kartoffelpfannkuchen oder eben Kartoffelpuffer, hier ins Französische kalauerisch übersetzt. Es ist ein Herbstgericht, auch wenn es in Jojos zweitem Fall im Frühjahr serviert wird. Hier und da wird es auf Jahrmärkten angeboten, wo es allerdings oft in minderwertigem Fett frittiert wird.
Jojo dagegen verwendet Butterschmalz zum Ausbacken. Problem: Die gesamte Küche wird mit Fett verspritzt. Daher hat sich Jojo eine Paella-Pfanne mit Gaskocher besorgt, lädt Gäste ein und backt die Puffer an einem sonnigen Herbsttag im Freien aus.

Jojo mag dazu kein Apfelmus („Ich bin süß genug!"), sondern bevorzugt kräftige selbstgemachte Soßen, am liebsten natürlich mit Knoblauch.

Zutaten

Kartoffelteig:
Kartoffeln, mehlig, 2 kg
Crème fraîche, 4 EL (60 ml)
Eier, 2
Weizengrieß, 8 EL
Zwiebeln, 2
Ingwer, frisch, 12 g
Salz, 4 TL
Pfefferkörner, weiß, 30
Butterschmalz, 400 g

Knoblauchsoße:
Crème fraîche, 400 g
Saure Sahne, 400 g
Knoblauch, 8 Zehen
Zitronensaft, 4 TL
Salz, ½ TL
Kräuter der Provence, 2 TL
Gemüsebrühe, gekörnt (instant), 1 TL

Puffer: Kartoffeln waschen und schälen. Rasch fein reiben (Küchenmaschine), vom Mus Saft abtropfen lassen. Rohes Kartoffelmus sofort mit Crème fraîche mischen, damit es nicht verfärbt. Pfefferkörner mahlen, Zwiebeln und Ingwer reiben. Pfeffer, Zwiebeln, Eier, Grieß, Salz und Ingwer unter das Kartoffelmus rühren.
Große Pfanne (z.B. Paella-Pfanne) stark erhitzen, reichlich Butterschmalz hineingeben, je nach gewünschter Größe vom Teig in die Pfanne geben und flach drücken. Puffer von beiden Seiten knusprig und goldbraun backen, sofort servieren.

Soße: Crème fraîche, saure Sahne, Kräuter, Zitronensaft und Salz verrühren. Gekörnte Brühe mit 1 TL Wasser verrühren, danach mit dem Rest verrühren. Knoblauch schälen und durch die Presse drücken, danach unterrühren. Über Nacht durchziehen lassen.

***

Verstorz

ist der westfränkische Ausdruck um Bad Mergentheim für eine Variante des Kaiserschmarrn, hier nicht süß, sondern mit Lauchgemüse deftig zubereitet.

Zutaten

Dinkelmehl, 1050er, 300 g
Eier, 3
Quark, 3 EL
Milch, ca. 1 Tasse
Butterschmalz (Ghee), 5 EL
Lauch, 1 kg
Schinkenwürfel, 250 g
Äpfel, klein, 3
Peperoni, scharf, klein, 1
Rosinen, 50 g
Kumin, ½ EL
Currypulver, 1 EL
Klare Brühe nach Belieben
Saure Sahne, 200 g

Lauch, Schinkenwürfel, Kumin, Currypulver, Äpfel, scharfe Peperoni gemeinsam in der Hälfte Butterschmalz anbraten. Mit einem Liter Wasser

ablöschen, klare Brühe nach Belieben und Rosinen hinzugeben, köcheln lassen. Zum Schluss einen Becher saure Sahne unterrühren.
Für den Verstorz-Teig drei Eier trennen, Eiweiß schaumig schlagen. Mehl, Salz, Pfeffer, Quark mit Milch zu einem dickflüssigen Brei verrühren, zum Schluss Eischnee unterheben. Das Ganze im Bräter mit Butterschmalz stocken lassen, mit einem Schaber verreißen.
Getrennt zum Lauchgemüse servieren.

***

Labskaus
ist ein Nationalgericht in Norddeutschland. Noch allerdings haben Claudia und Jojo die Küste nicht erreicht. Ein Rezept zum Nachkochen gibt es daher erst bei Jojos drittem Fall.

***

Kochkäse-Schnitzel

Es ist schon sehr speziell, was in manchen Gegenden gegessen wird. Dazu gehört das Odenwälder Kochkäse-Schnitzel.

Zutaten

Schweineschnitzel, 4 (Oberschale oder Nuß)
Eier, 2
Butterschmalz (Ghee), 100 g
Kochkäse, 200 g
Salz, Pfeffer nach Belieben
Petersilie, 1 Bund

Ei in einem Teller aufschlagen und verquirlen. Das Paniermehl auf einen weiteren Teller streuen. Die Schnitzel mit Wasser abspülen, trocken tupfen und mit Salz und Pfeffer bestreuen. Anschließend erst im Ei und dann im Paniermehl wenden. In einer Bratpfanne das Butterschmalz erhitzen und die Schnitzel auf beiden Seiten goldbraun braten. Danach die Schnitzel zum Servieren mit der heißen Seite nach oben auf die Teller legen und den Kochkäse mit einem Teelöffel auf die heißen Schnitzel geben, damit dieser durch die Wärme verläuft. Mit gehackter Petersilie garnieren. Als Beilagen eignen sich Bratkartoffeln und ein grüner Kopfsalat.

***

Linsen mit Saiten
sind wohl nur in Schwaben verbreitet. „Saitenwurst“ ist der schwäbische Ausdruck für ein gebrühtes Fleischprodukt, das woanders „Frankfurter“ oder „Wiener“ heißt. „Saite“ ist dabei ein altes Wort für „Darm“, was heute noch in „Gitarrensaiten“ überlebt hat und auf Konservengläsern: „Würstchen in zartem Saitling“. Mit Buchseiten hat es hingegen nichts zu tun.
Zu der dicken Linsensuppe – eher ein Eintopf –, in der traditionell pro Teller zwei Saiten schwimmen, nimmt der Schwabe als Beilage gerne Spätzle, eine Nudelsorte.
Vor allem bei den Linsen scheiden sich die Geschmäcker in Liebhaber und militante Gegner.

Zutaten

Linsen, 350 g
Gemüsebrühe, 1 Tasse
Zwiebel, 1
Butter, 1 EL
Dinkelmehl, 1050er, 2 EL
Tomatenmark, 50 g
Weinessig, 3 EL
Saiten („Frankfurter“, „Wiener“), 8
Salz, Pfeffer nach Belieben
Petersilie, 1 Bund

Die Linsen werden nach Packungsanweisung gekocht und abgeseiht. Brühe und Linsen separat aufheben. Das Mehl wird in der Butter hellbraun angeröstet, dann die fein geschnittene Zwiebel hinzugegeben. Linsenbrühe (ohne Linsen) und

Gemüsebrühe mit dem Schneebesen nach und nach einrühren, bis eine glatte, sämige Soße entsteht. Tomatenmark, Essig, Salz und Pfeffer unterrühren, aufkochen und abschmecken. Wesentlicher Bestandteil schwäbischen Linseneintopfs ist Essig – also eher mehr als weniger.
Dann werden die Linsen zugegeben und nochmals abgeschmeckt. Etwas fein geschnittene Petersilie darüberstreuen. Die Saitenwürste in den Linsen oder extra im Wasserbad erwärmen. Wer mag, kocht Spätzle dazu.

Trinkbares

Dugh
trinkt man im Iran. Joghurt-Drinks sind jedoch im gesamten arabischen und asiatischen Raum verbreitet. So kennen wir das türkische Ayran und das indische Lassi. Hier eine ganz besonders erfrischende Variante.

Zutaten

Joghurt, 3,5% oder mehr, 1 kg
Molke, 250 ml
Mineralwasser mit Kohlensäure, 750 ml
Salz, 2 EL
Blattminze (Nanaminze), getrocknet, 4 EL
Eiswürfel, 8
Minzeblätter, 1 kleiner Bund

Das Joghurt in eine geeignete Flasche oder in ein ähnliches Gefäß füllen. Mit der Hälfte der Molke und des Mineralwassers auffüllen und gut schütteln. Die Minze, das Minzenaroma und das Salz dazugeben und noch einmal kräftig schütteln. Nun mit dem Rest des Mineralwassers und der Molke auffüllen und erneut schütteln. Pro Glas mit zwei Minzblättern garnieren und mit den Eiswürfeln eiskalt servieren.

***

Thailändischer Cocktail

Bunt muss es sein – auf Farben legt man in Thailand viel Wert. Statt Dosenfrüchten kann man natürlich auch frisches Obst verwenden.

Zutaten

Birne, 1
Banane, 1
Ananas aus der Dose, 250 g
Früchte, gemischt, aus der Dose, 250 g
Rum, weiß, 250 ml
Eis, gestoßen, 0,5 L

Birne und Banane schälen, Birne entkernen. Beide Früchte in kleine Stücke schneiden. Zusammen mit allen anderen Zutaten in einem Mixer verquirlen. Wenn man möchte, kann man den Rum durch Thai-Whiskey ersetzen.

Zum Servieren eignen sich große Tulpengläser oder ähnliches. Mit großen Strohhalmen und vielleicht einer Deko-Kirsche am Rand kredenzen.

Und zum Schluss

Karottentorte

Eine Karottentorte kann sehr schmackhaft sein, wenn sie nicht wie in Jojos zweitem Fall als esoterischer Müll gebacken wurde. Es ist durchaus kein deftiger Kuchen, wie man annehmen möchte, sondern süß – Karotten enthalten viel Zucker.

Zutaten

Karotten, 250 g	Mehl, 80 g
Eier, 5	Backpulver, 1 EL
Zucker, 250 g	Salz, 1 Prise
Mandeln, gerieben, 250 g	Puderzucker, 250 g
Zitrone, 1	Wasser, 1 EL

Karotten waschen, Spitzen und Krautansatz abschneiden und in der Mühle raspeln. Nicht in jeder Küche steht eine solche elektrische Mühle, doch die Anschaffung lohnt, wenn beispielsweise Parmesan oder anderer Käse geraspelt werden soll, für Nüsse zur Bäckerei oder – mit anderen Vorsätzen – für Spritzgebäck oder selbstgemachte Wurst. Wenn nicht vorhanden, müssen die Karotten eben mit der Reibe handgeraspelt werden.

Eier in Eigelb und Eiweiß trennen. Eigelb und Zucker schaumig rühren. Karotten, Mandeln und Saft sowie die Schale der Zitrone zugeben. Mehl und Backpulver dazusieben. Eiweiß steif schlagen und Salz darunterziehen. Masse in eine gefettete, mit Mehl bestreute Form füllen. Bei schwacher Hitze, ca. 180 °C etwa 50 min. backen. Erkalten lassen.
Nach Belieben mit Glasur überziehen oder mit Puderzucker bestäuben.

Das Leben ist meist grotesker als ein Roman. Die Handlung ist daher nicht authentisch, wenn auch Ähnlichkeiten mit lebenden oder toten Personen kaum vermeidbar sind. Der Autor aber schwört jedem, der sich wiederzuerkennen glaubt, dass er garantiert nicht Teil dieser Handlung ist. Den Anwälten der sich irrtümlicherweise beleidigt fühlenden Menschen kann versichert werden, dass ihre Mandanten mit keiner Silbe erwähnt werden und damit in dem vorliegenden Roman keine Rolle spielen. Insbesondere sind alle im Buch erwähnten Mitarbeiter des Mannheimer Landesmuseums für Technik und Arbeit fiktiv. Das Museum existiert jedoch durchaus außerhalb des Romans, und es lohnt einen Besuch – auch wenn es mittlerweile den Titel TECHNOSEUM verpasst bekam.
Obwohl der Autor kein Politiker ist, handelt es sich bei dem Buch teilweise um ein Plagiat. Auf Wunsch tritt der Autor auch gerne zurück, er weiß nur nicht, wovon. Er hat von sich selber abgeschrieben und verschiedene schon früher veröffentlichte Glossen und Erlebnisse verarbeitet.
Der Text ist in neuer Rechtschreibung verfasst, die von wichtig tuenden Reformern durch lächerliche Verschlimmbesserungen verbrochen wurde und die sie innerhalb von zwanzig Jahren sechsmal änderten. Davon abweichend legt der Autor Wert zumindest auf eine Zeichensetzung, die einen Satzinhalt nicht entstellt.
Der Autor dankt Kommissarin Céline Nautile für zahlreiche Tipps aus dem Polizeialltag, Stilfehlersuchterroristin Birgit Hoss, die den Text von mancherlei Blüten befreite, sowie seiner Frau Renate, die ihm das Kochen und Braten beibrachte. Alle drei sind noch heute mit ihm befreundet, obwohl sie seine Bücher lesen mussten.

Zum Autor:
Hans Dölzer, Jahrgang 1955, wuchs in der nordhessischen Provinz auf. 1974 Flucht aus dem Fürstentum Waldeck nach Heidelberg. Er arbeitete als Buchbinder, Reifenmonteur, Fahrlehrer, Grafiker, Busfahrer, Dozent, Fachkraft für Arbeitssicherheit und schließlich als Journalist und Schriftsteller.
Unter seinem Mädchennamen Hans Hohmann veröffentlichte er technische Berichte und Reisebeschreibungen, Bücher und Buch-Übersetzungen, meist rund um Motorräder. Er lebte bis zu seinem Tod (2018) an der Badischen Bergstraße.